民國文化與文學^{研究}文叢

研究文叢

十　編

李　怡　主編

第 14 冊

「語言統一」與現代中國文學運動

朱　姝　著

國家圖書館出版品預行編目資料

「語言統一」與現代中國文學運動／朱姝 著 — 初版 — 新北市：
花木蘭文化事業有限公司，2018〔民 107〕
目 2+198 面：19×26 公分
（民國文化與文學研究文叢 十編：第 14 冊）
ISBN 978-986-485-531-5（精裝）
1. 中國當代文學 2. 文學評論
820.9   107011811

特邀編委（以姓氏筆畫為序）：

丁　帆	王德威	宋如珊
岩佐昌暲	奚　密	張中良
張堂錡	張福貴	須文蔚
馮　鐵	劉秀美	

ISBN-978-986-485-531-5

9 789864 855315

民國文化與文學研究文叢
十　編　第十四冊　　　　　　ISBN：978-986-485-531-5

「語言統一」與現代中國文學運動

作　　者	朱　姝
主　　編	李　怡
企　　劃	四川大學中國詩歌研究院
總 編 輯	杜潔祥
副總編輯	楊嘉樂
編　　輯	許郁翎、王　筑　美術編輯　陳逸婷
出　　版	花木蘭文化事業有限公司
社　　長	高小娟
聯絡地址	235 新北市中和區中安街七二號十三樓
	電話：02-2923-1455 ／傳真：02-2923-1452
網　　址	http://www.huamulan.tw 信箱 hml 810518@gmail.com
印　　刷	普羅文化出版廣告事業
初　　版	2018 年 9 月
全書字數	186351 字
定　　價	十編 14 冊（精裝）新台幣 26,000 元

「語言統一」與現代中國文學運動

朱姝 著

作者簡介

朱姝，女，文學博士。四川大學文學與新聞學院講師，中國現代文學學會會員。主要研究領域為語言運動、文學思潮與文化傳播。作爲主研參與並完成國家社科基金項目兩項，並發表有多篇相關論文。作爲主編出版有多套文化類書籍。

提　　要

　　本書試圖在現代中國文學研究的薄弱領域提供一些努力探索的成果。我們關注現代中國文學的語言，不是從傳統的文學如何運用語言的視角出發，而是從中國現代語言運動的視角出發，看語言是如何主動作用於文學的，看文學又是怎樣影響了中國民族共同語的建構的，這樣，我們可以更清醒地在語言和文學的對話中去理解現代中國文學。

　　與簡單浮泛地線性梳理現代中國語言運動不同的是，本書從中提煉出一條貫穿語言運動的思想線索來統領那些與現代文學緊密相關的語言運動；與粗略概括地歸納文學史不同的是，本書選取的是現代中國文學史上那些與語言發生了精彩互動的文學運動，來作爲研究的另一個落腳點。一邊是從中國現代語言運動中提煉出的思想線索，一邊是鮮活的現代中國文學運動，本書讓二者充分對話。在此框架之下，全書沿著三條具體的線索展開論述，即「從口語到書面語」、「從知識階級到普羅大眾」、「從國語到普通話」。這三條線索基本按照事件發生的先後順序鋪陳，又不完全拘泥於時間的限制，以那些重要的關鍵詞爲導引，站在思想清理的出發點上，回到歷史現場，著力呈現語言和文學的糾纏。沿著這樣的軌跡，我們看到現代中國文學在中國民族共同語的構建過程中的獨特力量，我們看到「語言統一」大業既成之後文學的彷徨和迷失，這些收穫，終將爲我們迎來更好的現代中國文學找到策略上的啓發。

本著作受到四川大學中央高校基本科研業務費
專項項目 skq201731 資助

在民國史料中重新發現現代文學
——《民國文化與文學研究文叢》第十輯引言

李 怡

研究中國現代文學需要有更大的文學的視野，也就是說，能夠成爲「文學研究」關注的對象應該更爲充分和廣泛，甚至是更多的「文學之外」的色彩斑斕的各種文字現象「大文學」現象需要的是更廣闊的史料，是爲「大史料」。如何才能發現「文學」之「大」，進而擴充我們的「史料」範圍呢？這就需要還原現代文學的歷史現場，在客觀的「民國」空間中容納各種現代、非現代的文學現象，這就叫做「在民國史料中重新發現攜帶文學」。

但是這樣一個結論卻可能讓人疑竇重重：文獻史料是一切學術工作的基礎，無論什麼時代、無論什麼國度，都理當如此。如果這是一個簡單的常識，那麼，我們這個判斷可能就有點奇怪了：爲什麼要如此強調「在民國史料中發現」呢？其實，在這裡我們想強調的是：文獻史料的發掘、整理並不像表面上看去那麼簡單，並不是只需要冷靜、耐性和客觀就能夠獲得，它依然承受了意識形態的種種印記，文獻史料的發掘、運用同時也是一件具有特殊思想意味的工作。

對於現代文學學科而言，系統的文獻史料工作開始於 1980 年代以後，即所謂的「新時期」。沒有當時思想領域的撥亂反正，就不會有對大量現代文學現象的重新評價，就不會有對胡適等自由主義作家的「平反」，甚至也不會有對 1930 年代左翼文學的重新認識，中國社科院主持的「文學史史料彙編」工程更不復存在。而且，這樣的文獻史料的發掘整理也依然存在一個逐步展開的過程，其展開的速度、程度都取決於思想開放的速度和程度。例如在一開

始，我們對文學史的思想認識和歷史描述中出現了「主流」說——當然是將左翼文學的發生發展視作不容置疑的「主流」，這樣一來至少比認定文學史只存在一種聲音要好：有「主流」就有「支流」，甚至還可以有「逆流」。這些「主」「次」之分無論多麼簡陋和經不起推敲，也都在事實上為多種文學現象的出場（即便是羞羞答答的出場）打開了通道。

即便如此，在二三十年前，要更充分地、更自由地呈現現代文學的史料也還是阻力重重。因為，更大的歷史認知框架首先規定了那個時代的社會性質：民國不是歷史進程的客觀時段，而是包含著鮮明的意識形態判斷的對象，更常見的稱謂是「舊中國」「舊社會」。在這樣一種認知框架下，百年來的中國文學發展史常常被描繪為一部你死我活的「階級鬥爭史」，是「新中國」戰勝「民國」的歷史，也是「黨的」「人民的」「正義」的力量不斷戰勝「封建的」「反動的」「腐朽的」力量的歷史。

這樣的歷史認知框架產生了 1980 年代的「三流」文學——「主流」「支流」和「逆流」。當然，我們能夠讀到的主要是「主流」的史料，能夠理所當然進入討論話題的也屬於「主流文學現象」——就是在今天，也依然通過對「歷史進步方向」「新文學主潮」的種種認定不斷圈定了文獻史料的發現領域，影響著我們文獻整理的態度和視野。例如因為確立了「五四」新文學的「方向」，一切偏離這一方向的文學走向和文化傾向都飽受質疑，在很長一段時期中難以獲得足夠充分的重視：接近國民黨官方的文學潮流如此，保守主義的文學如此，市民通俗文學如此，舊體詩詞更是如此。甚至對一些文體發展史的描述也遵循這一模式。例如我們的認知框架一旦認定從《嘗試集》到《女神》再到「新月派」「現代派」以及「中國新詩派」就是現代新詩的發展軌跡，那麼，游離於這一線索之外的可能數量更多的新詩文本包括詩人本身就可能遭遇被忽視、被淹沒的命運，無法進入文獻研究的視野，例如稍稍晚於《嘗試集》的葉伯和的《詩歌集》，以及創作數量眾多卻被小說家身份所遮蔽的詩人徐舒。再比如小說史領域，因為我們將魯迅的《狂人日記》判定為「現代第一篇白話小說」，就根本不再顧及四川作家李劼人早在 1918 年之前就發表過白話小說的事實。

同樣的情況也出現在文學思潮的認定框架中。過去的文學史研究是將抗戰文學的中心與主流定位於抗日救亡，這樣，出現在當時的許多豐富而複雜的文學現象就只有備受冷落了。長期以來，我們重視的就僅僅是抗戰歌謠、「歷

史劇」等等，描述的中心也是重慶的「進步作家」。西南聯大位居抗戰「邊緣」
的昆明，自然就不受重視。即便是抗戰陪都的重慶，也僅僅以「文協」或接
近中國共產黨的作家為中心。近年來，隨著這些抗戰文學認知的逐步更新，
西南聯大的文學活動才引起了相當的關注，而重慶文壇在抗戰歷史劇之外
的、處於「邊緣」的如北碚復旦大學等的文學活動也開始成為碩士甚至博士
論文的選題。這無疑得益於學術界在觀念上的重大變化：從「一切為了抗戰」
到「抗戰為了人」的重大變化。文學作為關注人類精神生活的重要方式，最
有價值的恰恰是它能夠記錄和展示人在不同生存境遇中的心靈變化。

　　在我看來，能夠引起文學史認知框架重要突破的原因就在於我們的現代
文學史觀正越來越回到對國家歷史情態的尊重，同時解構過去那種以政黨為
中心的歷史評價體系。而推動這種觀念革新的，就是現代文學研究的「民國
視野」的出現。中國現代文學發生於民國，與民國的體制有關，與民國的社
會環境有關，與民國的精神氛圍有關，也與民國本身的歷史命運有關。這本
來是個簡單的事實，但是對於習慣於二元對立鬥爭邏輯的我們來說，卻意味
著一種歷史框架的大解構和大重建——只有當作為歷史概念的「民國」能夠
「祛除」意識形態色彩、成為歷史描述的時間定位與背景呈現之時，現代歷
史（包括文學史）最豐富多彩的景象才真正凸顯了出來。

　　最近 10 來年，現代文學研究出現了對「民國」的重視，「民國文學史」
「民國史視角」「民國機制」「民國性」等研究方法漸次提出，有力地推動了
學術的發展。正是在這樣的新的思想方法的啟迪下，我們才真正突破了新中
國／舊中國的對立認知，發現了現代文學的廣闊天地：中國文學的歷史性巨
變出現在清末民初，此時的中國開始步入了「現代」，一個全新的歷史空間得
以打開。在這個新的歷史空間中，伴隨著文化交融、體制變革以及近代知識
分子的艱苦求索，中國文學的樣式、構成和格局都發生了巨大的變化。具體
而言，就是在「民國」之中發生著前所未有的嬗變——雖然錢基博說當時的
某些前朝遺民不認「民國」，自己在無奈中啟用了文學的「現代」之名，但事
實上，視「民國乃敵國」的文化人畢竟稀少——中國的「現代」之路就是因
為有了「民國」的旗幟才光明正大地開闢出來。大多數的「現代」作家還是
願意將自己的夢想寄託在這樣一個「人民之國」——民國，並且在如此的「新
中國」中積累自己的「現代」經驗。中國的「現代經驗」孕育於「民國」，或
者說「民國」開啟了中國人真正的「現代」經驗「新中國」與「民國」原本

不是對立的意義，自清末以降，如何建構起一個「人民之國」的「新中國」就是幾代民族先賢與新知識階層的強烈願望。可惜的是，在現實的「新中國」建立之後，為了清算歷史的舊賬，在批判民國腐朽政權的同時，我們來不及為曾經光榮的「民國理想」留下一席之地。久而久之「民國」就等同於「民國政府」，「民國」的記憶幾乎完全被北洋軍閥、國民黨反動派所淤塞，恰恰其中最值得珍惜的部分——民國文化被一再排除。殊不知，後者也包含了中國共產黨及許多進步文化力量的努力和奮鬥。當「民國文化」不能獲得必要的尊重，現代中國文學（文化）的遺產實際上也就被大大簡化了。

民國時期的中國文學也是民國文化當然的組成部分，當文化的記憶被簡化甚至刪除，那麼其中的文學的史料與文獻也就屈指可數了。在今天，在今後，現代文學文獻史料的進一步發掘整理，就有必要正視民國歷史的豐富與複雜，在袪除意識形態干擾的前提下將歷史交還給歷史自己。

嚴格說來，我們也是這些民國文獻搜集整理的見證人。民國文獻，是中華民族自古代轉向現代的精神歷程的最重要的記錄。但是，歲月流逝，政治變動，都一再使這些珍貴的文獻面臨散失、淹沒的命運，如何更及時地搜集、整理、出版這些珍貴的財富，越來越顯得刻不容緩！十五年前，我在重慶張天授老先生家讀到大量的民國珍品，張先生是重慶復旦大學的畢業生，收藏多種抗戰時期文學期刊和文學出版物。十五年之後，張老先生已經不在人世，大量珍品不知所終。三年前，我和張堂錡教授一起拜訪了臺灣政治大學的名譽教授尉天聰先生，在他家翻閱整套的《赤光》雜誌。《赤光》是中國共產黨旅法支部的機關刊物，由周恩來與當時的領導人任卓宣負責，鄧小平親自刻印鋼板，這幾位參與者的大名已經足以說明《赤光》的歷史價值了。三年後的今天，激情四溢的尉先生已經因為車禍失去行動能力，再也不能親臨研討現場為大家展示他的珍藏了。作為歷史文物的見證人，更悲哀的可能還在於，我們或許同時也會成為這些歷史即將消失的見證人！如果我們這一代人還不能為這些文獻的保存、出版做出切實的努力，那麼，這段文化歷史的文獻就可能最後消失。為了搜求、保存現代文學文獻，還有許許多多的學人節衣縮食，竭盡所能，將自己原本狹小的蝸居改造成了歷史的檔案館，文獻史料在客廳、臥室甚至過道堆積如山。中國社科院文學所的劉福春教授可謂中國新詩收藏第一人，這「第一人」的位置卻凝聚了他無數的付出，其中充滿了一位歷史保存人的種種辛酸：他每天都不得不在文獻的過道中側身穿行，他的

家人從大人到小孩每一位都被書砸傷劃傷過！民國歷史文獻不僅銘記在我們的思想中，也直接在我們的身體上留下了斑斑印痕！

由此一來，好像更是證明了這些民國文獻的珍貴性，證明了這些文獻收藏的特殊意義。在我們看來，其中所包含的還是一代代文學的創造者、一代代文獻的收藏人的誠摯和理想。在一個理想不斷喪失的時代，我們如果能夠小心地呵護這些歷史記憶，並將這樣的記憶轉化成我們自己的記憶，那就是文學之福音，也是歷史之福音。

民國時期的中國文學是色彩、品種、形態都無比豐富的「大文學」。「大文學」就理所當然地需要「大史料」——無限廣闊的史料範圍，沒有禁區的文獻收藏，堅持不懈的研究整理。這既需要觀念的更新，也需要來自社會多個階層——學術界、出版界、讀書界、收藏界——的共同的理想和情懷。

2018 年 6 月 28 日於成都

目次

前　言

　　試圖彌補現代中國文學研究中在語言維度上的不豐滿和不完全，是本書
研究的原動力。現代中國文學的開端和現代漢語的開端是同一的，因此，在
歷次現代語言運動的過程中，漢字、漢語是當然的運動對象，而與之密不可
分的則是剛剛新生的現代中國文學。現代中國文學從無到有，至今也不過百
年的歷史，而我們正身處其中。落腳當下，去回顧這不長的歷史，我們選取
了一個獨特的視角來進入，即「語言統一」。「語言統一」是貫穿整個中國現
代語言運動的思想線索，順著這條線索，我們可以對歷次語言運動做一個全
新的、清晰的梳理，透過歷次語言運動的足跡，來重新打量我們的現代中國
文學。

　　「語言統一」這條線索不是語言運動的全部，卻是代表著語言運動發展
方向的一條基本脈絡，這條脈絡清晰了，我們自然會看到最終民族共同語成
立之時，它的歷史必然性。在中國，文學參與了民族共同語的建構，這和世
界上其他民族國家有相似的地方，比如但丁的文學書寫最終上升為意大利語
對拉丁語的替代，但是，中國的獨特性在於，我們的語言運動並非以創造一
套全新的書寫體系為旨歸，而是具體表現在書面語和口語兩個方面。書面語
方面力圖用一套新的書寫體系替換原有的「書同文」文言文體系；口語方面
則努力造就一套可以在方言歧異的國度裏順暢交流的新的工具，這是非常獨
特的地方。本書論述的另一端是「現代中國文學運動」。二十世紀八十年代以
來，中國現當代文學研究界掀起了「重寫文學史」的熱潮，許多學人提出了
一些全新的文學史概念，我們選擇學者們於二十一世紀初提出的「現代中國
文學」這一概念作為本書論述的另一端，從時間上來說，是指以文學革命後

新文學的成立為開端，下限直至當下，與「古代中國文學」相對而言。

　　一端是從語言運動中提煉出的「語言統一」理念，另一端則是宏闊的現代中國文學運動，本書將兩者並列的基本思路，意在處理這二者之間在歷史和文本中的互動、對話與糾纏。全書分為三章來具體論述這一問題，三章內容各自完成對一條思想線索的梳理，分別是「從口語到書面語」；「從知識階級到普羅大眾」；「從國語到普通話」。

　　第一條線索：「從口語到書面語」。這一部分主要的事實基礎來自國語運動和歌謠運動，從語言運動中剝離出來的「語言統一」思路反映了中國現代語言運動從口語統一到書面語統一的進程。這裡所說的「書面語統一」具有兩個維度的價值：一是要突破原來已有的「書面語統一」，二是要建構新的「書面語統一」。這和世界其他民族的現代語言運動是大不同的，非常重要的原因即是中國早已有一套統一的書面語書寫系統，而且這套系統不是外部的，是漢語內部的。那麼，如何突破這套舊有的系統？新的系統從何而來？這套文言系統的言文疏離的特點，為先鋒們提供了突破的縫隙。長久以來的言文疏離使得文言書寫系統只為智識階層所掌握，在開啟民智的強烈要求下，先鋒們首先就試圖打破繁難的漢字書寫系統，希望可以為民眾所用，因此，一系列注音方案應勢而生，這些方案面臨的首要問題就是注什麼音的問題。中國大地的眾多方言使得從晚清開始的注音方案的湧現到國語運動時期的「京國之爭」，都圍繞著用什麼音來統一語言這一問題展開。所以，這一階段的語言運動實際上是分為兩個部分同時進行而又相互借力的，在口語方面，目標是「語言統一」；在書面語方面，目標是「言文一致」。簡單推理的結果是，「言文一致」就是各地口語的書面記錄，但是，沒有一位語言運動的健將認為這是語言運動的目標，至多是把它當做階段性目標來看待，而只有真正的「語言統一」才是更高的最終目標。國語運動和文學革命的合力，一方面讓口語成為新的白話文學的重要資源，另一方面又促成了新的能讓更多人掌握的書面語系統的建構。應該說，在新文學已經可以憑藉自身的獨特性而宣告成立之時，口語的統一仍在艱難的進行過程中，所以，雖然這一時期的語言運動以口語統一發端，卻以新的書面語系統的確立告一段落。

　　第二條線索：「從知識階級到普羅大眾」。這一部分主要的事實基礎來自大眾語論戰、文學的「民族形式」討論和方言文學運動。風雲際會的二十世紀，沒有給老大帝國足夠的時間來慢慢實現口語的完全統一，也沒有給先鋒

們足夠的時間來慢慢啓蒙，日益加劇的民族矛盾和內部矛盾，裹挾著大眾——這一時代的主角登上了歷史舞臺的中央。原先以高位自居的知識分子不得不在強大的歷史邏輯下進行自身角色的轉換，從高高在上的啓蒙者轉而變成普羅大眾的學生，主動向大眾學習，這種角色的轉變使得語言運動的風向也隨之而動。還未統一的口語沒有得到充分的關注，語言學家們也不再糾結於讀音標準的制定，事實上，政治社會環境變遷帶來的大量人員流動已然在事實上進行著統一語音的實驗。在書面語建設方面，回顧和反思五四白話流弊的思潮暗流湧動，繼而是對大眾讀者群的前所未有的重視，這應該是中國文學從古到今「雅／俗」轉換的一個力量非常強大的時期。從視角限於民族內部的大眾語的鼓吹到民族危亡情勢下關於文藝的「民族形式」的大討論，再到左翼文化人士發起的方言文學運動，有一種傾向是值得我們關注的，那就是文化的主流除了有著從啓蒙到救亡的大勢，還有左翼文化隨普羅大眾一道逐漸上升爲強勢聲音的支流，這條支流的重要性將在歷史的發展中得到最好的印證。

　　第三條線索：「從國語到普通話」。這一部分主要的事實基礎來自中國共產黨領導下的解放區的新語言建設和中華人民共和國成立以後的語言運動和當代文學發展狀況。道路漫漫的「語言統一」終於在中華人民共和國成立之後得到了最終的歸宿，普通話——國家法定通用語的確立，在口語和書面語兩個方面同時實現了時代先鋒們孜孜以求的「語言統一」。從國語到普通話，背後是國體的轉變，這一歷史性的巨大改變也帶來了文學書寫的巨大改變，普通話不僅是通用口語，更是漢語規範化要求下的規範書寫語言，漢語寫作從來沒有像建國初期的文學那樣風格統一、樣貌整齊，可謂是實實在在的「語言統一」。中國共產黨的這種強大的「語言規劃」能力並非是在建國後突然獲得的，事實上，在解放區的新語言建設中，就已經充分展示了其卓越的規範語言的能力，對於一個地域遼闊、民族眾多的國家來說，在這樣的政治強力的驅使下完成語言統一，是必然的歷史邏輯，其積極功效不容否認。只是，在當代文學和國家同時重新蘇醒的二十世紀八十年代，作家們遭遇了語言的困境，這一現象使得我們不得不再次關注實現了「語言統一」以後的語言生活，尤其是在文學領域。文學與語言的不可分割，決定了「語言統一」的結果必然要在文學領域有所體現，而語言和言語的區別又提示我們是否應該給文學相對的自由和個性，那些應該由政府語文、大眾媒體做的「應用之文」

的榜樣，是否必須要個性化十足的文學來一起承擔？文學是否可以僅僅成爲規範的現代漢語的重要語料來源？讓我們在作家汪洋恣肆的筆下去領悟和感受文學作爲藝術的獨特魅力？不論是外來語還是方言，是否都應該歡迎它們盡情地和現代漢語對話、交融，以進一步豐富和成熟我們的現代漢語？這是我們在當下語境下可以進一步思索的問題。

　　全書通過以上三條線索的梳理，回到「語言統一與現代中國文學運動」的語言之維，回到文學之存在的根本，試圖給百年現代中國文學的語言轉變以全新視角的解讀，彌補目前現代中國文學研究中在語言維度上的不足。

緒　論

一、問題的緣起與相關研究現狀

（一）

　　文學是語言的藝術，這是基於文學本質特徵的基本判斷。就像畫家關注顏料、作曲家關注音符一樣，文學家自然關注語言，對於我們的學科——現代中國文學而言，關注語言好像更是一個自然而且必然的選擇。因爲現代中國文學之成立，是相對於以文言系統爲規範的古代中國文學而言的，從文學革命的號角吹響伊始，從無到有的現代漢語和我們的現代中國文學共生共長。

　　可以說，現代中國文學的發展史就是一部現代漢民族書面語確立的語言史。從有了「我手寫我口」的意識，到現代作家全力推動的「國語的文學，文學的國語」，到「歐化」「大眾語」「方言文學」的討論，到文學的「民族形式」的大討論和大實踐，再到「推廣普通話」運動的大力開展，每一次語言運動都伴隨著文學面貌的變化。現代漢語和現代文學同步共生，這是一個基本事實。在沒有現代文學之時，我們不知現代漢語爲何物，直到今天，現代漢語雖然一直在發展中，但也遠未到成熟的境界，與此同時，現代文學的歷史變遷也不一定是和現代漢語的生長完全同步的。因爲，著眼於規範性和功能性的語言和從文學性、審美性出發的文學言語，從一開始，就有著各自不同的屬性和訴求，現代漢語與現代文學的關係也遠非僅僅只是現代文學開初之時「國語的文學，文學的國語」〔註 1〕那一段因緣。文學，作爲語言最重要

〔註 1〕 胡適《建設的文學革命論》，1918 年 4 月 15 日《新青年》第 4 卷第 4 號。

也是最便於推廣普及的載體，在現代漢語建立發展的過程中做出了不可替代的重要作用，同時，就是這樣的現代漢語，造就了中國文學千年以來從未有過的全新面目，成就了現代中國之現代文學。與之相伴的，是現代中國文學「功能性」和「審美性」的變奏，而其中，語言運動與現代文學的關係尤其緊密。

中國現代語言運動，從晚清盧戇章的《第一快切音字表》的出現到現在已形成制度的每年一次的「推普週」，伴隨著中國現代化的歷史進程，語言運動的腳步也沒有停止。雖然語言本身具有一定的脫離時代、脫離政治的超越性，但是，一百多年來的現代漢語歷史卻和中國社會的變遷相依相伴；雖然語言本身看似是任人擺佈的工具，但是，現代漢語所規定的現代思維卻深刻地影響了在現代漢語環境下成長起來的新的中國人；雖然在目標訴求上，語言運動和文學運動是不一樣的，但是在這一百多年來，現代漢語和現代文學的關係糾纏卻凸現了現代中國文學的特殊性，她與成熟過程中的現代漢語的關係是如此緊密。尤其是，當越來越多的作家開始反思現代漢語的問題，當他們的寫作遇到語言問題，當我們面對一個「多語混成」〔註2〕的發展變化中的現代文學局面之時，也正是應當回顧和思考語言運動與現代文學關係的時候了。

「雅言」、「通語」、「官話」、「國語」、「普通話」，名稱在改變，卻有一種共同的思想在延續，那就是建立統一規範的民族共同語。《禮記‧中庸》有云「非天子不議禮。不制度，不考文。」「考文」即是語文規範的一種制度。到春秋時，各國士族間已經形成了一種共同語——「雅言」，《論語‧述而》中提到，「子所雅言，詩、書、執禮，皆雅言也。」漢代揚雄的《方言》中提及的「通語」「凡語」，就是與各地方言相對而論的當時的民族共同語。可見，在那時，文言文系統的統一和口語的不統一就已經存在了。因此，「書同文」之後，「語同音」成為日後語言規劃和語言運動努力的主要方向。西漢末年由佛經的翻譯催生的反切法出現並逐漸流行，唐朝的《切韻》、宋朝的《廣韻》、《集韻》都是利用反切的方法用來規範讀音的。元代周德清所著的《中原音韻》，反映了當時元大都話的語音面貌，其聲韻調和現代北京話已經非常接近了。從明朝開始，有了「官話」這一說法，意指官場上通行的語言，《洪武正

〔註2〕 此說法依據王一川《近五十年文學語言研究札記》，載《文學評論》，1999 年第 4 期。

韻》即是科舉、作文的標準。到了清代，雍正皇帝在方音最嚴重的福建、廣東設立了「正音書院」以教授官話，掌握官話是參加科舉考試的必須。可見，「統一」一直是一股涓涓流淌的溪流，不論是從國家意志、統治階級意志還是精英知識分子的意志來說，「統一」這個方向都是確定無疑的。

在漢語書寫符號領域，也是如此。秦始皇統一六國後，用小篆統一了中國的文字，隨後，在書寫形式上，大篆、隸書、楷書、行書、草書等字體逐一出現，到了清朝末年，大量切音字方案的湧現是為了幫助下層民眾掌握知識和思想而創製的，其原初的動力即是因為漢字的繁難。後來，民國政府公佈的注音字母方案是在晚清大批切音字方案基礎上的總結和突破，其地位非常明確地被定位為漢字的注音工具。1920 年，新式標點符號獲得教育部認同而進入漢字書寫系統，從此，傳統的「句讀」逐漸退出漢字書寫系統。在國語運動中，國語羅馬字方案凝聚了許多語言大家的心血，而由左翼人士主導的北方話拉丁化新文字（通常簡稱「北拉」）則為無產階級革命尋求自身的文化策略提供了相當多的歷史經驗和教訓。新中國成立以後，「漢字改革」進入了國家「語言規劃」的大布局，簡體字、普通話，如今已經成為共和國語文最為鮮明的旗幟。

近代以前，中國語文史上價值最大的成就非「書同文」莫屬，而「語同音」自然就成為了近代以來語言統一之路上最惹人注意的「空缺」了，因為中國幅員遼闊、民族眾多，各地人們的日常交流語言是方言，可是中國「東部和南部方言之間的差別，不亞於法語之於西班牙語，或者荷蘭語之於德語。」〔註 3〕確實，如果現代文學的發展僅僅促成了「我手寫我口」，那麼我們如今看到的作品就是各地方言的文字版本了。顯然，這不僅不是語言學家們的目標，也不是文學家們的追求。實現「言文一致」，建立統一的民族共同語，是國語運動家和新文學作家努力的共同方向。

在近代中國，語言統一的動力，不只來自知識界，它是伴隨著民族國家的建立而奔湧出來的歷史潮流。晚清以降，民族國家的觀念逐漸深入人心，通過語言統一運動來啟發民智、挽救危亡，是語言運動的社會目標，同時，完善民族語言系統、建立統一的民族共同語、促進文化發展，也是其現代性旨歸的表現。在新中國成立以後，這種自發的意識逐漸演化為有明確目標的

〔註 3〕趙元任《談談漢語這個符號系統》，載葉蜚聲譯《趙元任語言學論文選》，中國社會科學出版社，1985 年，第 76 頁。

國家行為，是目標明確、措施積極的「語言規劃」行動。在語言運動的歷史軌跡中，始終有一種聲音，那就是似乎存在著一種優秀的、美好的漢語形式，不論是理論家還是作家，抑或是政策的制定者，都有一種實現「語言統一」的內在動力。實現「語言統一」，既是語言運動的一般規律，也有著十足的「中國特色」。

首先，秦始皇統一中國後，「書同文」的書寫體系確立下來，這個文言文系統不僅是保證大一統帝國政令暢通的應用文所必須依傍的工具，更成為「雅」與「俗」的重要區分標誌。掌握文言文的群體在社會中是地位比較高的智識階層，所以，在現代化之風吹來的時代，有識之士要「開啟民智」，首先要做的就是讓普通民眾識字，因為只有這樣，普通民眾才有可能接觸和接受新的思想。與之同時而來的問題是，新觀念、新思想大都來自帝國之外，用傳統文言文就很難有效表達了，於是，在遭遇大量的語言翻譯時，首先就不得不面對外來語對漢語的影響和衝擊，「歐化」現象的出現也是順理成章了。接下來的問題就是，本來只是希望可以通過讓民眾識字來接受新的思想，而智識階層自身在面對新材料時就已經遭遇了語言的困境。那麼，用什麼來「統一」，就變得艱難了。

其次，中國幅員遼闊帶來的方言歧異，使得漢語在口語系統中就自古沒有「統一」。切音字運動初期的許多方案都是拼讀方言的，在發展過程中才逐漸意識到，語音的「統一」成為一個必須解決的問題。就有諸如王照這樣的先鋒，用「官話」作為切音標準，而當時的情況卻是，南方民眾根本不能掌握。於是，用什麼音做國音，開始進入先鋒們思考的領域，歷史上著名的「京國之爭」就是這個問題的集中爆發。自從民國政府開始加入這場運動（成立讀音統一會）之後，國語運動開始相對迅速地推進，直到 1920 年，中華民國政府教育部訓令全國國民學校一二年級改國文為國語，可以說，是在政府力量的推動下，中國現代語言運動取得了具有標誌性意義的成果。但真實的歷史永遠不止於那些確切的時間點，在其中，「應用之文」與「文學之文」的不同訴求開始顯現，以至於影響了後來「現代漢語」與「現代文學」既統一又分野的關係。更何況，中國的方言歧異帶來的，不僅只是讀音不統一的問題，方言背後的地域文化、地方語言藝術形式等深深地根植在各個不同方言區中，那些只有當地方言區的人才能體會的特殊情感和描摹方式，也不得不面臨被「統一」的問題。

　　新中國成立後，在語言文字領域的一系列「大動作」，顯示了國家「語言規劃」的強大動力，民族共同語——普通話的最終確立，可以說終於達成了晚清以來無數精英對於「語言統一」的熱望。隨著推廣普通話運動的開展，人們口中的語言在發生著變化，尤其是在特殊的「單位」體制下，作家們用普通話努力書寫中國文學的新面貌。運用普通話寫作，在其作品可以傳播到更大範圍的同時，語言越來越規範，其語言本身的個性似乎正在喪失。這個問題的實質是現代語言運動在實現國家意識形態的整合上具有不可替代的重要作用，同時地域文化在文學作品中的影響似乎正在減弱，是悲是喜？也許與作家本身更切近的方言表達在文學作品裏不見了蹤影，那麼我們現在看到的文本，經過了規範化過濾的文字，還是作家寫作時真性情的自然流露嗎？

　　另一方面，我們的現代漢語在形成過程中，除了古代漢語的遺存、口語詞的進入、外來詞的補充，更多的語言素材就是來自方言。但是，統一的國家內部，也許只有運用統一的民族共同語創作的文學，才可能成為傳播範圍最廣、能為最大多數讀者接受和理解的作品，可以說，是否運用共同語創作，幾乎就決定了作品的傳播範圍。這樣一來，作家自發主動選擇共同語進行創作，實在是跟隨歷史潮流、跟隨傳播規律的自然選擇。那麼，當我們相對客觀地回望這段歷史時，是否可以從歷史跳動的脈搏中，抽離出一條特別的線索，讓我們以此為基點，看清現代中國文學從無到有幾十年間的巨變樣貌。同樣，我們身處現在，處在現代中國文學多元發展的今天，那麼多的研究者、寫作者都紛紛把目光投向語言——這一有著磁石般吸引力的場域時，也提醒我們，生長中的現代漢語遭遇了什麼？現代漢語與現代文學的關聯到底如何？他們之間的變奏是否是我們揭開現代中國文學發展規律的一個入口？這些問題引誘著學人們向歷史的真相一步步靠近。

（二）

　　關於中國文學語言的轉型，是「斷裂」還是「生長」？一直是學術界關注的重點，尤其是上世紀 90 年代以來，西方學界「語言學轉向」的新風吹來，更為我們的探尋提供了一些來自語言觀和研究方法論上的借鑒。傳統的現代中國文學研究，注重文學史內部的梳理，注重作家對於語言的主觀控制性，更多地，是在文學內部研究文學。近年來，我們欣喜地發現，同行們逐漸轉而嘗試從語言轉變的角度來重新審視現代中國文學之成立、審視中國

文學的語言轉型，審視現代中國文學的語言問題。歸納起來，主要包括以下幾類：

　　一、基於中國文學語言現代轉型的研究。這類研究的亮點是，關注到了文學發展和語言運動之間的關聯，其中一些成果側重於史實的梳理，關注文學轉型和社會、經濟、政治、文化的多元互動；一些成果側重於從語言觀念的角度切入現代漢語和現代文學的關係，注重在語言哲學的高度上對二者之間的聯繫進行學理性的考察；還有一些成果是從語言轉型的角度出發，對具體的作家作品個案進行的研究。

　　從語言運動的角度切入現代中國文學的研究，是新世紀以來的學術熱點，論文、專著、碩博士論文都比較豐富，不同於以往囿於文學內部研究的狹窄，整體上呈現出而一種宏闊和高遠的視野，其中比較有代表性的著作有：劉進才著《語言運動與中國現代文學》（中華書局，2007 年）、張向東著《語言變革與現代文學的發生》（人民文學出版社，2010 年）、趙黎明著《「漢字革命」──中國現代文化與文學的起源語境》（中國社會科學出版社，2010 年）、吳曉峰著《國語運動與文學革命》（中央編譯出版社，2008 年）、張衛中著《漢語與漢語文學》（文化藝術出版社，2006 年）、夏曉虹、王風等著《文學語言與文章體式：從晚清到五四》（安徽教育出版社，2006 年）、張豔華著《新文學發生期的語言選擇與文體流變》（山東大學出版社，2009 年）、高玉著《現代漢語與中國現代文學》（中國社會科學出版社，2003 年）、劉琴著《現代漢語與現代文學的關聯性研究》（中國社會科學出版社，2010 年）、張昭兵著《轅與輪：語言論爭與作家的現代漢語體驗》（學苑出版社，2010 年）、南帆著《文學的維度》（中國人民大學出版社，2009 年）。劉進才著《語言運動與中國現代文學》通對過國文教學這一場域的細緻把脈，打破了現代文化、現代文學和語言教學三者分離的局面，使得這三者可以在一個共生的文化生態中被全面地打量，從而比較清晰地呈現出了語言運動和現代文學各自對於現代漢語書面語的成立的獨特意義，被稱之為「一部後出轉精之作，若就其多方面的學術原創性而論，也堪當真正的開拓之作。」〔註4〕張向東著《語言變革與現代文學的發生》從語言變革的角度探討了文學革命和現代文學的發生，筆力主要集中在清末民初的語言運動。趙黎明著《「漢字革命」──中國

〔註 4〕 解志熙《序·語言運動與中國現代文學》，《語言運動與中國現代文學》，中華書局，2007 年，第 2 頁。

現代文化與文學的起源語境》從語言文字改革的視角來考察文學革命，以清
末民初、五四前後與三四十年代的語文運動爲主線，進行了語言流變的考察，
並且一直追問語言文字變革的深層原因，該書的答案是：「『民族』和『民主』
是百年中國語文變革的雙重引擎。」〔註5〕吳曉峰著《國語運動與文學革命》
集中目光於國語運動和文學革命的互動關係，研究顯示出兩大運動各自獨立
和相互對話的關係，在互動中共同完成對現代性的追尋。張衛中的《漢語與
漢語文學》收錄了他在此方面發表的單篇論文，彙集了國家社科基金「20 世
紀中國文學語言變遷史」的一部分成果，對 20 世紀漢語文學的語言變遷進行
了回溯。夏曉虹和王風等著《文學語言與文章體式：從晚清到五四》收錄了
以兩位作者爲主的十多位學者關於從晚清到五四這一時期語言與文學關係思
考的論文，其中夏曉虹的《中國現代文學語言形成說略》和王風的《文學革
命與國語運動之關係》兩篇論文分別從語言觀和語言運動的角度考察了現代
文學語言的形成。張豔華著《新文學發生期的語言選擇與文體流變》則從語
言轉型的前期準備說起，最後落點於詩歌、戲劇、小說、散文四種文體來具
體清理文學語言的現代轉型。高玉著《現代漢語與中國現代文學》從語言哲
學的角度闡述了現代漢語與現代文學的關係，運用「道」與「器」的基本語
言觀念重新檢討了晚清和「五四」的語言運動，並涉及了胡適、魯迅的個案
分析。劉琴著《現代漢語與現代文學的關聯性研究》主要著眼於口語化、詩
話和歐化三個向度對現代文學與現代漢語的互動進行清理和解讀。張昭兵著
《轅與輪：語言論證與作家的現代漢語體驗》重點考察現代文學的第二個十
年間主要文體體現出的語言觀念的成熟，提出了語言決定文學發展的觀點。
南帆著《文學的維度》從語言、文學和眞實，修辭，敘事話語，文類四個方
面進入對現代中國文學的話語考察，對語言背後的權力機制進行了分析。

　　在這一領域相關的有代表性的論文有張頤武的《二十世紀漢語文學的語
言問題》（載《文藝爭鳴》，1990 年第 4～6 期）、鄭敏的《世紀末的回顧：漢
語語言變革與中國新詩創作》（載《文學評論》，1993 年第 3 期）、王一川的《近
五十年文學語言研究札記》（載《文學評論》，1999 年第 4 期），高旭東的《對
五四語言革命的再認識》（載《齊魯學刊》，2004 年第 4 期）、李榮啓的《二十

〔註5〕 朱棟霖《序·「漢字革命」——中國現代文化與文學的起源語境》，《「漢字革
命」——中國現代文化與文學的起源語境》，中國社會科學出版社，2010 年，
第 4 頁。

世紀中國文學語言觀念的嬗變》（載《理論與創作》，2003 年第 3 期）、袁進的《試論中國近代文學語言的變革》（載《上海社會科學院學術季刊》，1997 年第 4 期）、張法的《百年文學三次轉型淺議》（載《天津社會科學》，1998 年第 1 期）、何明的《20 世紀白話文學語言發展概觀》（載《東北師大學報》，1999 年第 5 期）等。張頤武的《二十世紀漢語文學的語言問題》從共時和歷時兩個維度對漢語文學的語言進行了反思性的梳理。王一川則延續自身此前關於「漢語形象」的思考，在《近五十年文學語言研究札記》一文中，將當代文學語言的發展演變分爲四種形態，並對當今的「多語混成」現象充滿了變革的期待。鄭敏的《世紀末的回顧：漢語語言變革與中國新詩創作》基於新詩創作領域的發展情況，提出了應該如何看待民族母語、文學寫作和文化的繼承發展之間的互動關係的問題，事實上意在通過新詩創作領域這一場域輻射其他文學創作領域，引起作家和學者對新文學語言變革問題的關注。

　　以上提及之部分著作，如趙黎明著《「漢字革命」——中國現代文化與文學的起源語境》（中國社會科學出版社，2010 年）、張豔華著《新文學發生期的語言選擇與文體流變》（山東大學出版社，2009 年）、高玉著《現代漢語與中國現代文學》（中國社會科學出版社，2003 年）、劉琴著《現代漢語與現代文學的關聯性研究》（中國社會科學出版社，2010 年）、張昭兵著《轅與輪：語言論爭與作家的現代漢語體驗》（學苑出版社，2010 年）都是這些學者在自己博士論文的基礎上修改而成的著作，可以算是這個方面碩博士論文中的優秀代表。此外，還有一些未出版的碩博士論文也很有參考意義，如《從中國現代文學語言的三次轉型看文學語言的發展模式》（付丹，博士論文，華中科技大學，2007 年）、《清末民初的語言變革與現代文學雅俗觀的生成》（王平，博士論文，四川大學，2007 年）、《共生與互動——對中國 20 世紀前期文學觀念變革與語言變革關係的考察》（張紅軍，博士論文，山東大學，2007 年）、《作爲政治的文學語言——中國近代文學語言變革源流論》（高建青，博士論文，華中科技大學，2006 年）、《清末民初漢譯小說名著與中國文學現代轉型》（周羽，博士論文，上海大學，2010 年）、《論晚清至「五四」的白話文運作》（劉茉琳，博士論文，暨南大學，2010 年）、《五四思想革命與語言變革——重新審視五四白話文運動的起因與實際》（李欣儀，碩士論文，湖南師範大學，2009 年）、《翻譯西方與改寫中國——翻譯文學、現代漢語、現代文學互動關係考察》（陳霞，碩士論文，青島大學，2005 年）、《中國現代漢語小說的起點

——清末民初新小說語言與文體研究》（黃梅、四川師範大學，碩士論文，2009 年）、《現代漢語與現代漢詩關係研究》（朱恒，博士論文，華中科技大學，2008 年）、《語言的困境——「五四」語言變革及其現代性的悖論》（張愛軍，碩士論文，曲阜師範大學，中國現當代文學，2002 年）。這些論文或者具有宏大的歷史視野，或者以小見大以限定的某一具體對象作爲研究範圍，我們都可以從其中得到不少借鑒。

在這一類研究中，還有一部分需要專門列出的，是對文學語言或文學話語的個案研究，這類研究因爲對象集中，要麼框定對象、要麼限定時段，論者對文本語言的剖析和對文本背後的社會文化關聯有著更爲具體的闡釋。如韓立群著《中國語文革命——現代語文觀及其實踐》（中央編譯出版社，2003 年）重點分析了胡適、魯迅、毛澤東的語文觀及其實踐。錢理群著《周作人研究二十一講》（中華書局，2004 年）中的第九講深入分析了周作人對「五四」語言變革的特殊貢獻。曹而雲著《白話文體與現代性》（上海三聯書店，2006 年）以胡適爲個案，全面討論了胡適白話文理論與現代性和文學的關係。文貴良著《話語與生存——解讀戰爭年代文學（1937～1948）》（上海書店出版社，2007 年）討論了從抗戰時期到解放戰爭時期的三種文學話語。周志強著《漢語形象中的現代文人自我——汪曾祺後期小說語言研究》（北京大學出版社，2009 年）限定作家、限定時段，對具體文本做了有針對性的解讀。李陀的論文《汪曾祺與現代漢語寫作——兼談毛文體》（《今天》，1997 年第 4 期）以汪曾祺爲例探討了作家寫作與現代漢語的互動關係。張新穎的《現代困境中的語言經驗》（《上海文學》，2002 年第 8 期）對魯迅、胡風、路翎的語言意識進行了探討。此外，還有一些碩博士論文也關注這一領域，如《論 80 年代中國先鋒小說的語言實驗》（翟紅，博士論文，蘇州大學，2004 年）、《論老舍的白話語言觀》（李俊，碩士論文，揚州大學，2012 年）、《胡適白話文理論的現代語言學闡釋》（趙衛東，碩士論文，吉林大學，2004 年）、《汪曾祺文學語言研究》（彭曉軍，碩士論文，四川師範大學，2012 年）、《于堅詩歌的語言策略》（何雪，碩士論文，重慶師範大學，2006 年）、《20 世紀 90 年代以來當代漢語寫作的語言變化》（包偎麗，碩士論文，浙江師範大學，2011 年）。

總體上說，這類研究根植於我們傳統已有的現代中國文學研究的基石，在更加寬敞和宏大的範圍內對現代中國文學特有的語言流變進行了集中的關注和梳理，對於我們關注的文學和語言的關聯問題進行了有效的探索。以上

所舉皆緊握現代中國文學的語言流變和現代轉型，將政治、歷史、文化和現代語言運動融入動態的互動體系中進行分析和梳理，或者以某一獨特場域來展現多種因素的交互作用，或者限定時間階段而對某一斷面進行詳細描摹，或者以某一具有代表性的作家作爲重點對象進行深入剖析，這些研究，都將現代中國文學的研究納入了更爲廣闊的視野和更接近歷史的眞實，其中，從語言觀念出發的研究更是爲我們提供了一種打探文學的新角度和新方式，即語言並非是完全的被使用的對象，語言觀念的變遷也影響的文學的樣貌。這些新穎的研究成果爲我們進一步認清現代中國文學之歷史流變、認清中國文學古今轉型之核心本質、認清當下現代文學發展之基本要義，進一步豐富和滋養我們的文學發展，具有重要的參考價值。

　　二、基於現代中國文學的獨特性，從方言或地域文化的角度對現代中國文學的語言進行的研究。方言和地域文化對於現代中國文學書寫具有非常重要的影響意義，這和中國遼闊的國土、歧異的方言有關，也和現代漢語以及現代文學的發生密切相關。周振鶴、游汝傑合著的《方言與中國文化》（上海人民出版社，1986 年）一書中設有「方言和戲曲與小說」專章，從語言學的角度說明，瞭解戲曲、小說的方言能爲文學研究中涉及的作者、籍貫、版本優劣等提供線索和依據。趙園著《北京：城與人》（上海文藝出版社，1991 年）一書以作家們對北京城的書寫爲例，論述城市與人的關係，還設專章「京味小說與北京文化」對京味小說中的方言運用進行了研究。董正宇著《方言視域中的文學湘軍》（中國社會科學出版社，2008 年）以「泛方言寫作」來概括二十世紀湖南作家創作中的語言形態，即並非完全的方言寫作，而是以普通話寫作爲主要方式的同時合理使用方言。顏同林著《方言與中國現代新詩》（中國社會科學出版社，2008 年）依據新詩發展的藝術規律，對方言入詩的積極意義和負面影響都做了闡述，通過具體詩人詩作的解讀和宏觀的理論思考，呈現了方言與新詩的特殊關聯。嚴家炎主編的「20 世紀中國文學與地域文化叢書」〔註6〕是結合地域文化與方言來談現代中國文學問題的一套較爲全

〔註 6〕　叢書包括：李怡：《現代四川文學的巴蜀文化闡釋》；逄增玉：《黑土地文化與東北作家群》；朱曉進：《「山藥蛋」派與三晉文化》；李繼凱：《秦地小說與三秦文化》；彭曉豐、舒新華：《「S」會館與五四新文學的起源》；費振鍾：《江南士風與江蘇文學》；魏建、賈振勇《齊魯文化與山東新文學》；劉洪濤：《湖南鄉土文學與湘楚文化》；馬麗華：《雪域文化與西藏文學》。均由湖南教育出版社出版，出版時間爲 1995～1998 年。

面的著作，其中涉及湘方言、吳方言以及山西話、四川話、陝西話等和現代
文學的關聯。何錫章、王中的論文《方言與中國現代文學初論》（《文學評論》，
2006 年第 1 期）對方言寫作與普通話寫作進行了對比，強調方言特殊的審美
品性，是對普通話寫作特定性和普遍性的消解，是文學回到本原的捷徑。此
外，葛紅兵的《當代文學 60 年的語言問題》、《「方言寫作」與「底層寫作」
的可能向度》、《什麼樣的漢語才是純潔的？》〔註7〕張新穎的《行將失傳的方
言和它的世界》（《上海文學》，2003 年第 12 期）、何言宏的《20 世紀 90 年代
以來中國文學的語言資源問題》（《人文雜誌》，2004 年第 4 期）、顏同林的《方
言入詩與中國新詩的發生》、《新詩版本與漢語方言》、《方言文學與方言入詩》
〔註8〕、鄧偉的《語言地方主義的悖論──論 20 世紀中國文學方言建構的內
在邏輯》（《雲南師範大學學報》（哲學社會科學版，2008 年 3 月刊）、李勝梅
的《方言的語用特徵與文學作品語言的地域特徵──以當代江西作家作品語
言和江西地方普通話為考察對象》（《福建師範大學學報》，2004 年第 5 期）、
王春林的《二十世紀九十年代以來的方言小說》（《文藝研究》，2005 年第 8
期）、等論文都以方言作為具體文學現象研究的切入口，進行了具體斷面的剖
析，幾乎都是認同方言寫作的正面價值的。在這一方面很有代表性的學者是
郜元寶，從二十一世紀初開始，他就大量發表論文，如《音本位與字本位》、
《母語的陷落》、《1942 年的漢語》、《漢語的命運》、《方言、普通話及中國文
學南北語言不同論》、《現代漢語：工具論與本體論的交戰》等，筆端直指「母
語的陷落」，強調要從「研究語言」到「經驗語言」，這些內容幾乎全部收入
了他的《漢語別史──現代中國的語言體驗》（山東教育出版社，2010 年）。
其中，顏同林著《方言與中國現代新詩》（中國社會科學出版社，2008 年）和
董正宇著《方言視域中的文學湘軍》（中國社會科學出版社，2008 年）都是在
自己博士論文的基礎上修改完善出版的，未出版的相關碩博士論文還有：《方
言觀念與方言創作──以方言文藝論爭和新時期方言創作為例》（焦葵葵，碩
士論文，河南大學，2013 年）、《新時期小說中的方言問題》（王華，碩士論文，
華中師範大學，2006 年）、《延安文學中的方言現象研究》（尹威，碩士論文，

〔註7〕　分別刊於《探索與爭鳴》，2009 年第 9 期；《上海文學》，2009 年第 6 期（與
　　　　陳佳冀合作）；《長江文藝》，2003 年第 5 期。
〔註8〕　分別刊於《文學評論》，2009 年第 1 期；《江漢大學學報》，2008 年第 2 期；《中
　　　　國詩歌研究》，2009 年 11 月刊。

重慶師範大學，2012 年），這些論文都以限定的時間範圍爲限，或者以限定的對象爲限，針對現代中國文學中的方言現象進行了積極的思考，也有重要的參考價值。

從中國新文學成立之初，方言與文學語言的關係就是文學語言發展中的重要命題，方言的出場與退場、弘揚與規避，其背後折射了太多關乎文學更關乎社會文化大背景的因素。一是這些研究成果從地域文化或者方言的角度來審視現代中國文學，是一個既宏闊又具體的視角，一方面方言背後的政治、社會、文化因素的侵入，並非只是普通語言學意義上語音、詞彙、語法的特殊；另一方面，每一種具體的方言或地域文化，又有其所在區域的獨特唯一性，並且，在幅員遼闊、方言歧異的中國，每一種方言的地位、價值、使用範圍也是不盡相同的，毫無疑問地，此類研究對於釐清文學語言的本質、來源，釐清方言和共同語之間的關係，釐清現代中國文學的書寫中涉及的所有方言因素的參與的問題，都有非常重要的參考價值。

三、對漢語文學總體特點的研究。在全球化浪潮裏挾下顯得尤爲緊迫的「民族化」觀念，催生了學者們對漢語文學特質和對文學語言本體的關注，論者的思想逐漸從語言工具論過渡到了語言本體論，對文本的重視帶來了一批基於漢語基本特性出發的對於漢語文學特質的研究。比如李劼的論文《試論文學形式的本體意味——文學語言學初探》（載《上海文學》，1987 年第 3 期），文章認爲隨著先鋒小說的出現，文學形式借由語言形式而獲得了本體意味。陳曉明也發表了《理論的贖罪》（載《文學研究參考》，1988 年第 7 期）一文，提出文學研究應該回到作品本身，因爲「本文的語言事實存在就構成了文學作品的本體存在」。王一川的著作《中國形象詩學》（上海三聯書店，1998 年）、《漢語形象美學引論》（廣東人民出版社，1999 年）和《漢語形象與現代性情結》（首都師範大學出版社，2001 年），都從「漢語形象」的角度來重新觀察中國文學，對於漢語形象的美學特性、修辭形態、現代性等問題做了大篇幅的闡述，對現代中國文學的語言和文體進行了解剖和歸納。鄭敏的論文《漢字與解構閱讀》（《文藝爭鳴》，1992 年第 4 期）、《語言觀念必須更新——重新認識漢語的審美與詩意價值》（《文學評論》，1996 年第 4 期）等論文，對漢字和漢語的審美特質進行了全面系統的闡釋，對漢語的詩性特質、隱喻功能、視覺美感等文化特性進行了描繪。

雖然中國歷來的「文以載道」思想確實反映了文學與社會政治的必然的

緊密的關聯，但是從文學的獨特審美性的角度而言，文學的變化發展卻並非是與社會政治直接對應那麼簡單，因爲語言和文化緊密相關「如果文學不研究『文學的第一要素』——語言，那麼這種文學研究就將文學的根本置於不顧。」〔註9〕郭紹虞先生在 1941 年 7 月發表於《學林》第九輯的《中國文字型文學與語言型文學的演變》（此文後來收入《郭紹虞說文論》時，題目改爲《中國語言與文字之分歧在文學史上的演變現象》）應該算是比較早地從語言的角度關注文學的研究，作者提出「所以我的看法，認爲文學的基礎總是建築在語言文字的特性上的。」〔註 10〕這一結論無非是再次確認和強調了文學與語言之不可分離的關係，但在學術界，這一問題並未得到應有的重視。到了上世紀八十年代，有研究者意識到了國內的文學研究和文學批評常常忘了「語言」，或者把語言放在文學之外。並且頗感憂慮地提到，「蔑視語言是要受到語言的懲罰的。」〔註 11〕可見，關注語言逐漸成爲關注文學的一個必然著眼點，研究者們也意識到了文學研究必須重視語言研究。

以上提及這一類研究從漢語的基本特質出發，著力發掘漢語文學自成一格的核心機制，可以說，這類研究讓西方學界的「語言學轉向」在中國大地踏實落地了，讓那些舶來的理論和我們獨有的文字有機結合，這是文藝理論界對於漢語文學研究的有力推進。但是，從文藝學理論出發的研究，畢竟不是屬於現代中國文學學科領域自身的思考，因爲其出發點和落腳點是完全不同的。但是，我們也必須認識到，對於現代中國文學研究，要從傳統的相對狹小的內部研究轉而擁有更爲宏大的研究視野，這一類相關學科的成果具有非常重要的借鑒價值。

四、對文學語言的研究。這類研究首先是來自西方哲學界對於語言的關注，同時，基於我們民族文學的個性，國內學者也跟進了相關領域的研究。文學是語言的藝術，所以，語言對於文學，彷彿心臟之於人體，研究文學語言的變化必然應該是研究文學發展的有效切入點。這一視角的提出主要來自經驗，而二十世紀西方理論界的「語言學轉向」，則把這一問題提升到了哲學的高度，對於我們更好地進入現象提供了有效的理論基礎資源。威廉·洪堡特認爲語言是民族精神的表徵，是關於宇宙關係的世界觀；海德格爾則

〔註 9〕 申小龍《中國文化語言學》，吉林教育出版社，1990 年，第 19 頁。
〔註10〕 郭紹虞《中國語言與文字之分歧在文學史上的演變現象》，載《郭紹虞說文論》，上海古籍出版社，2000 年，第 226 頁。
〔註11〕 黃子平《得意莫忘言》，載《上海文學》，1985 年第 11 期。

說語言是「存在之家」，是根本，是人類認知的前提；維特根斯坦的觀點是，哲學的本質即是語言；喬姆斯基的轉換生成語法做出了對於語言運用能力的研究，強調和凸顯了語言本身所具有的創造性。索緒爾的《普通語言學教程》則開創了現代語言學的新篇章，他認為語言學是基於符號和意義的一門科學，這一理路對整個文化藝術研究領域有著深刻的影響。綜上，對語言本體的高度崇拜，是這一系列理論誕生的基本底色，在這一基本大趨勢的作用下，作為最能集中反映語言狀況的文學領域，自然也成為理論家關注的焦點。

語言學家索緒爾認為，文學語言不僅只是指文學作品中的語言，「而且在更一般的意義上指各種為整個共同體服務的、經過培植的正式的或非正式的語言。」〔註12〕文藝理論家韋勒克和沃倫合著的《文學理論》試圖還原文學的本質，文學不是社會學、不是哲學、不是心理學，也不是歷史學，文學是聲音、意義、意象、隱喻、象徵和神話等共同構成的「結構」的本質——一個符號和意義的多層結構。〔註13〕儘管論者撇清了文學與其他諸種學科的關係，但卻無法將文學與語言學分開。如果文學只是一套「結構」，那麼運用普通語言學的方法可以完全覆蓋文學研究，那麼就只有語言學而沒有文學。俄國形式主義的核心概念是「文學性」，它是指文學區別於其他學科的本質屬性，雅各布森對這一概念進行了語言學的闡釋，認為研究文學就是研究語言學，並提出了文學的「詩性功能」。什克洛夫斯基則把形式主義的「陌生化」理論運用到小說研究中，對於具體文本的分析和研讀，形式主義的貢獻是巨大的，但是對於解決文學史流變和文學的整體意義而言，用處無多。〔註14〕特里·伊格爾頓對一些有代表性的關於文學的諸種定義進行了批判，對形式主義者的「文學性」尤其不滿，但是他也並沒有在批判的基礎上提出一種更為合理的定義，他只說，文學「得以形成的價值評定因歷史的變化而變化。」〔註15〕英美「新批評」潮流，彰顯了一股關注文本主體形式的文學批評傾向。

〔註12〕　（瑞士）德·索緒爾《普通語言學教程》，高名凱譯，商務印書館，1980年，第273頁。

〔註13〕　參見（美）雷·韋勒克、奧·沃倫《文學理論》，劉象愚等譯，生活·讀書·新知三聯書店，1984年。

〔註14〕　參見方珊《形式主義文論》，山東教育出版社，1999年。

〔註15〕　（英）特里·伊格爾頓《文學原理引論》，劉峰等譯，文化藝術出版社，1987年，第19頁。

韋勒克和沃倫在《文學理論》中的觀點很清晰，即，如果說語言研究要服務
文學研究，那麼，就必須研究它的審美效果，進而成為文體學，才算得上對
於文學的研究。〔註 16〕在我國，傳統的文藝學深受前蘇聯語言學的影響，文
藝學上關於文學語言的定義是：「廣義的文學語言，是指在民族共同語基礎上
經過加工的書面語言，它包括文學作品的語言，也包括科學著作、政治論文
和報刊雜誌上所用的一切書面語言，以及經過加工的口頭的語言；狹義的文
學語言，則專指詩歌、散文、小說、戲劇文學等各類文學作品的語言，以及
人民口頭創作中經過加工的語言。」〔註 17〕

　　正是因為文學和語言具有的不能分離的血肉聯繫，關於文學和語言關係
的研究，不論是關注文學的還是關注語言的研究者，都會比較容易地有所涉
及。我國學者也對文學語言投以了必要的關注，在文學的語言維度上的思考
也一直存在，我們簡要翻檢，即可發現一些寶藏。《論文學語言》（鐵馬，文
化工作社，1949 年）是作者的論文合集，收入論文 9 篇，包括《文學語言的
錘鍊》《歐洲文學語言的形成》《五四與五卅時期的文學語言》等，是作者在
陶行知創辦的社會大學擔任文學系文學語言問題課程時期的集中思考匯總，
新中國成立後，該書重版，定名為《論文學語言》（重寫本），由中國圖書發
行公司總經銷。書中論文做了較大的調整和改動，作者自述是因為「一九五
〇年，斯大林發表了《論馬克思主義語言學中的問題》」所以把原書進行了修
改，其中，《文學與語言》《文學語言與群眾語言》《詩的語言》《小說的語言》
《戲劇的語言》等都是關注文學語言的論文，受制於時代的影響，這些論述
基本上是在對斯大林語言觀的具體闡釋。二十世紀八十年代，王臻中、王長
俊合著了《文學語言》（江蘇人民出版社，1983 年）一書，該書從語言學的角
度將文學語言作為研究對象，其基本理念和以以群為代表的傳統文藝學觀點
一致，認為文學語言的藝術特性是形象性、含蓄性。黃子平在《得意莫忘言》
（《上海文學》，1985 年第 11 期）一文中提出了「文學語言學」這一研究範疇，
認為我們不僅要研究「語言的文學性」，更要注重「文學的語言性」，並且認
為「文學的語言性」是新的學科發展的出發點，這樣的論斷極其清晰地表明
了作者對於文學的語言特質的高度重視，從學科發展的角度看，可以說，這

〔註 16〕　（美）雷・韋勒克、奧・沃倫《文學理論》，劉象愚等譯，生活・讀書・新知
　　　　　三聯書店，1984 年，第 189 頁。
〔註 17〕　以群《文學的基本原理》（上），上海文藝出版社，1964 年，第 332～333 頁。

一展望是具有非常難得的前瞻性的。朱星的《中國文學語言發展史略》（新華出版社，1988 年）一書研究了從商代到 1949 年的中國文學語言發展史，時間跨度上是宏闊的，從甲骨卜辭到現代白話文學，作者將時代、文體與其代表作家、代表作品、代表流派進行了歸納，全書都以內容與形式是否統一為判斷標準來評判文學現象，進而認爲駢體文這樣美到極致的文體是一種逆流，方言作品《海上花列傳》等也是逆流。顯然，在思路上，屬於受時代影響的語言工具論的具體運用。魯樞元的《超越語言——文學言語學芻議》（中國社會科學出版社，1990 年）建議成立一門專門的「文學言語學」，主張超越結構主義語言學主張的語言的先驗性、邏輯性、模式性和固定性，突出文學言語的個體性、心靈性、創化性和流變性，作者在借鑒西方理論界成就的同時，始終不忘漢語的特性，對漢語的詩性特質進行了闡發。這一研究思路的基本路向是語言學與文藝學的結合，這一類的相關成果還有方漢文的《繆斯與霓裳羽衣——文學和語言的比較》（陝西人民教育出版社，1992 年），馮廣藝、馮學鋒的《文學語言學》，（中國三峽出版社，1994 年），李潤新的《文學語言概論》（北京語言學院出版社，1994 年），龔見明的《文學本體論——從文學審美語言論文學》（廣西師範大學出版社，1998 年），張小元的《文學語言引論》（電子科技大學出版社，1995 年），王汶成的《文學語言中介論》（山東大學出版社，2002 年），馬大康的《詩性語言研究》（中國社會科學出版社，2005 年），李榮啓的《文學語言學》（人民出版社，2005 年）等。其中，李榮啓的《文學語言學》可以說是到目前爲止，在語言學與文藝學的結合領域中做得最爲全面的，專著中不僅對文學語言觀念的流變進行了全面的梳理，而且對「文學語言學」這一交叉學科面對的主要研究範疇，如結構、特徵、類型、風格等做了全面的整理，而且還專章論述了文學語言的接受，這一點，在以往的同領域成果中是少見的。來自語言學界的關注，除了走到與文藝學的結合地帶進行思考的，還有結合語言與文化的思考，如邢福義的《文化語言學》（湖北教育出版社，1990 年）、高長江的《文化語言學》（遼寧教育出版社，1992 年）、朱玲的《文學符號的審美文化闡釋》，（安徽大學出版社，2002 年）、申小龍的《漢語與中國文化》（復旦大學出版社，2003 年）等，這類著作關注語言與文化的聯繫，在他們的視野中，文學只是文化形式中的一種，多有提及但並未得到聚焦性的特別關注。

　　以上所提成果的例證來源廣泛，古今中外都有涉及，對於我們從語言的

角度切入文學，提供了很好的基礎資源，但是，這些研究的落腳點畢竟都還是在語言學上的，文學只是學者們語言研究的資料來源。我們必須非常清醒地意識到這一點，並帶著清晰的學科意識進行思考，才可能有更大的發現，否則我們的探索只會是語言學研究的注腳。所以，如果我們期望進一步探索文學內部的奧秘，恐怕還需要落腳在文學這一頭的研究，即更加關注文學自身的發展變化情況，站在文學的領地上看語言的影響力。

　　五、「語言規劃」研究。除了現代中國文學研究界對語言與文學關聯問題的重視，基於中國特色的「民族共同語和新中國文學的雙重建構」〔註 18〕特性，來自語言學新分支「語言規劃」方面的著作也值得關注。「語言規劃是民族建構的一部分。……在追求民族獨立的過程中，語言可以用來界定種族差異；民族獨立之後，語言加以推廣可以形成民族主義所需的全國性交際共同體。」〔註 19〕正因爲現代中國文學之成立和發展，現代漢語之成立和發展，是和中國作爲現代民族國家的建構，在時間的歷史上是同一的，在本質追求上有相當的一致性。這是基於現代文學和現代漢語的緊密關聯，基於這一過程中國家意識形態力量的強力介入，所以，我們關注現代文學語言的流變，也必須關注處於國家意志、來自國家層面的「語言規劃」。當今國內的這一類研究多以我國的語言文字工作爲基本背景，立足於國家意識在語言文字領域的實現，整理和敘述中國民族共同語形成的理路。其中有代表性的包括：高天如著《中國現代語言計劃的理論和實踐》（復旦大學出版社，1993 年）、陳章太著《語言規劃研究》（商務印書館，2005 年）、姚亞平著《中國語言規劃研究》（商務印書館，2006 年）、李鋼和王宇紅主編《漢語通用語史研究》（中國廣播電視出版社，2007 年）、于根元主編《新時期推廣普通話方略研究》（中國經濟出版社，2005 年）、蘇培成主編《當代中國的語文改革和語文規範》（商務印書館，2010 年）、李宇明著《中國語言規劃論》及《中國語言規劃續論》〔註 20〕。以上所舉對於作爲社會溝通工具的語言狀況進行了客觀的整理和歸納，基本上都以時間爲線，透過語言規劃的視角敘述中國民族共同語的形成

〔註18〕　參見何平、朱曉進《論民族共同語和新中國文學的雙重建構》，載《當代作家評論》，2008 年第 4 期。

〔註19〕　（英）蘇・賴特著《語言政策與語言規劃——從民族主義到全球化》，陳新仁譯，商務印書館，2012 年，第 8～9 頁。

〔註20〕　兩本書均於 2010 年在商務印書館出版，爲作者本人的論文合集，對語言規劃理論、語言文字工作以及當前社會生活中的語言問題多有論述。

和發展過程，文學作爲其所論述的語言生活的一部分，並未專門研究，最多是在論述國語運動等語言運動時也提及五四語言變革。總的來說，這一類研究更像是對國家層面的語言政策及語言制度沿襲的歸納和總結，爲我們考察不同時期的文學語言變遷提供了基本的社會政治語境，這一基本語境是我們試圖「返回」歷史的重要布景，沒有它，我們探索和展示好像就失去了一個極佳的舞臺背景一樣，少了許多「現場感」，不能不說是研究的遺憾。

以上提及的所有研究都爲我們的進一步思考提供了基石。落腳於現代中國文學的研究，是本書思考和探索的重要基石，基於漢語文學的本質特性，試圖從漢字的視覺呈現來打通語言和文學的嘗試，在文藝學方法的統領下突破了一些傳統的研究壁壘，具有十分新鮮和充滿力量的指引作用，但是，對於我們反思現代漢語和現代文學的書寫情況而言，這類研究只能說提供了一種回到文本的指引，而解決不了漢語文學內部的諸多問題。基於現代語言運動和現代文學語言轉型的研究，將文本放到了社會歷史轉型的大趨勢中，多有關注語言流變背後的動力因素，對於全面理解文學與社會發展的關係，理解社會版圖中的文學具有重要的意義，但一般而言，注重歷史的宏大的線性發展，缺乏對某一具體線索的具體梳理，因而顯得底色濃重而細節層次不夠清晰。而從語言觀念的角度進入的語言和文學的關聯研究，不論是歷史性的回顧還是個案的深入，都提供了一個語言分析和語言觀念運動的斷面，對於其語言意識的傳達有重要價值，但因爲這類研究缺乏社會歷史因素的確切介入，使得文學與其他因素的共生關係沒能得到有效的展開。從方言和地域文化的角度切入的研究，最貼切地展現了現代中國文學的獨特氣質，尤其是結合普通話寫作〔註 21〕的大潮而言，這一視角具有相當可信的價值和意義，尤其展現了方言作爲現代漢語最重要的來源之一的獨特意味，它的特殊價值在於與某一種地域文化或者方言的緊密關聯，但它的全局觀的局限也正在於此。

〔註21〕 「普通話寫作」作爲一個術語，最早見於林漢達《試驗用普通話寫作》，載《語文現代化》，1980 年第一輯（中華書局，1978 年），此文節錄林漢達《前後漢故事新編‧自序》，據作者介紹寫於 1950～1960 年代，「借著這些歷史故事來試驗普通話的寫作」。顏同林的《普通話寫作與文化認同》（《紅岩》，2007 年第 1 期）對這一概念進行了詳盡的闡釋。李怡《重慶文學史與普通話寫作》（《紅岩》，2007 年第 1 期）、《尋找我們自己的語言》（《紅岩》，2007 年第 3 期）也對此概念進行了運用。

　　來自西方理論界的研究成果爲我們提供了從語言工具論到語言本體論過渡的堅實橋梁，使得我們在語言哲學層面上對文學語言的地位和價值有了清醒的認識，新的文學批評方法的出現也爲我們解讀文本提供了全新的視角，可是，它解決不了現代中國文學的具體問題，任憑哪一種主義都不是單方的靈藥，可以回答我們的具體問題。因爲古代漢語字本位的特點和西方語言音本位的特點完全不同，而現代漢語詞本位特點的進入，造成了漢語的獨特性質。基於漢語性質的從語言學出發的研究呢，不論是說到「文學語言」的，還是論及語言與文化的，都是在文藝學的基本框架內進行的研究，也就是說，文學語言尤其是現代中國文學的語言只是其論點的證明材料而已，運用這些材料也旨在說明一個宏觀意義上的「文學」。當然，這些研究畢竟打通了語言學和文學研究的壁壘，提供了一些方法論上的借鑒。

　　來自「語言規劃」視角的語言學研究成果，展現了現代中國民族共同語成立的歷史脈絡，通用語的建立反映了這個國家語文生活的基本面貌，而中國的特殊情況是，文學對於民族共同語的成立付出了極爲重要的努力，而普通話確立之後，共同語對文學面貌的改變又有著非常重要的影響，這就使得這一領域也必須進入我們的視野。只是，在諸多已有研究成果中，文學在現代民族共同語形成初期的積極建設性作用大多在論者的敘述中，而普通話確立以後共同語改變文學面貌的一面則幾乎不被提及。

　　因此，我們可以看到，文藝學和語言學的研究是我們關注現代中國文學語言問題非常重要的視角參照，或者說，這一問題本身所具有的跨學科性質必然涉及相關領域的研究方法和研究資源，而在我們現代中國文學研究內部已有的相關成果更切近地打探到了現代中國文學語言問題的本質。現代中國文學的一個顯著特點是她與現代漢語共生共長，這引導我們思考，要研究現代中國文學的語言問題，從語言的視角出發，落腳於文學，是不是一條有效的路徑呢？

（三）

　　綜上，我們認識到，「語言統一」是中國現代語言運動一條基本的思想線索，在從古代漢語到現代漢語的轉換中，新文學在其中扮演了無可替代的重要角色，因此，這是研究語言和文學互動關係的一個突破口；第二，文學的個性化本質與統一的民族共同語建構之間到底是完全的矛盾對立呢還是有著內在一致性，這關係到漢語文學成立之本質特性，因此，這也是我們必須關

注的；第三，「中國特色」帶來不同的視角，首先是現代漢語的出現和成立不是簡單的民族主義事件，而是用一套新的書寫體系取代舊有的書寫體系，其次是中國有著眾多方言的現實又使得這場語言運動具有不同於其他民族共同語誕生的一般規律，因此，我們必須對這一特殊性給予足夠的關注。

正是基於我們以上溯及的種種現代中國文學的特殊性，她與語言的關係是如此緊密而特殊，因此，研究現代中國文學關注其語言問題是自然的導向。長期以來，我們獲得了一些這方面的成果，前文已有總結，但是，我們還必須清醒地認識到，現有的從語言視角進入的現代文學研究仍然不夠，尤其是關注中國現代語言運動和現代中國文學關聯的種種研究，主要是從語言運動的社會歷史屬性上進行了比較多的嘗試，對於語言運動的總結也多是從語言觀念的角度進行的。關注這條線索，尤其是將目光集中在從思想線索上重新梳理中國現代語言運動，意味著我們更加願意接近問題的核心，嘗試著依傍一條清晰的線路慢慢整理出現代中國文學在語言維度上諸種特性，這些特性的呈現，或許會如我們預判的那樣清晰明瞭，也可能會將我們引入歷史更為駁雜的灰塵中，引誘進一步的探索和思考。無論是怎麼樣的收穫，其實，在這一探尋過程中，我們已然在語言維度上又對我們的現代中國文學進行了一次親切的靠近，靠近她發生時的歷史語境，靠近其各種語言現象的紛繁複雜，這樣的過程將必然呈現出我們對現代中國文學語言問題豐富性的充分敬意。

前人的心血是我們開始新的研究的基礎和導引，追尋語言和文學的關係，已然從基礎的經驗層面提升到語言哲學思考的層面，上述所有研究都在各自的角度上促進了對問題的思考，而且在不同的維度上呈現出豐富和多元的特點。那麼，為什麼我們需要把『語言統一』與現代中國文學運動」作為一個新的切入口再次探索語言與文學的糾纏呢？更為準確的說法是，面對我們的現代中國文學，顯然，已有的關於語言和文學的大的關係的討論不能完全解決具體問題，而現代中國文學內部已有的研究成果在不斷地接近這一剛剛過去和一直在我們眼前發生著的文學事實，但是，我們還必須回到這份事實當中，去找到現有研究不能回答的問題，才能不斷接近我們試圖探尋的語言問題的真相。從語言運動的視角來梳理現代中國文學是現代中國文學研究內部一條新興的研究思路，前文已對相關成果做了歸納，在這條線索中，文學語言的流變和語言運動的緊密關係已經得到了較為有效的確認，然而，在目前較為粗線條的處理中，立足於文學的研究在語言維度上仍顯單薄，現代

中國文學發展史上的一些具體問題很難得到解決。這需要回到歷史現場，我們才能有更為清晰的認識。

我們用「『語言統一』與現代中國文學運動」這一全新的視角再次進入我們熟悉又陌生的現代中國文學，具體在以下兩個方面是具有獨特意義的。第一，中國現代語言運動影響了現代中國文學。我們過去的現代中國文學研究，不是沒有注意到文學運動和語言運動的關聯，但更多地是從文學運動的角度出發，主要關注文學是怎樣運用了語言。然而，我們除了一次次在現代中國文學的發展版圖上去反覆找尋那些我們可能遺失的美景之外，嘗試著從另一個角度來重新切入我們的現代文學，也是一條路徑。我們在一次次的回顧和整理現代中國文學時，總會發現中國現代化進程中的現代語言運動，他們當中的很多積極倡導者、參與者，不僅是語言運動的主將，還是現代文學史上的作家，是現代文學思潮和論爭的思想家，他們本身身份的多重性是使得語言運動和文學運動密切連結的一個重要因素。而這一因素的背後，事實上來自於中國社會發展特殊時期的特殊力量——建立現代民族國家的強大動力。正如前文簡要梳理的史實所呈現的那樣，中國現代語言運動的發展和中國作為現代民族國家的建立是同構的，中國現代語言運動的開始和現代中國文學的起步是同時的，更核心的部分是，現代語言運動的最重要的成果——現代漢語，它和現代中國文學幾乎同生共長，既有相當大的一致性而又各自單獨成立。現代語言運動本身是獨立的，它的目標和旨歸並不完全落腳在文學，但它作用於文學，這一動力機制是我們以前的研究中相對比較忽視的。即便是研究語言運動和文學運動的關係，也主要是站在文學運動這一邊，發現了來自語言運動的影響，這種研究視角背後的基本判斷依然是僅僅把語言運動作為影響文學的一個因素來看待的，換句話說，是文學怎麼用語言的研究老路。而當我們重新重視語言運動的獨立性，把它作為我們站立的領域時，我們會發現，事實上，它也是主動作用於文學運動的。這就帶來了我們研究視角的一次嶄新的更新，好像我們試著站在家門外看清我們家的樣子，我們對於現代中國文學，試著跳出自身，再反觀自身，我們熱切關照的仍然是現代中國文學，就像關照我們的家園一樣，這樣的視角轉換，我們會獲得文學內部研究不曾遭遇的感受，一定會看到不一樣的風景。

第二，文學界、語言學界、文藝理論界、歷史學界等都對中國現代語言運動給予了關注，但是，可以說正是這些豐富的研究成果讓我們逐漸探知到

中國現代語言運動的相當複雜性，它和歷史、政治、文化、經濟、意識形態等社會構成的各個方面都緊密相關，現象紛繁複雜，其背後的動力機制也十分龐雜。因此，當我們打算重新梳理中國現代語言運動時，不能簡單滿足於歷史事實的堆砌，而必須選取一條清晰的思想線索，通過這條線索，在歷史的塵埃中，找到我們所需要的那個部分的內容。如前所述，「語言統一」是現代語言運動的核心思想理路，是現代語言運動的宏大旨歸，也是我們熟悉的現代漢語和國家通用語之成立的強大推動力量，沿著這條線索，我們可以對現代語言運動有一個清晰理智的把握，即其中的現代民族國家想像是如何實現的？追尋了幾個時代的中國國家通用語是如何最終成立的？在這一線索的清理中，我們又尤其關注其作用於文學的部分，作為現代中國文學的關注者，我們在對現代文學不那麼長的歷史進行回顧和反思時，發現它與現代漢語共生共長的糾纏是非常具有吸引力的一個方面。現代中國文學從無到有，一方面是和傳統文言文的告別，一方面是新的規範的文學書寫系統的建立，這其中，文學在語言維度上的變遷是巨大的。為了進一步打探現代中國文學在語言維度上的奧秘，我們沿著語言統一這條線索，在語言的統一和文學的多彩之間遊歷，在現代漢語規範最終建立的欣喜和文學發展想要突破創新的焦慮中探險，看看我們的現代中國文學經歷了怎樣的變化路徑，看看這樣的回顧能對當下及今後文學的發展提供怎樣的歷史經驗和智慧。

因此，本書計劃以中國現代語言運動為線，立足於現代中國文學的實際狀況，著眼於「語言統一」這個視角來探討語言運動與文學發展之間的聯繫，重點考察現代漢語書面語形成過程中，其最重要的載體——文學的流變狀況。通過對社會歷史大潮的回顧，來展示作為其中一條支流的語言運動，是怎麼適時而動的。通過對語言運動過程中諸多方家觀點的回顧，來試圖還原那些壯懷激烈的歷史片段，進而努力探尋，是什麼樣的理論、力量和因緣，成就了已然出現並且仍在持續發生改變的現代中國文學的面貌。當然，至今仍在發展中的現代中國文學，和遠未成熟的現代漢語，其共生共長的天然聯繫，一定是我們關注文學語言時必然投注大量注意力的方向。

換句話說，關注統一的語言和多彩的文學之間的聯繫，看起來是一對矛盾，這是這種強大的衝突性力量引誘著我們進一步深入探險。從語言運動中抽離出「語言統一」這條線索，正是因為它是中國現代語言運動的基本發展方向，應該說，「語言統一」的目標達成，語言運動要建立現代民族共同語的

旨歸也得以實現，然而，文學的發展還在繼續，如果共同語的統一壓抑了文學的多元多彩，那麼是不是該考慮共同語成立之後的文學書寫路徑？同時，現代漢語的歷史也不長，遠未到成熟的境地，文學的書寫是否還應繼續爲語言輸入新鮮血液？共同語要求的「統一」和文學的「不統一」是內在一致呢還是充滿斗爭？對這些問題的探究終將爲我們的語言政策、文學書寫策略等提供有效的參考。

二、研究對象與研究思路

（一）

　　本書所提之「語言統一」是國語運動的主要目標訴求之一，但本書不僅在論述這一運動時使用，而是認爲這一目標從思想理路上貫穿了整個中國現代語言運動，因此，所有的語言運動中涉及「語言統一」思想的部分都會被剝離出來，以呈現這一思想理路的同一性，即我們在幾乎所有的語言運動中都能找到「語言統一」這條明晰的線索。通過對這條線索的梳理，我們可以看到一條完整的經絡，這條經絡不是語言運動的全部，卻是代表著語言運動發展方向的一條基本脈絡，這條脈絡清晰了，我們自然會看到最終民族共同語成立之時，它的歷史必然性。在中國，文學參與了民族共同語的建構，這和世界上其他民族國家有相似的地方，比如但丁的文學書寫最終上升爲意大利語對拉丁語的替代，但是，中國的獨特性在於，我們的語言運動並非以創造一套全新的書寫體系爲旨歸，而是具體表現在書面語和口語兩個方面，書面語方面要用一套新的書寫體系替換原有的「書同文」文言文體系。口語方面則努力造就一套可以在方言歧異的國度可以順暢交流的新的工具，這是非常獨特的地方。事實上，新文學的成立和這一系列語言運動的發展始終糾纏，一方面，文學參與共同語建設促進了共同語的成立，屬於兩頭雙贏的局面；另一方面，在風雲際會的二十世紀的中國，語言運動與政治歷史文化等諸種因素的密切關係又規約了文學的樣貌，到底是爲文學發展注入了強心針還是扭曲了新文學這顆幼苗呢？或許問題詳細展開以後我們才能給出答案。

　　二十世紀八十年代以來，中國現當代文學研究界掀起了「重寫文學史」的研究和寫作熱潮。「『重寫文學史』的提出，……這在當時是出於撥亂反正的政治需要，實際上卻標誌了一場重要的學術革命。」〔註22〕正是在這一大

〔註22〕陳思和《關於「重寫文學史」》，載《文學評論家》，1989年第2期。

的歷史背景下，為了打破傳統的「中國現代文學」和「中國當代文學」簡單的基於政治時間的區分方法，以凸顯中國現當代文學作為學科的獨立性，許多學人提出了一些全新的文學史概念。如黃子平、錢理群、陳平原於 1980 年代中期提出了「二十世紀中國文學」〔註 23〕這一概念，概念的出發點著眼在打破傳統學科研究中近代文學、現代文學和當代文學之間的隔閡，基於打破時間／政治界限的考慮，從總體上來把握居於世界文學版圖之中的現代中國文學。從 1988 年到 1989 年，陳思和、王曉明在《上海文論》主持了「重寫文學史」的系列筆談，意在「改變這門學科原有的性質，使之從從屬於整個革命史傳統教育的狀態下擺脫出來，成為一門獨立的審美的文學史。」〔註 24〕這股熱潮直接引發了不少「重寫文學史」的實踐作品，學人們滿懷熱情操刀的一批著作湧現出來〔註 25〕。這些「重寫文學史」的嘗試和努力，都為我們展現了原有學科研究中被遮蔽和忽略的許多風景，為學科的發展注入了全新的活力，被誤解和被忽視的作家作品得到了重新的重視，彌補了以前研究中相當的不足，然而，對於學科意識和學科史觀而言，並沒有形成新的突破。

本書所選取的「現代中國文學」這一學科概念，是新世紀以來學人們努力開拓學科研究新局面而合力推出的一個具有開創性意義的學術概念。〔註 26〕這一概念不僅僅是對原有「中國現代文學」和「中國當代文學」在時間跨度上的統和，更是指向學科構建的全新視角，它有著更為清晰和準確的時間界限、空間範圍和性質規約。現代中國文學是關注「現代中國」的文

〔註 23〕 黃子平、錢理群、陳平原《論「二十世紀中國文學」》，載《文學評論》，1985 年第 5 期。

〔註 24〕 陳思和、王曉明《「重寫文學史」專欄「主持人語」》，載《上海文論》，1988 年第 4 期。

〔註 25〕 比較突出的如錢理群、溫儒敏、吳福輝著《中國現代文學三十年》（北京大學出版社，1998 年）；陳思和主編《中國當代文學史教程》（復旦大學出版社，1999 年）；洪子誠主編《中國當代文學史》（北京大學出版社，1999 年）；程光煒等主編《中國現代文學史》（中國人民大學出版社，2000 年）。

〔註 26〕 與這一概念相關作品有朱德發、賈振勇合著的《評判與建構——現代中國文學史學》（山東大學出版社，2002 年）；朱德發著《世界化視野中的現代中國文學》（山東教育出報社，2003 年）等，並且，這一概念已經得到諸多方家的認可並且出現在自己的研究成果裏，如（美）王德威《現代中國文學理念的多重緣起》，載《長江學術》，2012 年第 4 期；李怡《1907：魯迅「入於自識」的選擇——論 1907 年的魯迅兄弟之於現代中國文學的生成》，載中山大學學報（社會科學版），2005 年第 3 期；周曉明《現代中國文學的組織化傳統》，載《華中師範大學學報》（人文社會科學版），2011 年 5 月，第 50 卷第 3 期。

學，所有在「現代中國」歷史時期生成的文學都是研究的對象，同時也是整個現代中國的文學，不論其是否具有現代性或者屬於哪個民族。〔註 27〕因此，這一概念首先明確了本學科在時間和空間上的界限，由此，在時間跨度上，我們可以簡要地將之概括爲「上可封頂，下不封底。」〔註 28〕，即其開端的刻度是與「中國古代文學」銜接的，而「下不封頂」則意味著與當下文學發展的緊密對話。所以，這一概念打破了原有近代、現代、當代對文學史進行的機械簡單的劃分，使得異質社會形態中的文化、社會、審美等觀念形態得到有效的整合。在研究的空間疆界上，這一概念體現了「多元並存，平等相待」〔註 29〕的價值觀念，使得不同民族、不同樣態、不同地域、不同團體的文學均被納入涉獵範圍，可以全面呈現現代中國文學的豐富性、多樣性，從而更爲接近眞實的文學發展狀況。此外，現代中國文學的「現代」所規約的，不僅是時間概念上的「現代」，也是現代民族國家的「現代」，是現代文學現代性的「現代」。這樣的新的學科研究範式下，我們迎來了周曉明、王又平主編《現代中國文學史》（湖北教育出版社，2004 年）、羅振亞和李錫龍主編《現代中國文學（1898～1949）》以及李新宇主編《現代中國文學（1949～2008）》（南開大學出版社，2009 年）等文學史的相繼出版，在這些文學史的寫作中都貫穿了「現代中國文學」這一概念的思想理路，在文學史敘述的時間、空間、性質上都有別於傳統文學史，獲得了學科意義上的拓展和更新。在這一學科概念下的「現代中國文學運動」是本書敘述的落腳點，即在「現代中國文學」這一學科概念統領下的歷次文學運動。文學運動是對當時的文學主張、文學思潮、創作風格、作家作品等的總體概括，涵蓋了文學發展的方方面面，是對在某一時期對文學發展總體樣貌發生了重要影響的諸種動力因素的總體描述。當我們梳理中國現代語言運動時，依據「語言統一」這一線索搜索出其特點鮮明的內容，再進一步挖掘它和現代中國文學運動之間的關聯，注重語言運動主動作用於文學的方面，進而在語言維度的視角上進一步豐富當前的研究。

〔註 27〕朱德發《現代文學史書寫的理論探索》，山東人民出版社，2010 年，第 75 頁。
〔註 28〕李鈞《重繪「現代中國文學」學科版圖——朱德發先生訪談錄》，載《中國教育報》，2005 年 6 月 23 日。
〔註 29〕李鈞《重繪「現代中國文學」學科版圖——朱德發先生訪談錄》，載《中國教育報》，2005 年 6 月 23 日。

（二）

一端是從語言運動中提煉出的「語言統一」理念，另一端則是宏闊的現代中國文學運動，本書將兩者並行的基本思路，意在處理這二者之間在歷史和文本中的互動、對話與糾纏。全書分為三章來具體論述這一問題，三章內容各自完成對一條思想線索的梳理，分別是「從口語到書面語」；「從知識階級到普羅大眾」；「從國語到普通話」。這三條線索是依據中國現代語言運動的時間軸抽離出的事實／思想線索。

第一條線索：「從口語到書面語」，這一線索主要的事實基礎來自國語運動和歌謠運動，從語言運動中剝離出來的「語言統一」思路反映了中國現代語言運動從口語統一到書面語統一的進程。這裡所說的「書面語統一」具有兩個維度的價值：一是要突破原來已有的「書面語統一」，二是要建構新的「書面語統一」。這和世界其他民族的現代語言運動是大不同的，非常重要的原因即是中國早已有一套統一的書面語書寫系統，而且這套系統不是外部的，是漢語內部的。那麼，如何突破這套舊有的系統？新的系統從何而來？這套文言系統的言文疏離的特點，為先鋒們提供了突破的縫隙。長久以來的言文疏離使得文言書寫系統只為智識階層所掌握，在開啟民智的強烈要求下，先鋒們首先就試圖打破繁難的漢字書寫系統，希望可以為民眾所用，因此，一系列注音方案應勢而生，這些方案面臨的首要問題就是注什麼音的問題。中國大地的眾多方言使得從晚清開始的注音方案的湧現到國語運動時期的「京國之爭」，都圍繞著用什麼音來統一語言這一問題展開。所以，這一階段的語言運動實際上是分為兩個部分同時進行而又相互借力的，在口語方面，目標是「語言統一」；在書面語方面，目標是「言文一致」。因為，簡單推理的結果是，「言文一致」就是各地口語的書面記錄，但是，沒有一位語言運動的健將認為這是語言運動的目標，至多是把它當做階段性目標來看待，而只有真正的「語言統一」才是更高的最終目標。國語運動和文學革命的合力，一方面讓口語成為新的白話文學重要的資源，另一方面又促成了新的能讓更多人掌握的書面語系統的建構。

應該說，在新文學已經可以憑藉自身的獨特性而宣告成立之時，口語的統一仍在艱難的進行過程中，所以，雖然這一時期的語言運動以口語統一發端，卻以新的書面語系統的確立告一段落。通過這條線索的梳理，我們可以基本看清以國語運動為肇始的中國現代語言運動，是在中國社會現代轉型的

大的歷史背景下被催生出來的，社會、政治、經濟的變化，生長出「語言統一」的實際需求，而啓蒙主題的凸顯，讓這一需求從追尋口語統一開始而落腳於書面的統一，這裡，書面語的統一是特別的，不是從無到有而是全然的蛻變和更新。

第二條線索：「從知識階級到普羅大眾」，這一線索主要的事實基礎來自大眾語論戰、文學的「民族形式」討論和方言文學運動。風雲際會的二十世紀，沒有給老大帝國足夠的時間來慢慢實現口語的完全統一，也沒有給先鋒們足夠的時間來慢慢啓蒙，日益加劇的民族矛盾和內部矛盾，裹挾著大眾——這一時代的主角登上了歷史舞臺的中央。原先以高位自居的知識分子不得不在強大的歷史邏輯下面對自身角色的轉換，從高高在上的啓蒙者轉而變成大眾的學生，主動向大眾學習，這種角色的轉變使得語言運動的風向也隨之而動。還未統一的口語沒有得到充分的關注，語言學家們也不再糾結於讀音標準的制定，事實上，政治社會環境變遷帶來的大量人員流動已然在事實上進行著統一語音的實驗。在書面語建設方面，回顧和反思五四白話流弊的思潮暗流湧動，繼而是對大眾讀者群的前所未有地重視，這應該是中國文學從古到今「雅／俗」轉換的一個力量非常強大的時期。從視角限於民族內部的大眾語的鼓吹到民族危亡情勢下關於文藝的「民族形式」的大討論，再到左翼文化人士發起的方言文學運動，還有一種傾向是值得我們關注的，那就是文化的主流除了有著從啓蒙到救亡的大勢，還有左翼文化隨大眾一道逐漸上升爲強勢聲音的支流，這條支流的重要性將在歷史的發展中得到最好的印證。

在歷史發展滾滾洪流的推動之下，五四新文學運動的勝利帶來了中國文學史上嶄新的新文學，白話文學的繁榮成爲現代中國文學史上光芒閃耀的歷史篇章，在這一時期，誕生了大量經典作家、經典作品以及異常活躍的文學思潮、文學社團，成爲現代中國文學史上最爲絢爛多姿的片段。然而歷史的巨大變遷必然影響文學的面貌，對於知識階級引以爲傲的具有多元特徵的五四白話，在中國現代化歷史中正在崛起的新的階級——大眾，通過知識階級發出他們的聲音，同時，日益凸顯的救亡聲部也在逐漸放大音量，民族危亡形勢下的民族文學語言形式的探討都在加強著大眾的聲音。同樣，在多地同時爆發的方言文學運動，也通過對大眾口語的重視，在強化著大眾的聲音。所有線索都指向語言背後階級力量的逐漸變化，這一變化方向對於統一語言總體目標的即將達成和現代中國文學書寫面貌的改變有著深刻的影響。

　　第三條線索：「從國語到普通話」，這一線索主要的事實基礎來自中國共產黨領導下的解放區的新語言建設和中華人民共和國成立以後的語言運動以及當代文學發展狀況。道路漫漫的「語言統一」終於在中華人民共和國成立之後得到了最終的歸宿，普通話作為國家法定通用語的確立，在口語和書面語兩個方面同時實現了時代先鋒們孜孜以求的「語言統一」。從國語到普通話，背後是國體的轉變，這一歷史性的巨大改變也帶來了文學書寫的巨大改變，普通話不僅是通用口語，更是漢語規範化要求下的規範書寫語言，漢語寫作從來沒有像建國初期的文學那樣樣貌整齊、風格統一，可謂是實實在在的「語言統一」。中國共產黨的這種強大的「語言規劃」能力並非是在建國後突然獲得的，事實上，在解放區的新語言建設中，就已經充分展示了其卓越的規範語言的能力，對於一個地域遼闊、民族眾多的國家來說，在這樣的政治強力的驅使下完成語言統一，是必然的歷史邏輯，其積極功效不容否認。只是，在當代文學和國家同時重新蘇醒的二十世紀八十年代，作家們遭遇了語言的困境，這一現象使得我們不得不再次關注實現了「語言統一」以後的語言生活，尤其是在文學領域。文學與語言的不可分割，決定了「語言統一」的結果必然要在文學領域有所體現，而語言和言語的區別又提示我們是否應該給文學相對的自由和個性，那些應該由政府語文、大眾媒體做的「應用之文」的榜樣，是否必須要個性化十足的文學來一起承擔，文學是否可以成為規範的現代漢語的重要語料來源？讓我們在作家汪洋恣肆的筆下去領悟和感受文學作為藝術的獨特魅力？不論是外來語還是方言，是否都應該歡迎它們盡情地和現代漢語對話、交融，以進一步豐富和成熟我們的現代漢語？這是我們在當下語境下可以進一步思索的問題。

　　普通話的成立，是中國社會現代化進程中的重要事件，也是中國現代語言運動最終實現其主要追求的鮮明標誌，這既是中國社會語言生活中的大事件，也是影響現代中國文學的大事件。「統一」既成，文學遭遇前所未有的「規範」制約，作家身份也受到了「體制」的認同和保障，這些變化改變著仍在進行中的現代中國文學。因此，相信通過這條線索的清理，我們能夠通過回顧並未遠去的歷史而獲得當下文學發展的重新出發的智慧。

　　全書通過以上三條線索的梳理，回到「『語言統一』與現代中國文學運動」的語言之維，再次從現代漢語和現代中國文學的關係上加以思考，從形成現代中國文學語言質地的三個主要來源方面來考察現代中國文學的語言之

維。回到文學之存在的根本，迎向更爲美妙的文學世界，收穫更加成熟的現代漢語。

第一章　從口語到書面語

第一節　國語運動中的「語言統一」

一、「語同音」：語言運動的必然追求

我國歷史上，有記載的最早的民族共同語是「雅言」，這是春秋戰國時代在中原地區方言基礎上形成的。秦統一後，實行了「車同軌，書同文，行同倫」的政策，小篆成爲通用文字後，促進了民族共同語的發展。元明以來，在官場中廣泛使用的北方話「官話」逐漸成爲新的共同語，在實際使用中，還存在著「藍青官話」，但是對於「官話」的語音、詞彙、語法標準，一直沒有非常明確統一的說法。

到了清朝末年，歷史給了中國認識世界的機會。從 1840 年鴉片戰爭開始，中國似乎剛剛從天朝上國的夢中驚醒，就在西方列強堅船利炮的衝擊中不得不把自己納入現代世界體系，一次次的民族危亡使得現代民族國家意識開始在中國慢慢抬頭。知識分子們在面對現代地圖時才恍然覺知，「世界上的人，原來是分做一國一國的，此疆彼界，各不相下。我們中國，也是世界萬國中之一國，我也是中國之一人。」「我生長二十多歲，才知道有這個國家。」〔註1〕清光緒二十八年（1902 年），京師大學堂總教習吳汝綸到日本去考察，發現日本在推行國語（東京話），取得了很好的成績，繼而回國後就建議清廷也學習日本，在中國也推行「國語」。其時，滿清的所謂「國語」是滿語，但是滿語從來就沒有作爲共同語來使用過，實際上，當時具有共同語性

〔註1〕 陳獨秀《說國家》，見任建樹等編《陳獨秀著作選》第 1 卷，上海人民出版社，1993 年，第 55 頁。

質的是「官話」。吳汝綸的建議實際上是推行「官話」。到了清宣統元年（1909年），清政府資政院的會議上，議員江謙提出，建議清政府把「官話」改名為「國語」，清政府同意了這一提案。由此，民族共同語的稱謂變成「國語」。實際上，此時的「國語」仍然只有「國語」之名而缺乏其實，這也正是日後國語運動的基礎，也使得國語標準的制定，成為這一語言運動必然面對的問題。

　　黎錦熙在《國語運動史綱》中將國語運動分為四個時期：「切音運動時期」（約 1900 以前）、「簡字運動時期」（1900～1911）、「注音字母與新文學聯合運動時期」（約 1912～1923）、「國語羅馬字與注音符號推進運動時期」（1924～）。〔註2〕事實上，在是中華民國成立以後，國語運動才獲得了快速的發展，1913年讀音統一會成立、1916 年國語研究會成立等對於國語運動的深入開展起到了實質性的推動作用。對於國語運動的定義，有學者認為存在廣狹兩種，所謂廣義的是指從清末的切音字運動開始算起，直到二十世紀二十年代的國語羅馬字時期、甚至可以延長到三十年代的大眾語討論時期。而狹義的國語運動則是指從國語研究會成立開始算起，直到二十世紀二十年代國語羅馬字運動之前，這期間，有目標、有同盟。〔註3〕為清晰把握歷史脈絡，全面梳理「語言統一」的全程，本書兼取兩種定義，即從切音字運動開始，至二十世紀二十年代「國語」全面進入基礎教育領域為止，此時，國語運動提出的大部分目標業已實現。

　　當吳汝綸在日本考察時，日本教育行政官員伊澤修二曾告訴他，「欲養成國民愛國心，須有以統一之，統一維何？語言是也。公同之不便，團體之多礙，種種為害，不可悉數。查貴國今日之時勢，統一語言尤其亟亟者。」〔註4〕在「師夷長技以制夷」的思想影響下，企圖通過社會運動挽救國家的知識分子們自然會注意到世界各國的語言狀況，他們發現，世界上的強國都把語言統一當做國家內部治理的重要方面。〔註5〕要普及教育、開啟民智，首當

〔註2〕　參考黎錦熙《國語運動史綱》，商務印書館，2011 年。

〔註3〕　參考王風《文學革命與國語運動之關係》，夏曉虹、王風等著《文學語言與文章體式》，安徽教育出版社，2006 年，第 48 頁。

〔註4〕　吳汝綸《東遊叢錄》（節錄）：三、與伊澤修二談話，見《清末文字改革文集》，文字改革出版社，1958 年，第 27 頁。

〔註5〕　長白老民《推廣京話至為公義論》，見《清末文字改革文集》，文字改革出版社，1958 年，第 34 頁。

其衝的恐怕就是識字了。因爲中國歷來的教育文化傳統，是把識字當做讀書人的專門技能來對待的，所以，絕大部分的民眾是不識字的。基於這個客觀事實，知識分子們自然以爲解決民眾識字問題是語言運動的第一要義。創製切音字成爲當時解決民眾識字難題的主流選擇，清末湧現出許多先鋒的探索。

在清末創製切音字的熱潮中，創製者們首先面對的問題是，他們創造出的用羅馬字母、筆畫等構成的切音字，具體切什麼音的問題。盧戇章在其《中國第一快切音新字》原序中提到，切音字應該以南京話爲正字，則中國的溝通可以達到「猶如一家」〔註6〕的狀態。戊戌變法失敗後，作爲參與者的王照流亡日本，在日本，他受到日本拼音文字的啓發，使用漢字的偏旁和部件創造了一套漢語的拼音文字方案，名爲「官話合聲字母」。《官話合聲字母》在日本出版，受到了正在日本的京師大學堂總教習吳汝綸的注意，才有了前文提到的清廷改「官話」爲「國語」的後事。王照的《官話合聲字母》最早注意到了「統一」的問題，在拼音上以官話爲準，並提出「語言必歸劃一，宜取京話」，他的理由是北京話相對來說能使用的範圍在中國是最廣泛的，大部分地方都能聽懂，「是京話推廣最便，故曰『官話』。『官』者，公也，公用之話。」〔註7〕他的這種意識和主張成爲了「國語統一」的先聲。隨後，盧戇章也提到「統一語言」的想法，但其理由卻不甚相同，他認爲「統一語言，以結團體，乃保存國粹之要件，由切音字書以統一語言，易如反掌。」〔註8〕《江蘇新字母》的創製者朱文熊，則正式提出了「國語統一」的想法，「顧文字不易，教育終不能普及；國語不一，團結力終不能堅固。」〔註9〕他的想法是通過學習字母來拼寫方言，然後通過方言之間的交流融合，最終達到國語統一的目標。

〔註6〕 盧戇章《中國第一快切音新字·原序》，見《清末文字改革文集》，文字改革出版社，1958年，第3頁，原文是：「切音字烏可不舉行以自異於萬國也哉！又當以一腔爲主腦，19省之中，除廣福臺而外，其餘16省，大概屬官話，而官話之最通行者莫如南腔，若以南京話爲通行之正字，爲各省之正音，則19省語言文字既從一律，文話皆相通。中國雖大，猶如一家。非如向者之各守疆界，各操土音之對面無言也。」

〔註7〕 王照《新增例言》，《官話合聲字母》，文字改革出版社，1957年，第9頁。

〔註8〕 盧戇章《頒佈切音字書之益》，見《清末文字改革文集》，文字改革出版社，1958年，第72頁。

〔註9〕 朱文熊《附論各省音之變遷及舉例》，見倪海曙《清末漢語拼音運動編年史》，上海人民出版社，1959年，第152頁。

　　王照的官話合聲字母是以北方官話為標準的，因此要在南方推行就顯得比較困難。正是基於這樣的情況，1905 年，勞乃宣又創製了一套「簡字全譜」。而且，勞乃宣也較早地意識到了「國語統一」和「言文一致」的關係，因此他主張方言區先做到「言文一致」隨後即可再進一步達到「國語統一」，所以他把全國劃分為北京、江寧、蘇州、閩粵四個方言區，簡字推行的第一步是方言統四，第二步才是國語統一。勞乃宣還詳細地設想了一個推行簡字的計劃。「全國人民及歲者皆入此簡字之學，一年不學者，罪其家長」「將來實現立憲之時，除本識漢字者外，其不識漢字而能識此簡字者一體准作公民」「五年之後，官府出告示，批呈詞，皆用此字。」〔註 10〕他認為若要立憲，必須要有公民作為基礎，不識字者不具備成為公民的資格，從未無法實施立憲，可見其對於自己簡字方案價值的毫不保留地估計。〔註 11〕勞乃宣非常希望清政府能夠頒佈推行這個方案，無奈久無回音，他只好用自己的力量進行社會宣傳，於是他在北京發起成立了「簡字研究會」，這應該算是中國研究文字改革最早的民間團體之一。1910 年，清政府資政院最終通過決議，將簡字更名為音標，準備予以施行。但不久，辛亥革命爆發，中國歷史揭開新的篇章，自然，這套方案的推行也就此擱淺了。

　　當時比較完善的方案，包括王照的「官話合聲字母」、盧戇章的「切音新字」、勞乃宣的「簡字全譜」、蔡錫勇的「傳音快字」、王炳耀的「拼音字譜」等，都是愛國知識分子為求開啟民智、普及教育以達到「言文一致」目標而做出的嘗試。但是，這些方案都存在著一個天然的「悖論」，即創製者們根本不打算自己使用，這些方案主要是為「婦人孺子」設計，其借文字改革以求社會改革的目的非常明顯。梁啟超明確提出漢字是「文」，拼音文字是「質」，他在為沈學《盛世元音》作的序中指出：「天下之事理二：一曰質，二曰文。文者，美觀而不適用；質者，適用而不美觀。中國文字畸於形，宜於通人博士箋注詞章，文家言也。外國文字畸於聲，宜於婦人孺子日用飲食，質家言也。二端對待，不能相非，不能相勝，天之道也。」〔註 12〕因此，這一時期「語言統一」的動力主要來自知識分子們在外界壓力逼迫下「開啟

〔註 10〕　勞乃宣《〈簡字全譜〉序》，《簡字譜錄》，文字改革出版社，1957 年，第 347 頁。

〔註 11〕　勞乃宣《〈簡字全譜〉序》，《簡字譜錄》，文字改革出版社，1957 年，第 343 ～344 頁。

〔註 12〕　沈學《盛世元音》，文字改革出版社，1956 年版，第 2 頁。

民智」的衝動。勞乃宣的話把這一目的說得再清楚不過了,「夫文字簡易與語言統一,皆爲今日中國當務之急。」〔註 13〕也可以說,此時語言運動的主將們只把這運動當做了一項圖求帝國教育普及以救國的途徑,他們認爲,「國之富強,基於格致;格致之興,基於男婦老幼皆好學識理。其所以能好學識理者,基於切音文字。」〔註 14〕識字者多的國家,民眾就智慧,這樣的國家就強盛,相反,識字者少的國家,民眾就愚笨,民眾愚笨的國家,就貧弱,所以,文字的難易程度幾乎就決定了民眾的思想水平,從而決定了國家的強弱。〔註 15〕這些切音字方案是強國富民的語言計劃,而這時的國乃是滿清朝廷統治下的國,一個大一統的封建帝國,這與民國以後的語言運動有著本質的區別。

　　1912 年 8 月,中華民國教育部召開的中央臨時教育會議上通過了注音字母方案,並且,爲了普及教育,明確了首先要開展的工作就是讀音統一。1912年 12 月,中華民國政府成立了讀音統一會,附屬於教育部,這是現代語言運動中的第一個全國性的行動機構。這個機構的成立讓國語運動進入了前所未有的快速發展時期,這和這個機構的背景息息相關。在中國歷史上,第一次以官方政府的力量推動了語言運動的發展。此時,官方政府面臨的政治統一的需要與一直暗流湧動的語言統一的需要第一次如此緊密地結合起來。如果說在此之前的國語運動多是出自知識分子自發的覺醒和來自經濟發展必然要求的語言交流的實際需要的話,那麼,從讀音統一會成立,這個語言運動的性質也發生了根本的轉變,很顯然,語言統一不僅是因爲建設新的現代化國家需要教育的普及,需要造就新的公民,更重要的是,結束了封建統治的中國,面臨著一個全新的局面,如何統一?世界上已有的任何一個所謂民族國家都與中國的實際情況不同,不論是「民族」、「國家」還是「國語」,在中國,其具體內涵都是如此龐雜,完全不同於西方單一民族構成的「國家」(nation)。中華民族這一有著複雜的內部複合結構的指稱,一方面要求新政權在政治上的重新確認,另一方面,語言統一的需求逐漸成爲一股主流,應

〔註13〕 勞乃宣《致〈中外日報〉館書》,見《清末文字改革文集》,文字改革出版社,1958 年,第 57 頁。
〔註14〕 盧戇章《中國第一快切音新字》原序,見《清末文字改革文集》,文字改革出版社,1958 年,第 2 頁。
〔註15〕 參見勞乃宣《〈簡字全譜〉自序》,見《清末文字改革文集》,文字改革出版社,1958 年,第 77 頁。

該說這股主流不僅是來自上層的政治需要，也暗含著國家內部湧動著的民族認同的潮流。

讀音統一會於 1913 年 2 月正式開會，會議確定了幾項任務〔註16〕。其中，在確定國音的規則上，讀音統一會採用了各省代表投票表決的方式，這在今天看來毫無道理甚至覺得可笑，但是「國語運動早期，多數人認為，推廣國語只要求大家能夠彼此通詞達意就可以了，」〔註17〕而且，時任讀音統一會議長的吳稚暉就是持這種看法的。他就認為，所謂「官音」，就是指這種發音能夠通用，所以「南腔北調」就是最為恰當的選擇。可以說，他本人是堅決反對直接採用北京音作為國音的，而是主張「南腔北調」的「改良新語」，他認為「改良新語」才是最適當的，對於操「京油子腔口」的，持堅決反對的態度。〔註18〕這種主張看似平和公允，且當時社會確實就有著官話、藍青官話的存在，所以這種做法其實並不像今天看來這樣的荒唐。在核定音素、探定字母時，有主張用漢字偏旁的，有主張用羅馬字母的，甚至還有主張用圖畫的。最後，會議正式通過了「注音字母」，成為我國第一套官方發布的拼音方案。這一套「注音字母」實際上是當時教育部的人員在章太炎「紐文」「韻文」基礎上略加改動而成的「記音字母」方案。「注音字母」方案較之晚清各家自己創製的反切方案來說，自然是有了很大的進步，更重要的是，這套方案是在政府力量的促進下產生的，自然比那些多靠個人熱情而來的方案顯得更有力量了。1913 年，讀音統一會通過的「注音字母」方案，因為政治方面的原因，一直沒有正式公佈。直到 1918 年 1 月 23 日，教育部正式公佈了注音字母令：教育部令第七十五號。隨後，小學教科書也逐漸採用了注音字母，統一國音的目標在慢慢地接近。但是，由於這套方案本身的語言學缺陷，以及時局動蕩，注音字母並沒有得到有效推廣。

〔註16〕 這幾項任務是：（一）審定一切字音為法定國音；（二）將所有國音均析為至單至純之音素，核定所有音素總數；（三）採定字母，每一音素，均以一字母表之。參見黎錦熙《國語運動史綱》，商務印書館，2011 年，第 122 頁。

〔註17〕 周有光《周有光語文論集（第四卷）》，上海文化出版社，2002 年，第 289 頁。

〔註18〕 吳稚暉《書神州日報東學西漸篇後》，見《吳稚暉先生全集》第 5 卷，上海群眾圖書公司，1927 年，第 55 頁。吳在文中用了鮮活的例子來說明自身主張：「吾聞能作官話者，莫如蘇州某君，彼生長北京，其言發聲則純用吳腔，而出音則字字真足，既方既雅，人固莫不以南京官話誚之，其實此即改良新語，所最適當之音調也。若近日專以燕雲之胡腔認作官話，遂使北京韃子，學得幾句撑鳥籠之京油子腔口，各往別國為官話教師，揚其狗叫之怪聲，出我中國人之醜，吾為之心痛。

　　1919 年 4 月 21 日，國語統一籌備會在北京成立，前身即是當年的讀音統一會，是當時教育部附設的推行國語的機構。國語統一籌備會所做的主要工作就是正式確立國音的標準。1919 年，《國音字典》的初版公佈，引來了中國現代語言運動史上著名的「京國之爭」，對於《國音字典》的注音標準，很多人提出了異議。因爲這些字音是當年讀音統一會用舉手表決的形式得來的，所以，幾乎沒有人能在口語中完全使用這些字音，包括那些參與舉手的專家們。因此，要求國音合於自然音的呼聲越來越強烈。1920 年 12 月，教育部以訓令形式正式公佈了《國音字典》，所收 13000 多字的讀音是 1913 年讀音統一會確定的。訓令中稱，經過讀音統一會審定的《國音字典》所採用的讀音就是「官音」，就是「普通音」，也是適合用作標準的讀音，因爲這種讀音也是「數百年來全國共同遵用之讀書正音……北京音中所含官音比較多，故北京音在國音中適占極重要之地位。」〔註 19〕直到 1921 年 6 月，商務印書館發行《教育部公佈校改國音字典》，爭論才逐漸平息。結果是，修正後的《國音字典》以普通音爲依據，實際上就是大多數字採用了北京音，而且，在聲調標準上，完全依照了北京音。1929 年，國語統一籌備委員會第二次常務委員會決議，將《國音字典》改爲《國音常用字彙》。1932 年，《國音常用字彙》出版並由教育部公佈。此時，國音的標準已經明確，實際上就是北京音了。

　　因爲中國其實歷來就存在「書同文」的書寫系統，所以對於語言運動來說，要想統一語言，首要的問題是統一讀音。清末切音字方案的創製，大多以方言爲基礎，比如盧戇章的《一目了然初階》以廈門音爲標準，勞乃宣也是主張「統四」，即是建立四大方言區，隨後再統一。那時，對民族共同語一般用「官話」來指代，但這個稱謂本身所含的「官場話語」之意更讓語言學家們覺得缺乏語言學的學理支撐，而且，「官話」並沒有明確具體的語言標準，這是更本質的問題，所以自然會遭到質疑。

　　1913 年，讀音統一會確定了 6500 多字的讀音，雖然那是國語運動中首次在形式上實現了讀音統一，但那根本就是不可能推廣的方案，趙元任後來回憶到，自己曾經使用這種讀音錄製了唱片，因爲讀音統一會定下的這 6500 多字的讀音根本不是任何一個老師的鄉音，所以沒人掌握更無法教學，因此就由他來錄音，然後在學校進行教學推廣，「在十三年的時間裏，這種給四

〔註 19〕黎錦熙《國語運動史綱》，商務印書館，2011 年，第 154 頁。

億、五億或者六億人定出的國語，竟只有我一個人在說。」〔註 20〕所以，依據這次會議決議來注音的《國音字典》在 1919 年剛出初版時，就引起了激烈的爭論。

其實，在此之前，關於國音的標準，就有很多主張。切音字運動的主將盧戇章，也不主張以他創製切音方案的廈門音位為標準。胡以魯主張用湖北音為標準，因為「湖北之音，古夏聲也。未嘗直接北患之激變，常作南音之代表……況夏口之音由來擴張其勢力，為他言他音所紛亂者少……爾來北音激變，湖北獨屹然保障江左，南北朝之南都，宋之南遷，中原音流入於南，夏口實保障之。北方激變，閩粵沿海塊雜，中心其在斯乎！其理論也，實際亦如是，十方言之中，自閩粵吳越等沿海外，大抵皆略與湖北近，以其比較上純粹而中和也。交通上又為吾國之中心，其發達正方興而未艾。故以之導用於國中，似較京語為利便。〔註 21〕

關於國語採用何種音為標準音的問題，並非此時才有爭論，早在切音字運動時期，就有關於北方官話和南方官話的分歧，長白老民在《推廣京話至為公義論》一文中分析了切音字以北京音為標準音遭到「顯宦及名士」反對的原因，「非其心之不仁也，蓋其見之不明有數端焉」，南北讀音差異乃是「文野之分」，因為南方人認為自己的文化一直是文明的標誌，故而認為江南音才是正統的讀音。〔註 22〕這是當時語言文化權勢的實際情況。但是，實際上仍然是以北京音為基礎的北方官話在爭論中佔了優勢，在王璞的《呈學部大臣張百熙為推廣官話字母文》中，王就大力建議清朝廷推行王照受日語啟發而創製的官話合聲字母，而官話合聲字母就是以北京音為標準的。長白老民的《推廣京話至為公義論》和王用舟、何鳳華等的《上直隸總督袁世凱書》中，都提出了推廣北京話的建議。就連本來主張應該以南京話為標準音的盧戇章，到了清光緒三十二年（1906 年）時，也改變了想法，他建議，「頒定京音官話，以統一天下之語言也。」〔註 23〕當時這樣的主張，也是基於大部分省

〔註 20〕 趙元任《什麼是正確的漢語？》，見葉蜚聲譯《趙元任語言學論文選》，中國社會科學出版社，1985 年，第 57 頁。

〔註 21〕 胡以魯《國語學草創》，上海商務出版社，1923 年，第 97～98 頁。

〔註 22〕 長白老民《推廣京話至為公義論》，見《清末文字改革文集》，文字改革出版社，1958 年，第 34 頁。

〔註 23〕 盧戇章《頒行切音字書十條辦法》，見《清末文字改革文集》，文字改革出版社，1958 年，第 73 頁。

的方言與北方官話的音略同，且北京為當時的政治中心，所以按照世界上大部分國家建立和推廣國語的情況，都應該是選擇北京音。

　　直到 1920 年教育部正式公佈《國音字典》後，官方已經明確以北京音為標準音了，可是，關於京音與國音的爭論，卻沒有停止。黎錦熙意在調和矛盾，主張「國音京調」，但在這一點上，錢玄同此時也和劉半農的觀點一致了，他說，「劭西對於國語上別的主張，我都絕對的贊成的，獨此一點，我是和半農的見解相同，不贊成劭西之說。」〔註 24〕劉半農堅決反對用京音做國音的代表，其時他正在法國，還寫信回來闡明自己的立場，「在討論這一個爭點之前，應該先把一個謬誤的觀念校正。這觀念就是把統一國語的『統一』，看做了統一天下的統一。所謂統一天下，就是削平群雄，定於一尊。把這個觀念移到統一國語上來，就是消滅一切方言，獨存一種國語，這是件絕對做不到的事。」〔註 25〕「我們並不能使無數種的方言，歸合而成一種的國語；我們所能做的，我們所要做的，只是在無數種方言之上，造出一種超乎方言的國語來。」〔註 26〕說到底，錢玄同和劉半農反對的，是語言霸權。不論採用何種方言做國語，其背後真正的問題是，本來各地方言在權利上、文化價值上是平等的，如果從眾多方言中選擇一種作為民族共同語，用這種方言去統一別的方言，必然造成價值上的重新排序，從而造成對其他方言的壓制或者排斥，其地方言也依然會長期存在，而且其價值是同一的，地位是平等的。所謂「超乎方言的國語」，並不是一定要製造一種等級在眾方言之上的語言來推廣，只是強調這種語言的均質性，它具有民族共同語的性質，是全國人民皆可溝通的工具，絕不存在取代某種方言的意義。因此，反對京音，實際上是學者們出於對方言背後諸多價值的捍衛，出於對地域文化的保護，避免某種方言形成強勢的語言霸權。

　　後來瞿秋白的觀點也有類似之處，他認為「一種方言要有做全國普通話的基礎的資格，必須說這種方言的地方真正是經濟的、文化的中心，同時又是政治的中心。」對於當時的中國來說，還沒有符合這一標準的一個地方。

〔註 24〕錢玄同《劉復〈國語問題中的一個大爭點〉的附記》，見《錢玄同文集》（第三卷）漢字改革與國語運動，中國人民大學出版社，1999 年，第 50 頁。

〔註 25〕劉復《國語問題中的一個大爭點》，見《錢玄同文集》（第三卷）漢字改革與國語運動，中國人民大學出版社，1999 年，第 50 頁。

〔註 26〕劉復《國語問題中的一個大爭點》，見《錢玄同文集》（第三卷）漢字改革與國語運動，中國人民大學出版社，1999 年，第 51 頁。

看看中國歷史，具體情況又很特別，前清一直把北京話作爲「官話」，而文人詩文中的聲調和押韻卻使用的是江南音。〔註 27〕換句話說，他認爲國語必然需要以一種自然的方言作基礎，但卻又不可只是認定它作標準，大多數南方人並不能學好地道的北京話，所以這樣推行的結果會是「藍青官話」成了國語。

此外，還有很多別的主張，「有人主張北京話，但北京也有許多土語，不是大多數通行的。有主張用漢口話的（章太炎）。有主張用河南話的，說洛陽是全國的中心點。有主張用南京話的，說是現在的普通話就是南京話，俗語有『藍青官話』的成語，藍青就是南京。也有主張用廣東話的，說是廣東話聲音比較的多。」〔註 28〕對於國音的標準，爭論一直沒有停息，這也是國語運動的缺憾之一。或者說，這種爭論本來就不僅僅是語言學內部的問題，它所關涉的方面實在太多，這才造成了如此全面而激烈的爭論。在語言統一的過程中，共同語和方言的對抗、共生，某一種方言上升爲共同語，這是任何一個國家在建立共同語過程中都必會遭遇的問題，而這個問題之所以顯得如此糾結、繁複，說到底還是由語言的本質屬性決定的。在需要開啓民智的歲月裏，語言似乎是和堅船利炮一樣的十分強大的工具；當局勢稍微緩和，相比實實在在的物質生活而言，語言問題似乎又確實顯得不那麼重要。然而，在知識分子們激烈的討論中，我們看到的是要通過統一語言來統一國家的拳拳愛國心，是爲了完成中華民族「語同音」的歷史使命而奔走呼號的熾熱激情。雖然主張各不相同，意見紛繁不一，但要建立統一的國語的目標卻都是一樣的。這種統一的動力，一方面來自經濟發展、人員流動必然帶來的實際交流的需求，另一方面，即是從晚清切音字運動開始就一直貫穿始終的建立「國家」的強烈衝動，統一語言背後的眞正動力乃是統一國家，這種力量在辛亥革命之後就更加明顯地凸現出來了。

我們之所以一再強調統一國家的衝動是統一語言背後眞正的動力，其論據並不僅僅來自於對社會歷史潮流的總體判斷，事實上，在文學發展的內部，這一潮流也是顯而易見的。詩歌一直是中國傳統文學領域中文學性卓著的代表者，而以梁啓超爲代表的先鋒首先就將變革改良的矛頭指向了這一領域，

〔註27〕 瞿秋白《羅馬字的中國文還是肉麻字中國文？》，見《瞿秋白文集》第三卷，文學編，人民文學出版社，1989 年，第 227～228 頁。

〔註28〕 蔡元培《在國語講習所的演說詞》，見高平叔編《蔡元培全集》第 3 卷，中華書局，1984 年，第 427 頁。

他提出，「欲爲詩界之哥倫布、瑪賽郎，不可不具備三長：第一要新意境，第二要新語句，而又須以古人之風格入之，然後成其爲詩……若三者具備，則可以爲 20 世紀支那之詩士矣。」〔註29〕「新意境」、「新語句」是西風東漸之後的新的要求，是梁啓超倡導的新的詩歌發展的方向，或者說是突破傳統詩歌在意境、風格等方面限制的一種呼喊。「詩界革命」的目標並不在於完全突破和改變原有的格律詩體的形式，而要求傳統詩歌創作改善與時代脫節的問題，要將舶來的新觀念、新思想、新文化納入其中，從而達到新的「文以載道」的目標。從《夏威夷遊記》到《飲冰室詩話》，梁啓超關於「詩界革命」的主張略有變化，最大的差異是不再強調「新語句」的進入，而力主「以舊風格含新意境」〔註30〕，將黃遵憲的《越南篇》、《臺灣行》、《朝鮮歎》等收入《飲冰室詩話》，作爲好詩的典範加以推崇。這些詩作最爲明顯和集中的特點即是充分反映了時代變化和愛國思想。

　　梁啓超的《論小說與群治之關係》和《論佛教與群治之關係》將在傳統文學觀念中不受重視的小說的地位提升了不少，從小說與新民、群治、國立的關係入手，把小說的社會功能進行了充分的肯定和闡發，是「文學之最上乘」〔註31〕。梁啓超的小說《新中國未來記》、陸士諤的小說《新中國》，都是這一時期政治小說的代表，與傳統小說相比，不僅在語言和形式上有差異，其所涉及的政治內容也是前所未有的，對「新中國」的美好想像，是這一特殊歷史時期的特有產物。此外，在小說創作領域，偵探小說、科幻小說、譴責小說等紛紛湧現，呈現出向現代小說過渡的總體趨勢。如呂俠的《中國女偵探》、李涵秋的《雌蝶夢》等偵探小說將人物表現的重心放在了「神探」自身的斷案邏輯上，一定程度上擺脫了傳統公案小說的官府——民間爭鬥模式。荒江野叟的《月球殖民地》、徐念慈的《新法螺先生談》等科幻小說的出現本身，即有力地證明了時代變遷的腳步已悄然來臨。中國傳統小說一般通過人物的行動、情態、言語等來表現人物的心理活動，而在劉鶚的《老殘遊記》、曾樸的《孽海花》等小說中出現了人物的正面心理描寫，這是

〔註29〕梁啓超《夏威夷遊記》，見梁啓超《飲冰室合集·文集》，中華書局，1989 年，第 189 頁。

〔註30〕梁啓超《飲冰室詩話》，見梁啓超《飲冰室合集·文集》，中華書局，1989 年，第 23 頁。

〔註31〕梁啓超《論佛教與群治之關係》，見夏曉虹編《梁啓超文選》，中國廣播電視出版社，1992 年，第 483 頁。

前所未有的。周瘦鵑、蘇曼殊的創作就更是能夠體現出西方現代文學對中國文學創作的影響了，全面展現出文學傳統和文學新潮的共振激蕩。「小說界革命」是中國文學發展史上一次對文類價值的巨大顛覆，在詩歌與身份標誌、社會階層等的強力關聯力量之下，有識之士將文類的顛覆的作為其主張的突破口，頗有深意。作為在這一意義上最有代表性的歷史文獻——《論小說與群治之關係》，梁啓超在文中毫不隱晦地提出了「新小說」與「新民」之間的關係，「欲新一國之民，不可不先新一國之小說；故欲新道德，必新小說；欲新宗教，必新小說；欲新政治，必新小說；欲新風俗，必新小說；欲新學藝，必新小說；乃至欲新人心，欲新人格，必新小說。何以故？小說有不可思議之力支配人道故。」在這裡，小說成為政治啓蒙和文學變革的連接點，新的小說創作的出現則奏響了新的文學格局即將在時代大潮的衝擊下重獲新生的前奏。

隨著社會政治、經濟、文化整體氣氛的轉變，新觀念、新事物的出現，新的知識分子群體在文學觀念上已不同以往。大量白話報刊和職業撰稿人的出現、新的教育制度下培養出的新的社會人的出現、各種民間學會團體的出現，無一不在宣告著傳統穩定的社會結構已然出現了結構性的鬆動，文學活動的參與者們的文學觀念也隨之變化。王國維的《〈紅樓夢〉評論》、周樹人的《摩羅詩力說》、周作人的《論文章之意義暨其使命因及中國近時論文之失》、章太炎的《序革命軍》、梁啓超的《譯印政治小說序》等文論是其中的代表，他們的觀點結論不甚一致，比如梁啓超堅守文學救國論，王國維重視文學的人文內涵，章太炎執著於變革中的民族文化傳統，周氏兄弟則更關注文學中的「人」，雖然其具體的價值選擇、結論落點不盡相同，然而，他們都洞見到文學變革已在進程當中，並且將文學的變革與民族國家變革緊密關聯，可以看做是在統一目標下從文學變革的層面對民族國家變革進行的思考，這和傳統文學家國天下的觀念已經是涇渭分明了。

二、統一的國語在哪裏？

1916 年 10 月，中華民國國語研究會在北京成立。國語研究會的宗旨為「研究本國語言，選定標準，以備教育界之採用」〔註 32〕，明確提出了「言文一致」和「國語統一」兩大口號，標誌著國語運動的全面開展。此後的國

〔註32〕 黎錦熙《國語運動史綱》，商務印書館，2011 年，第 134 頁。

語運動以「言文一致」和「國語統一」為鮮明的旗幟，其各項主張、措施，也漸漸全部統一到這兩面旗幟之下了。儘管國語運動在前面的努力中已經有了「國音」，有了「注音字母」，但是究竟什麼是國語，「言文一致」「國語統一」的最後效果是什麼，似乎沒人能說清楚。晚清的諸多拼音方案主要致力於幫助下層民眾識字，以期開啟民智，其時所謂的「白話」也就是人們日常的口頭語言。仔細辨析便會發現，如果國語的標準是「言文一致」，那麼運用那些切音字方案能做到的就是拼寫出各地方言，這確實做到了「言文一致」。可是，「國語統一」呢？如果只是把各地方言呈現在紙面上，又怎麼能做到「國語統一」。所以，「國語統一」之「統一」的基礎在於，「國語」的範本在哪裏？什麼樣的文章是「國語」寫就的、可以學習模仿的？胡適注意到了這個問題，對於國語研究會的語言學家們的工作，他注意到，國語研究會的研究工作專注於為漢字注音，「他們完全忽略了『國語』是一種活的語言；他們不知道『統一國語』是承認一種活的語言。」所謂「活的語言」，就意味著這種語言能夠為全國人民拿來使用，不管讀書、說話還是寫文章，都能使用這種語言，這才是真正的「統一國語」的工作，而國語研究會專注於為漢字注音、編撰國音詞典，這些工作不是在做有利於白話教育的事情，不是在做「統一國語」的事情。〔註 33〕

　　中華民國國語研究會剛剛成立，幾乎是在同時，1917 年 1 月，正在美國留學的胡適在《新青年》雜誌上發表了文章：《文學改良芻議》，文章中，胡適提出，「以今世歷史進化的眼光觀之，則白話文學之為中國文學之正宗，又為將來文學必用之利器，可斷言也（此『斷言』乃作者自言之，贊成此說者今日未必甚多也）」。〔註 34〕同年 2 月，陳獨秀又在《新青年》發表了文章：《文學革命論》，陳獨秀在文中鮮明地提出了文學革命之三大主義，即「推倒雕琢的阿諛的貴族文學，建設平易的抒情的國民文學」、「推倒陳腐的鋪張的古典文學，建設新鮮的立誠的寫實文學」、「推倒迂晦的艱澀的山林文學，建設明瞭的通俗的社會文學」。〔註 35〕他在給胡適的信中說：中國文學的改良，必須以白話文學作為正宗，這是一個是非分明的問題，「必不容反對者有討論之餘

〔註 33〕　胡適《中國新文學大系·建設理論集·導言》，載胡適編選《中國新文學大系·建設理論集》，上海良友圖書印刷公司，1935 年，第 13 頁。
〔註 34〕　胡適《文學改良芻議》，載《新青年》第 2 卷第 5 號。
〔註 35〕　陳獨秀《文學革命論》，見胡適編選《中國新文學大系·建設理論集》，上海良友圖書印刷公司，1935 年，第 44 頁。

地，必以吾輩所主張者爲絕對之是，而不容他人之匡正也。」〔註36〕陳獨秀
的觀點鮮明、態度犀利，其「不容他人之匡正」的氣勢雖然很難說是基於十
足的事實分析和形勢判斷，但毫無疑問地，有著十足的藝術豪情和革命熱情，
這種急先鋒似的豪情和熱情，正和「文學革命」之「革命」內涵高度吻合。
自此，文學革命的大幕拉開了。

　　如果僅僅只看文學史的敘述，或許容易讓人誤解，似乎這個改變了幾千
年來中國文學面貌的「文學革命」是胡適等人偶然在國外臆想出來的。其實，
這當中有著深刻的社會政治原因。〔註37〕也可以這樣來理解，那就是，拋開
當時的社會情況和當時社會的語言狀況而總是單獨去看文學革命，容易對當
時社會整體語言狀況的理解出現偏差。尤其是當我們把落點放在現代中國文
學這一頭的時候，可能會更多地去關注文學內部的變化，而容易忽略當時語
言運動的大背景，或者說是容易把這個背景想成理所應當、自然而然，事實
上，作家、作品、世界、讀者是一直處在互動中的四個要素，因此，文學革
命的發生也好，中國文學書寫面貌的改變也罷，一定是與當時的社會、政治、
文化發展需要緊密相關的。當然，我們也絕不能因此而否認胡適等人在文學
革命的理論建設和社會策動中發揮的積極作用。

　　1918 年，胡適的《建設的文學革命論》在《新青年》上發表，胡適大膽
宣言：「我的『建設的新文學論』的唯一宗旨只有十個大字：『國語的文學，
文學的國語。』」〔註38〕本來，國語運動和文學革命屬於各自爲戰的兩個山
頭，其出發點和最終追求並不一樣，可是，這一句響亮的口號——「國語的
文學，文學的國語」卻把國語運動和文學革命聯繫起來了，「言文一致」和「國
語統一」眞正統一起來了。此後，國語運動與文學革命呈現出合流的態勢，
這使得國語運動的影響逐步擴大。

　　黎錦熙記錄：當袁世凱逝世後，國家恢復共和，於是，當時任職於教育
部的積極人士認爲目前民眾的思想和知識水平實在是和共和體制不匹配，還

〔註36〕陳獨秀《答胡適之》，見胡適編選《中國新文學大系・建設理論集》，上海良
　　　　友圖書印刷公司，1935 年，第 56 頁。
〔註37〕關於這個問題，程巍的文章《誰領導了 1916～1920 年的中國文學革命》（載
　　　　《中國圖書評論》，2010 年第 3 期）通過對史實的梳理，明確地提出了觀點：
　　　　「北方政府的『強南以就北』的國語統一計劃與其『強南以就北』的國家統
　　　　一計劃構成一種語言政治學上的深刻關聯。」
〔註38〕胡適《建設的文學革命論》，載《新青年》第 4 卷第 4 號，1918 年 4 月 15 日。

是想借助教育來進行幾項改革，在文化教育領域，大家仍然是不約而同地認為最為普遍而緊迫的任務是中國的文字問題，於是大家約定各自寫文章來參與文字改革的宣傳，力主「言文一致」和「國語統一」，同時，「在行政方面，便是請教育長官毅然下令改國文科為國語科。」〔註39〕1920年，中華民國政府教育部訓令全國國民學校一二年級改國文為國語。訓令中提到，目前學校教育之所以感到「進步遲滯」，乃是因為當今沒有用於統一精神的工具，沒有這個工具，沒有言文一致，那麼文化想要求發展，就是空談。教育部一直在對國語統一的大事進行積極籌備，目前全國教育界對於國語統一又都在興論上逐漸趨於一致了，基於這樣的情形，實在是必須要提倡國語教育了，不能再拖延。所以，「茲定自本年秋季起，凡國民學校一二年級先改國文為語體文，以期收言文一致之效。」〔註40〕國語運動取得了前所未有的巨大成功，這項改革不僅是語言學家們自發熱情強烈表達的結果，這是來自官方的語言文字改革措施，借助行政力量，這項改革對中國、對中國文化的發展、對中國社會的改變，在往後的歲月中逐漸顯現了。胡適對這一改革的評價把它提到了更高的位置，他認為「這一道命令把中國教育的革新至少提早了二十年。」〔註41〕新的語言形式必然帶來新的教育內容，國語運動在教育領域的發展，改變了中國語文教育的狀況。

為了「國語統一」的目標，在國語運動中，語言學家們對作為基礎的方言，給予了充分的尊重，進行了大量卓有成效的工作。

1926年，全國國語運動大會在北京開幕，黎錦熙發表宣言，提出了國語運動的兩綱四目十件事。「何謂兩綱？一曰國語統一；二曰國語普及；……何謂四目？因為國語統一含有兩種意義：一曰統一，二曰不統一。國語普及也含有兩種意義：一曰普及；二曰不普及。」〔註42〕黎錦熙提出的「統一」與「不統一」，「普及」與「不普及」，看起來是矛盾的。「不統一」主要是指保留各地方言，因為國語只是人們為了交流方便的使用的語言，並非是要所有人放棄方言來說國語，因此「統一」和「不統一」並不矛盾。而「不普及」主要還是主張保留漢字（當時黎錦熙等提倡的國語羅馬字，是作為漢字的替

〔註39〕　黎錦熙《國語運動史綱》，商務印書館，2011年，第133頁。
〔註40〕　黎錦熙《國語運動史綱》，商務印書館，2011年，第161頁。
〔註41〕　胡適《國語講習所同學錄》序，見胡適編選《中國新文學大系·建設理論集》，上海良友圖書印刷公司，1935年，第258頁。
〔註42〕　黎錦熙《國語運動史綱》，商務印書館，2011年，第259頁。

代物而出現的，是希望民眾可以通過簡單的字母來讀書看報，而不必學習漢字），另外還提出編纂詞典，而且，要讓民眾掌握國語，還需要一個過程，也不可能一蹴而就，因此「普及」和「不普及」也是不矛盾的。可見，其建立民族共同語的目標並未有一絲動搖，與此同時，保存方言、保留傳統文化的想法也是非常明確的。

1917 年 6 月，國語研究會第一次會議就擬定了《國語研究調查之進行計劃書》，其中詳細規定了分音韻、詞類和語法三個方面進行方言調查。在國語研究會向教育部呈請立案的文件中提到，當今國家在追求教育普及，教育普及必須從改革現有教科書開始。而改革教科書，就必須從改革現有教科書的文體上做起，改革文體，就是要讓日常語言能夠進入文章。

「欲用語言入文，必先調查全國之方言，博徵古籍，以究其異同，詳著其變遷之跡，斟酌適中，定為準則。其程度必視尋常之語言稍高，視尋常之文字較低，而後教育可冀普及，而語言亦有統一之望。夫教育不普及，語言不統一，實吾國今日之大患。」〔註 43〕國語研究會的同人從改革教育的角度提出了進行全國方言調查的必要性，只有在充分調查瞭解現有方言的基礎上，才能找到各地方言與已經作為「準國語」的北京方言的異同，進而在北京方言的基礎上，完善語音、完善詞彙，造出全國通用的國語來。在實踐中，北京大學方言研究會、中央研究院歷史語言所和中國大辭典編纂處方言調查組是進行方言調查的中堅力量。

1924 年 1 月 26 日，北京大學研究所國學門方言研究會正式成立，黎錦熙、錢玄同、魏建功、夏曾佑、沈兼士、馬裕藻等 32 人出席了會議，林語堂被推舉為該會主席。在後來的研究中，最突出的是劉半農和趙元任。劉半農的《四聲實驗錄》是語言學上的曠世巨著，在漢語語音研究的歷史上具有劃時代的意義。《四聲實驗錄》對北京、南京、武昌、長沙、成都、福州、廣州、潮州、江陰、江山、旌德、騰越十二處的地方方言的聲調作了分析和記錄，作者自己說，「本書的主旨，在於用實驗語音學的方法，解決中國語中一個很小的問題——就是『四聲是什麼』的問題」。〔註 44〕作者自己說這是小問題，但是在歷史上就沒有人科學地把漢語聲調的調值和調類講清楚了。劉半

〔註 43〕 蔡元培《發起國語研究會請立案呈》，見高平叔編《蔡元培全集》第 3 卷，中華書局，1984 年版，第 159 頁。

〔註 44〕 劉復：《四聲實驗錄》引言，群益書社，1924 年，第 1 頁。

農用現代語音學實驗的方法，使用頻率標準分析漢語聲調，揭示出了漢語聲調的實質。至今，「四聲是什麼」仍然是漢語漢語語音的基本問題。趙元任採用現代語音學的方法，調查研究吳方言，寫出了《現代吳語的研究》，他使用國際音標來記錄漢語方言，使得語音分析深入細緻，並能結合古代音韻觀察漢語的古今變化，他把調查得來的各地聲韻調和詞語的異同都用表格的形式記錄下來，查閱方便。這兩部著作給後來的漢語語音研究和漢語方言研究開了極好的頭，直到現在仍然是研究漢語語言學的必讀書目。

中央研究院歷史語言所組織了三次較大規模的方言調查，分別是 1928 年至 1929 年的兩廣方言調查、1933 年間的陝南方言調查和 1934 年間的徽州方言調查。經過這三次調查之後，1935 年，中央研究院擬定了一個關於全國方言調查的大計劃，預備對全國各地的方言做粗略的全面調查，並打算對具有代表性的方言進行錄音保存，並繪製出全國的方言地圖。羅常培的《廈門音系》就是眾多學術成果中具有代表價值的一個，羅常培完全遵循國語羅馬字的原則擬定了一套廈門方言的羅馬字系統，這可以說是具有開創性的價值。羅常培「對於廈門音和《廣韻》的比較分析相當精密，有了廈門音和廣韻音系的詳細對照，再去找它跟北京音或別處方音的對應規律是容易著手的。」〔註45〕

1930 年，教育部國語統一籌備委員會的《中國大辭典》編纂處專門設立了方言調查組，規定其任務是「依各地不同之方言，分全國為若干區，每區委託專任調查員一人，限期調查完畢。」〔註46〕此外，還專門設置了《國語閩音字彙》股，其任務是「就常用諸字，將各地方音注以閩音符號，與國音對照：（甲）以資各地學國音者之練習而利統一；（乙）備專家之研究；（丙）得權宜用以注音，以助農村民眾之識字（惟方音異於國音之字，必須兼注國音以示民族語言統一之旨）。」〔註47〕在工作方法上，方言調查組並沒有參與實地的調查工作，而是讓各地填寫方言調查表格，當然調查的進程自然也就緩慢了。

但不管怎樣，國語運動的主將們對方言給予了充分的重視。不論是主張直接把北京話或官話定為國語的，還是主張各地方言自然融合再成國語的，他們的視野裏都缺少不了各地方言，並且都希望自己提出的方案能夠成為真正可以為全國人民普遍使用的共同語，因此，對方言的調查、瞭解、研究，

〔註45〕 羅常培《廈門音系》，見《羅常培文集》，山東教育出版社，1999 年，第 11 頁。
〔註46〕 黎錦熙《國語運動史綱》，商務印書館，2011 年，第 225 頁。
〔註47〕 黎錦熙《國語運動史綱》，商務印書館，2011 年，第 227 頁。

就是必不可少的工作了。構成語言的基礎，除了語音，自然還有詞彙和語法，在這些方面，方言調查都做到了儘量的全面。

統一的國語在哪裏呢？建設民族共同語，這是沒有分歧的共同目標，這種力量既是語言內部的發展動力，也是在民族危亡時有識之士一致認同的強國富民之良策。然而，中國的情況實在特殊，地域廣闊、民族眾多、方言歧異，所以，在實現語言統一的過程中，必然將經歷一個十分複雜、十分困難的歷程。其形成的過程到底是按照一個方言為主，其他方言地位隨之下降，還是按照各種方言融合最後自然形成一種超越各種方言的國語？從價值出發的判斷，從其他民族歷史的借鑒，從語言學的思考，都不是唯一的可以絕對保證正確的選擇，因為，在這個過程中，其實根本就不存在所謂「正確」與否的道路選擇，歷史，或許存在無數巧合，但終究，只有一種現象、一種行動、一條道路，會成為中國民族共同語形成之路上的唯一「歷史」。同時，我們也非常清楚地看到，統一的國語和紛繁的方言，從一開始就顯示出的矛盾，將一直伴隨著中國民族共同語的建設過程。

三、方言文學：國語與國語文學的共同選擇

什麼樣的方言能夠成為國語，或者什麼樣的方言能夠成為國語的主幹？這也是當時討論的焦點之一。黎錦熙的觀點是：「（一）是全國大多數通行的方言。方言並不是與標準語對待的。無論何處的方言，只要通行了，便是標準語。（二）和文學相接近。且不遠引《水滸傳》、《西遊記》、《紅樓夢》、《儒林外史》等舊小說，只問這幾年上海新出的幾種著名白話小說，他那語體文，有誰看不懂？凡是大家看得懂而富有通俗文學價值的語體文，儘管其中有些「文不文」「白不白」，「南不南」「北不北」的話，都是標準語。（三）能隨交通機關而吸收各地的方言。標準語以自身為中堅；到一處地方，他就把這一地方所有特別優良的方言吸收去了。北京話隨著京漢路到漢口，自然而然的要吸收一些漢口土白。（四）有變更各地方言的勢力。他能吸收各地方言的優點，所以就有一種同化力。各地方言中應淘汰的土話，往往跟著他慢慢的變更。這也是因為他有通俗文學為後盾的緣故。」〔註48〕很顯然，黎錦熙認為文學作品是國語重要的來源，因為「通俗文學」「方言文學」是人人都能看懂

〔註48〕 黎錦熙《國語教育上應當解決的問題》，見黎澤渝、馬嘯風、李樂毅編《黎錦熙語文教育論著選》，人民教育出版社，1996年，第19頁。

的「語文體」，實際上這也就無形中成為了國語中詞彙和語法的基礎，而且他把標準語的概念也定義得比較寬泛了，「只要通行了，便是標準語」。因此，黎錦熙對方言文學的態度是贊成和歡迎的。

　　胡適提出的標準，大體上也沒有太大不同，他強調的是「通行最廣」和「產生的文學最多」〔註49〕兩大標準。在他看來，國語的發生，一定是以一種通行較遠的方言為基礎，而且這種方言產生了「最多的活文學」，把這種方言逐步推廣出去，再同時吸收其他各地方言的成分，各地的土話就逐漸地發生變化了，「這便是國語的成立。」〔註50〕自然，作為文學革命的主將，胡適對於文學的重視程度當然高了許多，僅僅兩條標準中就有一條提出產生文學最多的方言具有成為國語備用語的資格。在他的關於國語形成過程的論述中，也是以「活文學」作為國語的主幹來看待的。他認為，當時的國語已經有一個「中堅分子」，即大概是在北方方言區範圍內的通行的「普通話」，並且用這種語言寫就的文學作品，已經有了一些經典，如《水滸傳》、《西遊記》、《老殘遊記》，這種「普通話」實際上因為有了這些小說戲劇，已經傳播到了北方方言區以外的地區，所以他認為應該推廣這種「普通話」，讓這種「普通話」進入教科書、進入報刊雜誌、進入文學「──這是建立國語的唯一方法。」〔註51〕從文學的角度出發，胡適的關於如何建設國語的主張也是很有代表性的，對於國語運動，他有自己的看法，他認為國語運動之所以稱之為運動，就不僅僅是語言工具、是說話腔調，是注音字母，「最重要，最高尚的，不要忘了『文學』這一個詞！」所以，如果可以實現國語文學的繁榮，才「可以加增國語運動的勢力，──幫助國語底統一──大致統一。」〔註52〕

　　不止是胡適注意到了文學發展與建設國語之間的關係，當時的很多有識之士都看到了新文學作品將是今後統一的國語的重要語言資源。1921 年，沈雁冰明確地指出，中國的國語正在初初成立和試驗的階段，尤其需要文學的

〔註49〕胡適《國語文法概論》，1921 年 7 月 1 日至 8 月 1 日《新青年》第 9 卷第 3、4 號。

〔註50〕胡適《國語講習所同學錄序》，見胡適編選《中國新文學大系·建設理論集》，上海良友圖書印刷公司，1935 年，第 259 頁。

〔註51〕胡適《國語講習所同學錄序》，見胡適編選《中國新文學大系·建設理論集》，上海良友圖書印刷公司，1935 年，第 259 頁。

〔註52〕胡適《國語運動與文學》，本文是胡適 1921 年 12 月 31 日在北京教育部國語講習所同樂會上的講演，由郭後覺記錄，原載 1922 年 1 月 9 日《晨報副刊》，見姜義華主編《胡適學術文集·語言文字研究》，1993 年，第 310 頁。

助力，同時，「我相信新文學運動最終目的雖不在此，卻是最初的成功一定是文學的國語。」〔註53〕1923年，成仿吾又提出了新文學的三項使命：「一、對於時代的使命，二、對於國語的使命，三、文學本身的使命。」〔註54〕這些論述都提到了新文學的創製對於建設統一的國語的重要價值。確實，在之前的國語運動中，倡導者們更重視的是用盡量簡單的方法幫助民眾掌握文字，更關注的是不同地域的中國人需要用同一種口語進行交流，所以，不論是諸多切音方案的推出還是關於國語讀音的爭論，都把目標定在如何建立一套語言學意義上的「標準」。然而，就算是僅僅就語言學而言，統一的詞彙和語法的問題也是沒有解決的。當然，因為中國一直存在著一套文言文的書寫系統，而且這些倡導者們也都是掌握了漢字、掌握了文言文寫作的「文化貴族」，所以在他們的視野裏，或許詞彙和語法的問題就不是個太大的問題了。反觀「言文一致」和「國語統一」兩大目標，國語運動的主將們也必將意識到，兩大目標的共同實現，必然帶來書寫系統的全面革新。唯有這樣，才可能同時實現這兩大目標。

文學革命的領袖們提出了讓兩大運動共同促進的想法，胡適認為，國語不是幾個語言學專家造就的，也不是教科書和字典造就的，應該是先有了國語的文學，進而自然就會有國語。他提醒，其實這個道理不難理解，因為沒有人願意從國語字典和教科書裏學國語，真正有效又有趣的教科書就是國語的文學，因此，他大膽預測，「國語的小說，詩文，戲本通行之日，便是中國國語成立之時。」〔註55〕胡適在同一篇文章中提出的「國語的文學，文學的國語」口號更是把兩大運動的目標進行了有效的整合，難怪國語運動的主將會認為，《建設的文學革命論》發表後，「『文學革命』與『國語統一』遂呈雙潮合一之觀」。〔註56〕

中國方言歧異的現實使得地區間的溝通困難，甚至那些在外留學的知識分子，常常得借助外語來討論問題，這不僅成為需要國語統一的現實原因，這樣的區別也在事實上造成了異常精彩的方言文學，比如鄒必顯用揚州話寫

〔註53〕 沈雁冰《新文學研究者的責任與努力》，見鄭振鐸編選《中國新文學大系·文學論爭集》，上海良友圖書印刷公司，1935年，第146頁。

〔註54〕 成仿吾《新文學之使命》，見鄭振鐸編選《中國新文學大系·文學論爭集》，上海良友圖書印刷公司，1935年，第176頁。

〔註55〕 胡適《建設的文學革命論》，《新青年》第4卷第4號，1918年4月15日。

〔註56〕 黎錦熙《國語運動史綱》，商務印書館，2011年，第136頁。

成的《飛跎子傳》、韓邦慶用蘇州話寫成的《海上花列傳》、文康用北京話寫成的《兒女英雄傳》等都是方言文學的代表作品。這些既成的文學事實使得語言運動的干將們不得不注意到方言、方言文學對建立國語的意義。

俞平伯在爲顧頡剛的《吳歌甲集》所作的序裏明白無誤地表達了自己極力主張和贊成方言文學的態度，他說，「我贊成統一國語，但我卻不因此贊成以國語統一文學。文學的國語，國語的文學，如膠似漆的挽手而行，固不失爲一個好理想；不過理想終久只是理想，不能因它的好而變爲事實。方言文學的存在——無論過去、現在、將來——我們決不能閉眼否認的，即使有人眞厭惡它。」〔註 57〕在同一篇文章中，他還進一步明確地說明了方言入文的兩條理由，第一，「凡一切文學中的人物，都是應當活靈活現的。」第二，「作者於創作中，使用的工具原是可以隨便的。」〔註 58〕這兩條的提出都是基於文學創作的基本特點來談的，也是符合文學創作實際的，最重要的原因就是，當時並沒有完全形成統一的國語，那麼作家的思考必定是用方言進行的，作品中的人物就更不可能是操著國語的了。

錢玄同自稱有「國語熱」和「國語文學熱」，但他不同意俞平伯的觀點，不認爲提倡方言文學與提倡國語文學是衝突的，故而他還專門引用了俞文中的原話，強調其實方言文學不但已經存在，而且還要著力去把它提出來，方言文學和國語文學不是對立和矛盾的，方言文學本來也是國語文學的一部分，還是國語文學的重要養料。「方言文學日見發達，國語文學便日見完美。」〔註 59〕他認爲各地方言都應該進入國語，因爲它們也是國語的一部分，地位也是重要的，這種重要不是和北京話相比而言的，因爲北京話是「主」，其他方言是「輔」，這是地位不同，而說其他方言重要不是爭一個地位的高低，說它們重要，「就因爲它也是活語。」〔註 60〕作爲《國語週刊》的主持者，他在收到方言文學的投稿後，專門覆信（也刊登在《國語週刊》上），說明了自己對方言文學的態度，「我們認爲方言是國語的基礎，文學

〔註 57〕俞平伯《〈吳歌甲集〉序》，見《錢玄同文集》（第三卷）漢字改革與國語運動，中國人民大學出版社，1999 年，第 221～222 頁。
〔註 58〕俞平伯《〈吳歌甲集〉序》，見《錢玄同文集》（第三卷）漢字改革與國語運動，中國人民大學出版社，1999 年，第 222 頁。
〔註 59〕錢玄同《〈吳歌甲集〉序》，見《錢玄同文集》（第三卷）漢字改革與國語運動，中國人民大學出版社，1999 年，第 368 頁。
〔註 60〕錢玄同《〈吳歌甲集〉序》，見《錢玄同文集》（第三卷）漢字改革與國語運動，中國人民大學出版社，1999 年，第 367 頁。

是國語的血液。」〔註 61〕所以，方言文學是應該受到相當重視的，民間一直存在的方言文學是寶貝，文人們用方言進行創作的方言文學作品，也是寶貝。由此可見，錢玄同的主張是明確而積極的，他認為方言文學不僅具有文學上的價值，對於正在進行的國語運動，對於發展中的國語文學，都有重要的作用，不僅是國語文學的來源，也具有其獨立的地位和意義。

給國語文學提供豐富的素材和養分，胡適認為方言文學就能擔當此項責任，而且方言中的特有的詞彙和表達方式，是具有不可替代的優勢的，他曾經舉例說，像江蘇人說的「像煞有介事」這五個字就很有特色，文言中就沒有可以替代的其他說法，那麼像這樣的方言就具有進入國語和進入文學的價值。即便將來國語文學興起之後，也完全可以有方言文學，因為「方言的文學越多，國語的文學越有取材的資料，越有濃富的內容和活潑的生命。」國語文學成立之後，是不畏懼方言文學來與之競爭的，「還要倚靠各地方言提供給他的新材料，新血脈。」〔註62〕這新材料、新血脈，正是年輕的國語文學保持發展活力的重要養分，這將是促進其發展的重要力量。基於現有的方言文學作品，胡適還主張要重點發展吳語文學和粵語文學，因為這兩種文學的現有作品中有文學價值的很多，繼續發展，可以對國語文學有所貢獻，還可以表現民族精神。〔註63〕如果硬要讓這兩地的方言作家改用國語進行創作，反而會影響了本來的文學性和民族性，方言文學的繁榮對國語文學的發展是具有積極作用的。

後來，基於國語文學發展的實績，胡適又有了更為客觀的看法，他承認，事實上，歷史地看，國語就是一種優勝的方言，就是因為當時的人運用了這種方言進入文學，這種方言逐漸在文學作品中固定下來，經過一千多年的發展，具有普遍意義的部分就成為了國語文學繼續向前發展的基礎。所以說，「國語的文學從方言的文學裏出來，仍須要向方言的文學裏去尋他的新材料，新血液，新生命。」〔註64〕當他再次強調方言文學可以為國語文學提供

〔註61〕 錢玄同《方言文學》，見《錢玄同文集》（第三卷）漢字改革與國語運動，中國人民大學出版社，1999 年，第 213 頁。

〔註62〕 胡適《答黃覺僧君〈折衷的文學革新論〉》，《新青年》第 5 卷第 3 號，1918年 9 月 15 日。

〔註63〕 這是胡適在《國語運動與文學》一文中的觀點，本文是胡適 1921 年 12 月 31日在北京教育部國語講習所同樂會上的講演，由郭後覺記錄，刊於 1922 年 1月 9 日《晨報副刊》。

〔註64〕 胡適《〈吳歌甲集〉序》，見姜義華主編《胡適學術文集·新文學運動》，中華書局，1993 年，第 497 頁。

「新材料，新血液，新生命」的時候，已經不是之前提到的國語文學的「倚靠」，而是「須要向方言的文學裏去尋」，這就變成一種積極主動的姿態了，面對文學革命以來的新文學作品，他甚至還有些遺憾作家們幾乎放棄了方言，舉例說如果魯迅的《阿 Q 正傳》使用魯迅的紹興家鄉話來寫作的話，恐怕小說要顯得更有生氣，還舉例說，葉聖陶本是蘇州人，寫文章也用歐化的白話而不使用他家鄉的方言，可惜！〔註65〕這種感歎也好、遺憾也罷，其實正反應了逐漸向著「統一」去聚攏的語言發展的一條基本脈絡。

以上列舉的僅是幾人的看法，但他們卻都從不同的方面表達了對方言文學已有地位的重視、對方言文學未來發展的期待，都認為方言文學是國語文學的基礎來源，要想有生動的國語文學，必然需要大量的方言文學作品。當然，語言學家更偏重於發展文學對統一語言的重要作用，而文學理論家們或許更重視和期待將來生動的國語文學作品。總而言之，在國語運動中，作為語言精華的承載者——文學，是建立和促進國語統一的重要力量，而面對中國方言歧異的現實和中國文學發展的實際情況，方言文學自然也成為理論家們提倡和關注的焦點。

從文學革命的角度來說，國語運動為新文學提供了重要的工具，陳子展的評論相當精到，「國語運動自然於無形之中推動了國語文學運動，替它增加了不少的聲勢。不過國語運動是『為教育的』，是用國語為『開通民智』的工具；國語文學運動是『為文學的』，是用國語為『創造文學』的工具。前者是提倡白話，不廢古文；後者是提倡白話文學，攻擊古文為死文學。所以前者只可叫做文字改革運動，後者才是文學革命運動。只因文學革命運動，是從『文的形式方面』下手，要求語言文字或文體的解放，所以說文字改革運動也給文學革命運動增加了不少的助力。」〔註66〕

在文學創作上，胡適自己創作了一首白話詩《蝴蝶》，隨後魯迅的《狂人日記》也發表了。其後，白話文學作品、白話報刊雜誌大量出現，使得國語文學的陣營迅速擴大，成為了推動國語運動的主力軍。《新青年》在 1917 年、1918 年集中推出了胡適、劉半農、沈尹默的新詩，隨後，陳獨秀、魯迅、李大釗等也紛紛加入白話新詩寫作的行列。魯迅的《孔乙己》、《藥》、《阿 Q 正

〔註65〕胡適《〈吳歌甲集〉序》，見姜義華主編《胡適學術文集・新文學運動》，中華書局，1993 年，第 498 頁。

〔註66〕陳子展《中國近代文學之變遷・最近三十年中國文學史》，上海古籍出版社，2000 年，第 285 頁。

傳》等作品接連出現，郭沫若也創作了不少後來收入《女神》的詩歌作品。這些甫一登臺就注定要載入光輝的新文學史的作品，可以說是新文學運動最為有力的一股潮流，是這些優美新穎的文字撐起了新文學的嶄新天空，在中國的文字書寫歷史上，第一次確認了白話文學的「正宗」地位。而白話文學的內涵不僅包括語言形式的變革，也必然帶來文體的革新，理論提倡者們自己也在具體的文學創作中摸索文學的變革，這種嘗試集中地體現在文體的創新上，用白話創作的小說、戲劇、散文、詩歌，一一登上文學舞臺，作者的敘述方式、作品的結構方式等都和傳統文學呈現出完全不用的樣貌，不僅致力於打破原有的小說、戲劇、散文的形式，在白話新詩的創作中也著意於不僅滿足於只是運用白話做工具，而是仍然努力鍛造詩歌作為詩歌的獨特美學特質。然而，作者的詩情畫意要讓讀者領受，也不是那麼容易的，據說魯迅的母親在不知《故鄉》是自己兒子作品的情況下，認為「沒啥好看，我們鄉間也有這樣的事情，這怎麼可以算小說呢？」〔註67〕可見，基於作家鮮活方言體驗的新的國語文學，並不是如粗略的文學史所描述的那樣，一蹴而就地成為新的「正統」，在這過程之中，必然經歷了從無到有、從不被接受到全然認可的階段，但不管怎樣，大量的新的國語文學作品的出現，理論家們自己的積極實踐，成為語言運動和文學革命之間的堅實橋梁。近代中國，不僅政治社會的風雲變幻讓人眩暈，與之同時在歷史中開花的新文藝、新文學也是如此充滿著稚嫩的勇氣、滿懷著美好的憧憬，也一併承受著新生和蛻變的苦痛。在我們所關注的語言和文學領域，紛紛如此。

第二節　歌謠運動中的「語言統一」

一、「發現」民間：語言運動與文學革命的合力

　　劉半農在 1927 年出版的《國外民歌譯》的自序中回憶到，九年前，他和沈尹默在北河沿散步時突然想起，在民間歌謠裏肯定有不少好的作品，為什麼不去徵集一下呢？沈尹默支持了他的動議，說讓他擬定一個徵集辦法，然後他們請蔡元培同意，用北京大學的名義進行徵集。第二天，劉半農就擬定

〔註67〕　參見荊有麟《母親的影響》，載《魯迅會與斷片》，此處轉引自樊駿《「五四」新文學的誕生》，見《五四運動與中國文化建設》，社會科學文獻出版社，1989年，第 784 頁。

好了歌謠徵集的辦法交給蔡元培，蔡元培隨即同意將徵集辦法下發，寄到各省，「中國徵集歌謠的事業，就從此開場了。」〔註68〕1918 年 1 月底，北京大學歌謠徵集處成立，在 1918 年 2 月 1 日《北京大學日刊》的《校長啓事》裏，蔡元培發出了徵集歌謠的號召，《北京大學徵集全國近世歌謠簡章》〔註69〕也就此發出。1918 年 5 月 20 日的《北京大學日刊》（第 141 號）開闢了「歌謠選」專欄，專門用來刊載徵集而來又由劉半農審定後的歌謠。這一做法引來了許多同人的應和，並開展了一系列學術出版活動。〔註 70〕這場以《歌謠》週刊爲中心、以徵集和研究民間歌謠爲主要內容的民間文學運動，就是後來在文學史和現代語言學歷史上被反覆提及的「歌謠運動」。

在世界文學史上，民間歌謠對詩人的創作都產生過不可忽視的影響。不論是中國詩人屈原、李白、白居易，還是英國詩人彭斯、華茲華斯，美國詩人惠特曼，都在他們各自的時代，用有別於當時時代創作窠臼的鮮活的民間語言，在文學史上留下了別樣的色彩。而在近代中國，文化先驅們倡導的「白話」概念是與他們的啓蒙豪情全然呼應的，平民口中的話，民間的文學形式，自然會成爲在初創期的新文學所要借鑒的資源。尤其是，在詩歌創作領域，拋開了幾千年來音律、韻轍的束縛，那些語言，那些詩歌的語言，是否真的就活潑、自然並且還依然具有詩之所以爲詩的詩意呢？作爲白話詩人，胡適雖然「曝得大名」，但他自己也不得不承認，他實在是「提倡有功，創作無力」，他自己首開先河嘗試進行白話新詩創作的目的，是爲了要努力衝破

〔註68〕劉半農《〈國外民歌譯〉自序》，見鮑晶編《劉半農研究資料》，天津人民出版社，1985 年，第 216 頁。

〔註69〕《北京大學徵集全國近世歌謠簡章》發表同一期《北京大學日刊》的《紀事》專欄上，簡章由劉半農擬定，改章程對入選歌謠的資格作了如下規定：1、有關一地方一社會或一時代之人情風俗政教沿革者，2、寓意深遠有類格言者，3、征夫野老遊女怨婦之辭不涉淫褻而自然成趣者，4、童謠識語似解非解而有天然之神韻者。《簡章》發出後的三個月內，徵集處共收到歌謠 1100 多首。

〔註70〕雖然劉半農本人 1920 年留學了，但北京大學在歌謠徵集處的基礎之上，成立了學術團體——北京大學歌謠研究會，負責人是周作人、沈兼士。1922 年，北大研究所國學門成立，研究會獲得機會重新整頓，負責人依然是周作人。剛開始，歌謠週刊僅在每週一作爲《北京大學日刊》的附張發行，隨著刊物的發展，從 1923 年 9 月 23 日第 25 號起，《歌謠》開始獨立發行。直至 1925 年 6 月第 28 號停刊，共出版 96 號，增刊一期。在其暫時停刊後，另一份雜誌《北京大學研究所國學門週刊》繼續刊登歌謠。十年後的 1936 年，北京大學決定恢復歌謠研究會日常工作，《歌謠》週刊再度發行，直至抗日戰爭前的一個 1937 年 6 月停刊。

「舊體詩」這一頑固的堡壘，爲了開風氣之先，而非是要做創作的典範。韋勒克曾指出，縱觀英國詩歌歷史，「復活」口語就是詩人的創作，並且這些創作最能能體現出其創新的價值。〔註71〕在胡適的「國語的文學」—「文學的國語」—「國語」三部曲中，白話新詩的創作在三部曲的實現中具有極爲關鍵的意義，由此，歌謠的價值也在這一設定中被重新發現。〔註72〕在極其有限的新詩創作中，胡適已經注意到詩人們作詩多取法外國的詩，而忘了我們自己的資源。事實上，民間歌謠本來是文學的源頭，在二十世紀三十年代，魯迅就表達了對民間歌謠作爲文學來源的肯定，他說在文字產生以前，其實人類就是有文學創作的，但是沒有辦法記下來。我們的祖先，是爲了共同勞作才慢慢發出聲音，進而形成語言的。在原始的共同勞作中，比如大家一起抬木頭，其中有一個人喊出「杭育杭育」，這就算是最早的創作了，接下來，大家都覺得這句話有用，都用這句話，就是原始的出版，後來如果用了符號記錄下來，就算是文學了。那麼，「他當然就是作家，也是文學家，是『杭育杭育派』」。〔註73〕

事實上，還有一個更爲深層次的原因，使得這些新文化運動的主將們一致將目光投向民間，那就是「想像的共同體」必然要在中國社會走向現代的進程中發揮作用。從「開啓民智」的現實需要而來的語言文字運動，在它發展到需要文學作爲其依傍和居所的時候，民眾，這個在幾千年的中國文學史中，一直被遮蔽和壓抑的群體，在這時，方才進入知識精英的視野。之所以國語運動和新文學運動必然合流，之所以理論家們不斷自信地提及「國語的文學」「文學的國語」，一是來源於文學與語言的不可分割的聯繫，二則是來自知識精英們通過文學的創新進而建立統一的民族共同語的明確目標。晚清出現的白話報浪潮中，一個很有意思的現象是，知識精英們辦白話報，自己卻讀文言文、寫文言文，那是因爲他們思想中的這個白話，只是「開啓民智」的工具，是沒辦法成爲精英的民眾們使用的工具，而自己依然使用那套綿延千年亙古而美好的書寫系統，這是他們和普通民眾的區別。他們已經站在潮頭浪尖，對民眾則是俯下身來的「啓蒙」。但是，在新文化運動的精英這裡，

〔註71〕參見韋勒克《近代文學批評史》第 2 卷，上海譯文出版社，1988 年，第 162 頁。

〔註72〕參見林少陽《重審白話文運動——從章太炎至歌謠徵集》，載《東亞人文》第 1 輯，三聯書店，2008 年。

〔註73〕魯迅《且介亭雜文·門外文談》，見《魯迅全集》第 6 卷，人民文學出版社，1981 年，第 93～94 頁。

這樣的觀念已然有了改變，帶上了更多「現代」的意味。既然白話是活的語言，那麼它就活在普通人的口語裏，既然白話是通俗的語言，是人人都能懂的語言，那麼它與民間就必然有著不可分割的血肉聯繫。第一次，語言和民間，這對聯繫，在社會文化的進程裏發揮了不一般的作用。

這一次眼光向下的「發現」，之所以不同於簡單的收集整理，還有一個重要的原因即是這些發起者自身，都在之前就參與了新文學的創作，尤其是參與了新詩的創作，雪後散步的劉半農和沈尹默，被周作人認為是在「五四」時期真正「具有詩人的天分」〔註74〕的這兩位，既是大學教授也是新詩詩人，之所以有了這次「忽然」的起意，之所以以《歌謠》週刊為中心的這次活動可以在中國現代語言運動史和文學史上留下不能被忽略的一筆，著實是因為，新文學的參與者都感到了用白話創作的困境。在小說領域，魯迅的《狂人日記》一出，似乎用白話敘事這個問題自然地得到了解決，而且中國文學史上歷來不缺白話敘事文學，但是詩歌，卻一直是固守嚴苛審美的規律的文體。因而，在詩歌領域，要用白話作詩，要不失詩之為詩的獨特性，要獲得詩所具有的特殊的美感，似乎成為了這些新文學參與者共同的迷思。於是，他們在歌謠運動中的提倡和實踐都反映出了其追求新詩表現力的努力。

第一，新詩需要表現活生生的人性，這是先驅們奔走呼號的「新文學」之「新」的應有內涵。1922 年 4 月 13 日，周作人在《晨報副鐫》上發表了《歌謠》一文，在文中，他明確指出「民歌是原始社會的詩，但我們的研究卻有兩個方面，一是文藝的，二是歷史的」。從文藝的方面看，要發展新詩而去借鑒民歌，「其實是很自然的，」因為民歌中最具價值的部分就是「真摯與誠信」，這也是所有藝術所共有的。對於養成文藝趣味，「極是有益的」。〔註75〕周作人一直倡導「人的文學」，這「感人的力」正是傳統文學中缺乏的，而歌謠的歌者正是有著這種「感人的力」的作者，也就是承載者「人的文學」核心價值的體現者。作為在當時頗具影響力的詩人，郭沫若也表達了類似的感受，他在 1920 年 2 月 16 日寫給宗白華的信中提到，原始人和幼兒能從環境中生出一些新鮮的感覺，一種情緒由這種感覺生發出來，這種不可抵抗的情

〔註74〕周作人在《〈揚鞭集〉序》中說：「那時做新詩的人實在不少，但據我看來，容我不客氣地說，只有兩個人具有詩人的天分，一個是尹默，一個就是半農。」見《周作人文類編》第 3 冊，湖南文藝出版社，1998 年，第 739 頁。

〔註75〕周作人《歌謠》，載《歌謠》第 1 卷第 16 號，1923 年 4 月 29 日。

緒又變換爲「一種旋律的言語」，這種言語的生成和詩歌的生成具有相當的同一性，「所以抒情詩中的妙品最是些俗歌民謠。」〔註76〕民間歌謠的熱情、爽朗、質樸或許正是新文學需要的力量，這擺脫傳統文學壓抑了的人性的自由的表達和抗爭，正與新文學需要的活生生的人，這種訴求，和民間歌謠的訴求，在價值上暗自契合了。

「歌謠之構成，是信口湊合的……而這有意無意之間的情感的抒發，正的的確確是文學上最重要的一個元素。」〔註77〕歌謠是「情感的自然流露」這就完全不同於作家們的著力有意的表現，作家們著力有意的表現要麼顯得拘束，要麼就顯得不眞實。而歌謠「不求工而自工，不求好而自好，這就是文學上最可貴，最不容易達到的境地。」〔註78〕比如劉半農的新詩《教我如何不想她》，就正好體現了這樣的詩的觀念，那一唱三歎的迴環往復、那自然清新的韻致、那率性眞誠的情感、那樸素簡單的詞語、那說話一樣流動而出的句型，無不打上了民間歌謠的印記。

第二，新詩需要新的形式來表達新作者的新情感，這種形式應該不只是「我手寫我口」的簡單落筆，應該同時具備著詩之所以爲詩的本質特性，與之相應的是，新的形式必然將要表現新的內容和題材，展現不一樣的風貌。胡適的新文學主張，似乎非常多地強調了新文學在形式上的突破性，比如他在他的「八事」中提到的「務去濫調套語」、「不無病呻吟」、「不避俗字俗語」等，不論在形式上還是內容上，都與民間歌謠具有親近性。新文學所憑藉的新的語言形式，如果只是成爲傳統文學口語化的翻譯，如果不能表現現代的新的思想、情感、對象，那麼就不算得是眞正的「文學革命」了。那些被傳統文學拒之門外的題材、對象、情感，恰恰是眞正的民眾在口耳相傳的歌謠中，創作、保留和延續了下來。因此，不論從形式還是內容來說，歌謠都成爲新詩理想的材料和養分的來源。在1936年《歌謠》週刊第二卷的復刊詞中，胡適表示，歌謠的徵集、收集和保存，是「要替中國文學擴大範圍，增添範本」，是爲中國文開闢嶄新的園地。〔註79〕歌謠收集有著「文藝」「學術」兩大目標，同一篇文章中，胡適提

〔註76〕《郭沫若全集・文學編》第15卷，人民文學出版社，1990年，第48頁。
〔註77〕劉半農《〈國外民歌譯〉自序》，見鮑晶編《劉半農研究資料》，天津人民出版社，1985年，第220頁。
〔註78〕劉半農《〈國外民歌譯〉自序》，見鮑晶編《劉半農研究資料》，天津人民出版社，1985年，第221頁。
〔註79〕胡適《〈歌謠〉週刊復刊詞》，載《歌謠》週刊第2卷第1期，1936年4月4日。

到，對於歌謠運動在民俗學和方言研究上的價值他也是肯定的，只是更加看重它在文學上的價值。那麼，在民俗學和方言研究上的價值應該算作「學術」的目標，歌謠是研究者們的研究對象，它要麼冷靜客觀地躺在詩歌集裏，要麼爲民俗、方言或者文藝理論研究提供事實依據，僅此而已。但其爲「文藝」的一方面，它提供了新文學實踐者可資借鑒和模仿的範例，它開闊了新詩表現的空間，最大限度地向民眾敞開了，這是中國文學千年來的嶄新面貌，文學中最具文學性的形式——詩歌，第一次和民眾有了如此親密的聯繫。這是新詩在創作資源和創作空間的一次擴展，這應該不只是一次完全的文藝技法上的嘗試，這和國語運動的目標和方向是一致的，所以，這股潮流才最終從幾個精英的個人興趣轉化成了新文學的新走向。那麼，我們可以反過來看，那些看似個人化的觀點，事實上恰好和新文學風雨欲來的大趨勢是完全吻合的。比如劉半農曾表示，他「愛闊大，不愛纖細；愛樸實，不愛雕琢；愛爽快，不愛膩滯；愛雋趣的風神，不愛笨頭笨腦的死做」。〔註80〕這樸實闊達的眞性情，確實和民間口耳相傳的歌謠有著割不斷的情理，這種審美風格上的獨特追求也正合民間歌謠的節拍。也正是基於此，他認定歌謠「的好處，在於能用最自然的言詞，最自然的聲調，把最自然的情感發抒出來」，在其他問題中，這種自由的空氣總是要受到一些限制的，而在歌謠中，這種自由的空氣不受影響，永遠純潔。〔註81〕所以，歌謠成爲最能體現劉半農審美趣味的一種載體，進而在他自己的創作實踐中，大量地實踐了這種趣味。

第三，國語運動的干將和新文學的倡導者們孜孜以求的目標，就是創造新的民族的文學，這個目標最終落腳在了新詩創作上。錢玄同說，文學革命就是要「講活話」，要恢復文學的自由，那麼民歌就是最符合這一追求的，因爲「民歌是最能使用活潑而又最能極自由活潑之致的文學。」〔註82〕歌謠充滿著生氣和活力，是「民族的文學的初基」。〔註83〕正是基於這樣一些認識，帶著建設新的民族文學的使命感，精英們是幾乎一致地把目光投向了民間。錢玄同大聲疾呼，建立國語，需要依靠民間文藝；編纂兒童文學，也要依靠

〔註80〕 劉半農《〈國外民歌譯〉自序》，見鮑晶編《劉半農研究資料》，天津人民出版社，1985年，第218頁。

〔註81〕 劉半農《〈國外民歌譯〉自序》，見鮑晶編《劉半農研究資料》，天津人民出版社，1985年，第219～220頁。

〔註82〕 錢玄同《關於山東民歌》，載《國語週刊》，1925年9月27日，第16頁。

〔註83〕 周作人《中國民歌的價值》，載《歌謠週刊》，1923年1月21日，第6頁。

民間文藝；啓迪民眾，還是要依靠民間文藝。因爲民間文藝運用的是活潑優美的語言，是國語建設需要的；因爲民間文藝運用的是有趣味的語言，是兒童聽得懂的；因爲民間文藝運用的語言是老百姓說話的語言。〔註84〕在這裡，這種使命感體現得尤其明確，當知識精英目光向下，關注「老百姓說話的口吻」，並且提到兒童文學的建設，其目的——「咱們要建立國語」就顯得非常迫切了。從這個意義上來說，向民間借鑒、向歌謠學習，就不僅僅是新詩創作困境所致，而是有著更爲深刻和強大的動力的。

綜上，我們可以看出，這次以《歌謠》爲中心的民間文學運動，絕非當中某些個人的靈光一現，實在是有歷史和現狀兩方面的深刻原因的。從歷史的角度看，其時，剛剛開始壯大聲勢的國語運動和即將改變文學史的文學革命，都處在豪情萬丈而又有些吃力的階段，一方面是要「統一國語」，而連國語的讀音都還莫衷一是，更別談規範的詞彙、語法了，即便是要做成一篇陳獨秀所謂的「應用之文」，即便對於知識精英來說方顯困難，何況是對於他們要啓蒙的對象了。另一方面，胡適的文章一出，似乎「革命」就可以轟轟烈烈地展開了，魯迅《狂人日記》的橫空出世，更是爲這熾熱的「革命」之火添加了足夠了燃料。然而，敘事的小說比起凝練的詩歌來，其對語言的精度的要求是完全不一樣的。詩歌，從來都是文學體裁中對語言的要求最高的。再結合中國文學的實際情況，語言在此時對詩歌創作構成的阻力，也是曠世無二的。胡適說，做白話新詩，可以「不拘格律，不拘平仄，不拘長短；有什麼題目，做什麼詩，詩該怎樣做，就怎樣做。」〔註85〕態度倒是鮮明簡單，然而，中國傳統文學幾千年來的聲律、平仄是中國傳統詩歌含蓄精緻審美風格的最佳物質載體，打破了這一固有形式的新詩，還有詩之所以爲詩的基本特性嗎？拋卻了含蓄精緻，新詩的審美風格何去？如果新的語言，如果這個精英口中錚錚作響的「活」的語言，終究不能變成流動的詩歌，那麼這種語言制約之下的文學，能稱其爲文學嗎？它還可以成爲國語的最好實踐和注解嗎？這些現實問題從不同側面折射出了現代語言運動和新文學革命的困境。如何改變現狀？如何突破困境？唯有實踐方面的推進。如前所述，在詩歌創作上，新文學的參與者們都感到了無所適從，《新青年》開始刊登新詩，胡適自己更在 1920 年出版了《嘗試集》，我們看到了先驅們身體力行的熱情和行

〔註84〕錢玄同《關於民間文藝》，載《國語週刊》，1925 年 11 月 15 日，第 23 頁。
〔註85〕胡適《談新詩——八年來一件大事》，見胡適編選《中國新文學大系·建設理論集》，上海良友圖書印刷公司，1935 年，第 299 頁。

動，但毋庸諱言，即便是後來「暴得大名」的《蝴蝶》，其中的語句：「兩個
黃蝴蝶，雙雙飛上天。不知爲什麼，一個忽飛還。剩下那一個，孤單怪可憐；
也無心上天，天上太孤單。」在語言上，確實不能和《狂人日記》中的敘事
語言相提並論。語言的藝術──文學，彷彿在新詩這裡打了個大大的折扣，
實在不能擔當藝術之名。那麼，沒有了傳統文學形式的規約，新詩的詩性落
腳在哪裏？新文學的「活」，除了形式上的突破，是否還有題材範圍的擴大？
新文學的「新」，是否意味著文學不再僅僅是智識階層的玩物，而開始向更廣
闊的大眾蔓延？這些問題都集中地凸顯在了新詩創作的困境之中。

　　在困境中，所有的力量都向著同一個方向而去：向下。可以說，這是中
國現代化進程的重要指徵──大眾，這個詞語從未在中國歷史上如此鮮明地被
放大、突出、強調。「想像的共同體」的強大驅動力，讓這些歷來就在舞臺中
央的精英們，紛紛目光向下，主動去「發現」民間。民間即大眾，大眾才是民
族國家的主體，這是現代語言運動的主要目標群體。用大眾的語言，寫大眾
的事，這是新文學之所謂「活」文學的具體內涵。因此，這次以《歌謠》週刊
爲中心的民間文學運動，是有著來自語言運動和文學運動兩方面動力的。

　　從另一個層面來看這次運動，我們還可以整理出其相當的必然性，那就
是在以語言變革作爲重要指徵的文學革命中，在對所有的文學形式的重新檢
視和評價中，詩歌是其中最大的重點。從文學歷史的角度來說，大概只有詩
歌是完全屬於文言的地盤，和白話決不搭界的。俞平伯在《社會上對於新詩
的各種心理觀》一文的分析中提到，現有的新文藝形式包括戲劇、小說、詩
歌三種文體，「皮黃」「秦腔」，《紅樓夢》《水滸》都是用白話文進行創作的，
所以很自然地比較容易得到認可。而詩歌歷來在中國文學上就佔有非凡的重
要位置，「都是句法整齊腳韻嚴謹的文言作品」〔註86〕，相對於成就極高的古
代詩歌而言，初生的白話詩實在是很難與之抗衡，切莫說抗衡，在審美價值
上，甚至是幾乎沒有可比性地落後著。從當年的實際情況來看，國語大散文
可以說是基本成立了，少了爭論，而且多數人已經開始使用，「只有國語的韻
文──所謂『新詩』──還脫不了許多人的懷疑」。〔註87〕尤其是來自與學衡
派的質疑，很大程度上正是出於白話文學在詩歌這一領域的弱勢，自己給了

〔註86〕　俞平伯《社會上對於新詩的各種心理觀》，見胡適編選《中國新文學大系‧建
　　　　　設理論集》，上海良友圖書印刷公司，1935年，第350頁。
〔註87〕　胡適《談新詩》，見胡適編選《中國新文學大系‧建設理論集》，上海良友圖
　　　　　書印刷公司，1935年，第294～295頁。

反對派非常強大的堡壘用來開炮，學衡派「考之吾國則五言古詩實為吾國高格詩最佳之體裁……直至於今日，猶無能起而代之者。」〔註 88〕小說詞曲固可用白話，詩文則不可。」〔註 89〕白話能否成為詩歌用語，是新舊兩派爭論的焦點，一方面是這一文體的特殊性造就的，因為詩歌完全使用白話創作而不考慮用韻，在對舊形式的突破上，力度是最大的，並且遠遠多於小說和散文，「所以他們引起的討論也特別多。」〔註 90〕因此，可以這樣說，所謂的新文學、白話文學，如果不能在文學性要求最高的詩歌領域充分立足和獲得認同，那麼新文學、白話文學之成立是要大打問號的。在這一問題的討論中，文學革命派和學衡派毫無分歧的參照座標都是傳統的文言詩歌，只是在進行比較的過程中，雙方所用論據不同，因而得出的結論也是完全不同的。在實踐不多的新詩創作領域，「周作人君的《小河》長詩……決不是那舊式的詩體詞調所能達得出的。」〔註 91〕復古派則針對以胡適《嘗試集》為代表的新詩進行攻擊，這類新詩既無典雅的辭藻，也無美好的餘韻，根本就是「毫無詩意存在於其間」〔註 92〕。若僅僅以胡適的《嘗試集》為對象，似乎來自復古派的所有評論都有點兒無法還擊的意思，原則正在於其所選對象的偏頗性。作為白話新詩最早的嘗試之作，其為歷史開篇的意義和價值恐怕遠遠大於其作為具體作品在文學審美性上的價值，也許只有大量湧現的其他新詩作品，其在內容和形式上的和諧統一，才是新文學派最為有力的言說資本。在關於新詩的「美」的爭論中，復古派堅持文言「造境之高，豈可方物乎」〔註 93〕，而新文學派則認為「新詩底美，深藏在官快的美底第二層」〔註 94〕當中，認

〔註 88〕 胡先驌《評〈嘗試集〉》，見鄭振鐸編選《中國新文學大系・文學論爭集》，上海良友圖書印刷公司，1935 年，第 271 頁。

〔註 89〕 梅光迪語，轉引自胡適《逼上梁山》，見胡適編選《中國新文學大系・建設理論集》，上海良友圖書印刷公司，1935 年，第 18 頁。

〔註 90〕 胡適《中國新文學大系・建設理論集・導言》，見胡適編選《中國新文學大系・建設理論集》，上海良友圖書印刷公司，1935 年，第 31 頁。

〔註 91〕 胡適《談新詩》，見胡適編選《中國新文學大系・建設理論集》，上海良友圖書印刷公司，1935 年，第 295 頁。

〔註 92〕 胡先驌《評〈嘗試集〉》，見鄭振鐸編選《中國新文學大系・文學論爭集》，上海良友圖書印刷公司，1935 年，第 271 頁。

〔註 93〕 胡先驌《中國文學改良論》（上），見鄭振鐸編選《中國新文學大系・文學論爭集》，上海良友圖書印刷公司，1935 年，第 105 頁。

〔註 94〕 康白情《新詩底我見》，見胡適編選《中國新文學大系・建設理論集》，上海良友圖書印刷公司，1935 年，第 326 頁。

爲新詩在內容的表達和表現上尤勝一籌，「因爲詩的美的一端，而內容上的美，尤爲必要。」〔註95〕細觀雙方論爭，其實都對新詩的文學性和審美性有著強烈的渴望，這是來自文化界的共識，正是這樣強大的動力，推動了先鋒們在白話詩歌領域的不斷探索前行。由此，我們對於這次以《歌謠》爲中心的民間文學運動有了更爲清醒的認識。

二、方言入詩：語言運動與文學革命的交集

在歌謠運動的進程裏，除了在題材、詩體上去借鑒模仿民間歌謠，還有一個十分引人注目的方面，就是歌謠的方言化特點，是被這場運動的主將們重視的。他們認爲，「歌謠原是方言的詩」〔註96〕，因此，對方言的重視，也在這次運動中全面地展開了。「意大利的衛太爾曾說『根據在這些歌謠之上，根據在人民的眞感情之上，一種新的民族的詩，也許能產生出來。』」〔註97〕

「民族的詩」，這個詞彙雖是由一個外國人提出，但它無疑非常確切地表達了國語運動和文學革命共同追求的目標，即用民族共同語創造出新文學。一提到民族，中國語言生活的特殊性就不能迴避，在這個方言龐雜的國度，在還沒有統一的民族共同語的前提下，在這些倡導語言運動的精英們甚至要依靠外語來探討中國語言問題的特殊背景下，事實上，只有方言，才是中國語言眞正的「存在之家」。從「發現」民間視角中看到的歌謠，這些依靠民眾口耳相傳的文藝形式，必然是倚靠在各地方言的大樹上的。因此，《歌謠》週刊從1923年開始，開展了一場方言調查。1924年，以《歌謠》週刊爲中心，北京大學研究所國學門方言研究會正式成立，研究會的主力就是《歌謠》週刊的主要干將，包括劉半農、錢玄同、魏建功、夏曾佑、沈兼士、馬裕藻等人。隨後《歌謠》週刊集中發表很多關於方言的研究文章，其中，在《北大研究所國學門方言調查會宣言書》裏就明確提出的方言調查要完成的諸項任務。〔註98〕此外，《歌謠》週刊還選登了大量具有濃鬱方言色彩的民間歌謠，

〔註95〕鄭振鐸《何謂詩》，載《文學》第84號，1923年8月20日。

〔註96〕周作人《歌謠與方言調查》，載《歌謠》第31號，1923年11月4日。

〔註97〕《歌謠發刊詞》，載《歌謠週刊》第1卷第1期，1922年12月17日，第1頁。

〔註98〕這些任務包括：一，製成方音地圖；二，考定方言音聲，及規定標音字母；三，調查殖民歷史；四，考定苗夷異種的語言；五，依據方言的材料反證古音；六，揚雄式的詞彙調查；七，方言語法的研究。參見《北大研究所國學門方言調查會宣言書》，載《歌謠》週刊第一卷第47號，1924年3月16日。

包括兒歌、儀式歌、民謠、山歌、情歌等，還刊載了不少從不同學科角度對歌謠進行研究的文章，如 1923 年 12 月 17 日出版的《歌謠增刊》，就集中刊發了一組有關方言和語音的學術研究文章，論者從不同側面對這一問題進行了一次集中討論。〔註99〕

《歌謠》週刊第 31 號刊發了周作人的文章《歌謠與方言調查》，他指出，對文學革命的看法固然存在著不一致，可是「國語文學之成立當然萬無疑義，但國語的還未成熟也是無可諱言。」他說，如果過於的成熟只是靠文學家單獨去做，可能會有很大難度，那麼，語言學家是可以助力的，比如由語言學家進行的方言調查，「我相信於國語及新文學的發達上一定有不小的影響。」〔註100〕這篇文章應該算是方言調查展開的倡導性發言，從全文看，周作人更多的是從增加國語文學的趣味和借文學提高國民素質的角度來提倡方言調查的，而事實上，後來方言調查的走向卻深刻地受到了語言學這個維度的推動和影響。〔註101〕以至於首倡者周作人後來自嘲說自己不過是扛著鋤頭在人家的田地上打了一點兒雜，根本沒有「自己的園地」。〔註102〕

胡適在停刊 10 年後又復刊的《歌謠》週刊《復刊詞》中提到，「我們深信，民間歌唱的最優美的作品往往有很靈巧的技術，很美麗的音節，很流利漂亮的語言，可以供今日新詩人的學習師法。」〔註103〕在這裡，「很美麗的音節」、「很流利漂亮的語言」正是方言，以及由方言來吟唱的民間歌謠，沒有別的選項，可以說，這樣的自信宣言，也是基於現代中國文學發展實績而言的。新詩在突破自身、不斷發展的道路上，與民間歌謠、與方言進行了熱烈的交融對話。

方言與新詩的關係，在這次民間文學運動中，集中突出地體現在了方言

〔註99〕 這些文章包括錢玄同的《歌謠音標私議》、魏建功的《彙錄歌謠應全注音並標語調之提議》、黎錦熙的《歌謠調查根本談》、沈兼士的《今後研究方言之新趨勢》等。

〔註100〕 周作人《歌謠與方言調查》，原載 1923 年 11 月 4 日《歌謠》第三十一號，見陳子善、張鐵榮編《周作人集外文》（上集），海南國際新聞出版中心，1995年，第 541 頁。

〔註101〕 關於周作人和國語運動主將們在方言調查的目標和操作方法上的分歧，可參見彭春凌論文《分道揚鑣的方言調查——周作人與〈歌謠〉上的一場論爭》，載《中國現代文學研究叢刊》，2008 年第 1 期，第 126～136 頁。

〔註102〕 周作人《元旦試筆》，見中國現代文學館編《周作人代表作·雨天的書》，華夏出版社，2008 年，第 70 頁。

〔註103〕 胡適《〈歌謠〉週刊復刊詞》，載《歌謠週刊》第 2 卷第 1 期，1936 年 4 月 4 日。

歌謠對新詩語言形式建設的貢獻，具體表現就是方言對新詩音韻的影響。創作詩歌，當頭遭遇的就是音韻的問題，傳統詩歌創作所依據的梁代沈約的詩韻四聲譜，不僅在要創造新的文學形式的大環境早已不合時宜，而且，其中的讀音早已不合今音，雖然當時的中國並沒有建立起規範統一的共同語，但從詩歌創作的角度來說，舊韻是必須要破除的，而新韻如何建立呢？這種動力和語言學家們構建新的民族共同語的力量不謀而合。在文學革命倡導初期，方家們對於新詩的形式都表達過自己的看法，主要關注點集中在對於傳統格律的突破和新的形式的創造，而在在這樣觀念下產生的新詩作品，確實注重了白話的使用，但是，詩歌畢竟是詩歌，即便是白話的詩，也應體現出新的語言對詩歌這種文體的特殊規約，不然就沒有了這種文體的獨特性了。恰在此時，劉半農的《四聲實驗錄》的出版，不僅是國語運動在語音建設方面的突破，也為新詩的音韻節律的發展提供了重要的原則性參考藍本。某種程度上說，是新詩在形式建設上的困境，造就了中國語言學在語音問題上的突破性進展，這實在是又一項語言與文學密不可分的強力證據，尤其是在處於現代化進程中的中國，這樣的事實讓語言建設和文學建設在對話關係中各自向前的軌跡都更為明顯地表現出來了。

值得一提的是，這曠世的《四聲實驗錄》中的「四聲」，雖然只實驗了全國十二種方言中的四聲，但不論是在語言學的理論建設還是新詩的詩體建設上，都歷史性地深刻介入了。劉半農自己說，正是因為自己喜歡寫白話詩，才促成了對於白話語音問題的關注，堅守傳統的先生們認為白話詩沒有聲調，就算是贊成白話詩的，在評論白話詩時，也對於同一首詩的聲調有不同的看法，有的認為聲調好，有的認為聲調不好。正是基於這樣的現狀，劉半農思考，對於不支持白話詩的評論者，新詩陣營能夠有一套自己的說法嗎？能夠提出一個進行文藝批評的標準嗎？再者，對於白話詩作者而言，如果聲調問題的解決能夠引導他們的創作，那是多麼好的事情。他說，當然有可能這個問題解決不了，但是若可以解決呢？「那就惟有求之於原有的詩的聲調。惟有求之於自然語言中的聲調」，那麼，他認為最要緊就是，不能臆測推斷，要用科學的實驗，去解決這一問題，「我相信這東西在將來的白話詩國中，多少總有點用處」。〔註104〕

因此，從這個角度來看，國語運動和文學革命的合流，絕不僅僅是理論

〔註104〕劉復《四聲實驗錄序綴》，載《半農雜文》（第一冊），北平星雲堂書店，1934年，第157頁。

家們的沾沾自喜，不論是新的民族共同語的生成還是新的文學面貌的養成，其中的很多工作，都是同一的。劉半農對方言的重視，一方面來自他作爲語言學家的使命感，在更接近自然情理的方面，應該是來自他作爲一個文學創作者的自身體悟和切身感受，他說，我們進行文學創作時，不論作詩還是作文，方言是最能表達我們眞摯情感的，「便是我們抱在我們母親膝上時所學的語言」，這種語言和我們格外親熱，因爲這是母親說的話，這種叫做方言的語言傳播的地域範圍可能是很小的，並且也幾乎不能獨立存在，然而，「一種語言傳佈區域的大小，和他感動力的大小，恰恰成了一個反比例。這是文藝上無可奈何的事。」〔註105〕這種感性上的「無可奈何」和理性上的使命感和語言科學性的要求，就使得劉半農成爲了其中在語言和文學兩個方面都成就卓著的大功臣，他不僅收集整理了《江陰船歌》，還自己模仿江陰四句頭山歌的形式創作了《瓦釜集》，這可以算得上是歌謠運動中身體力行模仿借鑑民間歌謠進行創作的突出作品集。我們選取《瓦釜集》中第十八歌（牧歌）《亮月彎彎照九州》來看看作者是如何努力通過創作來爲新詩助力的。

亮月彎彎照九州，

九州之外還有第十州。

黃牛水牛你聽我說：

我姓吳來姐姓周。

亮月彎彎照世人，

一人肚裏一條心。

黃牛水牛你聽我說：

我格心來就是姐格心。

亮月彎彎照八方，

一方成熟一方荒。

黃牛水牛你聽我說：

我情願姐田裏熟來我自家田裏荒。

亮月彎彎照仔姐倪家，

我勿曉得姐倪勒浪家裏做點舍啥？

〔註105〕劉半農《代自序——作者寫給周作人君的信》，載《劉半農的瓦釜集》，北新書社，1926年，第2～3頁。

黃牛水牛請你搭搭角，

把我駝過仔千山萬海去望她。

作者注釋：勒浪＝在。牧兒騎牛時，呼曰搭角，牛即俯首，以一角近地，牧兒乃以一足踏角，緣頸而上。望＝探視。

這是典型的歌謠式新詩，迴環往復的韻律、朗朗上口的節奏，所用意象的鄉土味、所用情感的親近性，還有方言詞語的出現，無不更新著讀者讀詩時感受，它既不同於閱讀傳統詩歌的感受，也和剛剛出現的其他探索中的新詩不太一樣，歌謠體的新詩，一方面有相當的親近感，另一方面又有種全面的新鮮感，這和傳統的中規中矩的格律詩完全不同。劉半農的創作，不僅在言語材料上豐富了新詩的創作實踐，他借鑒民間歌謠創製的新的新詩體式，也為新詩在詩體上的突破和創新帶來了靈感，在二十世紀三十年代，面對新文學發展的大量事實，朱自清總結到，劉半農早就有關於新詩形式改革的先進觀念，他主張「破壞舊韻，重造新韻」和「增多詩體」兩項，「後來的局勢恰如他設想。」〔註106〕劉半農為自己的詩集取名「瓦釜」，原始是他認為中國「黃鍾」是在太多，而對於民間的資源總是缺少關注的，而他就打算嘗試著把「打在地獄底裏而沒有呻吟的機會的瓦釜的聲音，表現出一部分來。」〔註107〕他把向民間學習的成果用瓦釜來指稱，與「黃鍾」相對應，體現出其語言理念背後強大的價值取捨標準，即「民」的崛起，表面上看，這完全是劉半農個人在審美趣味上的獨特取捨，而從更為宏大的層面來看，這恐怕要算作是「想像的共同體」在中國社會現代化進程中雷霆萬鈞而又悄無聲息的力量的體現吧。這一價值，是創建新的統一的民族共同語的旨歸，也是新文學的成立所必須依傍的標準。因此，在這裡，音韻已然不是語言學意義上的技術指標了，不論是對民間歌謠的收集整理還是用方言音韻模仿民歌的形式進行新文學的創作，在還沒有統一共同語的情況下，方言，是最好的最方便的選擇和憑藉。

在《瓦釜集》中，除了劉半農自己的創作，還有周作人為詩集做的前言，非常值得稱道的是，周作人也在這裡嘗試用自己的紹興方言加上歌謠體進行新詩實踐。

〔註106〕朱自清《現代詩歌導論》，載《中國新文學大系·詩集》，上海良友圖書印刷公司，1935年，第2～7頁。

〔註107〕劉半農《代自序——作者寫給周作人君的信》，載《劉半農的瓦釜集》，北新書社，1926年，第1～2頁。

題半農瓦釜集（用紹興方言）

半農哥呀半農哥，

偌眞唱得好山歌，

一唱唱得十來首，

偌格本事直頭大。

我是個弗出山格水手，

同撐船人客差弗多，

頭腦好唱鸚哥調，

我是只會聽來弗會和。

我弗想同偌來扳子眼，

也用弗著我來吹法螺，

今朝輪到我做一篇小序，

豈不是坑死俺也麼哥！

——倘若偌一定要我話一句，

我只好連連點頭說「好個！好個！」

　　一向行文細緻縝密的周作人也用自己的方言在頗有民歌特點的節奏裏寫了這麼一篇趣味清新的序言，在「方言入詩」的實踐中加入了自己的力量。客觀地說，這篇題記本身的文學性是比較有限的，但值得記在歷史中的是，這批先鋒他們既是理論的倡導者也是實踐的推動者，他們並非高高在上的指導者，而是隨時把自身也融入變革的滾滾洪流中，在不斷的嘗試和實踐中去修正和體會自己的主張。這種精神，恐怕才是眞正的文學革命需要的精神，因爲，如果不能有著先鋒的思想，不能有著先鋒的實踐，文學面貌的刷新就只可能是空中樓閣了。

　　除了劉半農的積極實踐，同一時期，還有劉大白的許多關於農村與農民的詩，其中歌謠體的《賣布謠》流傳最廣，「嫂嫂織布，哥哥賣布。賣布買米，有飯落肚。嫂嫂織布，哥哥賣布。弟弟褲破，沒布補褲。嫂嫂織布，哥哥賣布。是誰買布，前村財主與地主。土布粗，洋布細。洋布便宜，財主歡喜。土布沒人要，餓倒哥哥嫂嫂！」內容上，這是作者關心鄉土的作品，它反映了新詩作者和當下生活的密切性，在形式上，則完全脫胎於口語化的歌謠，通俗易懂、明快上口，在審美風格上和傳統詩歌已是大相徑庭。馮雪峰的小詩《桃樹下》有著歌謠特有的風味：

桃花紅，

桃葉綠；

桃花姊妹請我桃樹下邊坐。

桃花姊妹真好意，

桃花眼笑著來看我。

眼角情許多，

風吹散給世人啊！

桃花姊妹呀！

請你送我桃花一朵；

桃子結成時，

再請你送我桃子一個；

我要拿去

送給你的妹妹──

我的愛人啊！

作為湖畔詩歌中的代表性作品之一，這首詩一方面有著民間歌謠特有的節奏感和韻味，另一方面又打破了傳統歌謠幾乎完全統一規整的句式，有著切合其具體情感的句式變化，對話式的質樸情感的直接表達又把歌謠植入新詩的探索進一步擴大了。

何植三的《農村的戀歌》、《農家雜詩》中那種鄉間口語的樸質更是是明顯的。「風車的兜裏，有碗桂圓的湯，請喝喝吧！早稻要割了，挑起擔來，可不是要酸了腰骨。」「新豆收了；自家做一板豆腐，煎的煮的吃個暢快。」這是作者積極嘗試方言入詩、口語入詩的證明。因為在作者的同一本詩集裏，即便是類似題材的作品，在語言風格上也完全不同，比如同樣收在《農家的草紫》詩集中的《夏日農村雜句》，「清酒一壺，獨酌，伴著荷花。」這樣的句子和這樣的意象的排列，是典型的書面語體表達風格，和中國傳統詩詞中的用法是更為接近的。何植三自己後來在回憶當年的歌謠運動時說「歌謠所給新詩人的：是情緒的迫切，描寫的深刻；本來作詩須有迫切的情緒，有情緒然後很逼迫地寫出來；否則便不是詩，便不會成詩。」〔註108〕方言，畢竟是「我們抱在我們母親膝上時所學的語言」〔註109〕，這「母舌」的根性特質，

〔註108〕何植三《歌謠與新詩》，載《歌謠週年紀念增刊》，1923 年 12 月 17 日。

〔註109〕劉半農《代自序──作者寫給周作人君的信》，載《劉半農的瓦釜集》，北新

與作家創作時那種「情緒的迫切」是有著天然的緊密關聯的，這是或許有音無字的方言方音最獨特而不可替代的特點。沈從文認為劉半農用江陰方言創作方言山歌，是為新文學做的試驗，「他的成就是空前的」，「按歌謠平靜從容的節拍，歌熱情鬱怫的心情，劉半農寫的山歌，比他的其餘詩歌美麗多了。」來自作家內部的肯定和讚揚，是對這種創作方式最客觀和實在的評價，其中「用並不普遍的文字，並不普遍的組織，唱那為一切成人所能領會的山歌」〔註110〕一句，更是道出了方言入詩的最佳境界。

因此，這些既是理論的倡導者又是新文學創作的實踐者的大師們，從自身創作困境的切身感悟出發，有了這次眼光向下的「發現」民間，也從自身的理論追求著手，努力擴大新文學的語料來源和表現形式。他們從中國社會語言生活的實際和他們自己生活的實際出發，發現並且運用方言來豐富擴大自己的新文學創作空間，是再自然不過的選擇。

從新詩發展的角度，俞平伯認為，其實平民性是詩的本來的主要底色，反而貴族色彩才是後來加上去的，加得多了就妨礙了詩的普遍性。「故我們應該另取一個方向，去『遠淳反樸』，把詩底本來面目，從脂粉堆裏顯露出來。」〔註111〕這是新詩在價值上追求的方向，和國語運動一再提及的「國民」「平民」有著割不斷的聯繫，落實到具體的文學語言上，態度激烈的語言學家錢玄同則明確表態，他支持「言不雅馴」，歡迎「引車賣漿之徒」之類底層人士所講的「活潑自由的人話」，「比『學士大夫』們講的話強多了。」〔註112〕這就從詩歌語言的角度撥動了幾千年來傳統的雅與俗、上與下的固有關係模式，這是語言運動中現代性要求的體現，更是社會現代化進程裏必然裏挾的新的價值體系的要求。

在這次的整個民間文學運動中，最為客觀冷靜的要算是周作人了，他注意到，民間語言固然是國語的基礎和來源，但就此認為達到這種程度就可以滿足，是不可取的，因為還要對歌謠進行改造，才能滿足現代的要求。民間歌謠的證明價值和它所帶有的缺點是同時存在的，比如「缺乏細膩的表現力，

書社，1926年，第2頁。

〔註110〕沈從文《論劉半農的〈揚鞭集〉》，載《文藝月刊》，1931年2月。

〔註111〕俞平伯《詩底進化的還原論》，見王運熙主編《中國文論選‧現代卷》，江蘇文藝出版社，1996年，第236頁。

〔註112〕錢玄同《吳歌甲集序》，見《錢玄同文集》（第三卷）漢字改革與國語運動，中國人民大學出版社，1999年，第367～368頁。

以致變成那種幼稚的文體，而且將意思也連累了」〔註113〕，所以在他看來，中國情歌的壞處，主要來自語言上的缺陷，而民間的俗語，和明清白話小說一樣，都是國語的基礎和來源，但肯定不是全部。現在看來，這恐怕是關於新文學吸收方言最為妥當的建議了，可惜，在當時那樣的時代背景下，需要的是激進、激昂的革命態度，是風雨飄搖中的奮力奔跑和大聲疾呼，所以，這樣的聲音總是若隱若現，並不如那些革命檄文般的吶喊響徹雲霄。所以，往往，在當時顯得光芒閃耀的吶喊在潮退之後，我們會看到其偏頗之處，而能夠在滾滾洪流的催促下依然保持清醒思考的表達，顯得格外珍稀。

從國語運動的角度，黎錦熙這樣總結歌謠運動，他說孔子把歌謠進行了一番大大的整理，選取了最具文學性的部分，按照不同的國家進行分類，編成了一本「歌謠選粹」，在這個基礎上，有加上許多詩人的創作以及軍歌、名人的吟詠、祭神的歌，形成了一本「國語文學讀本」，用作他給學生的教科書，後來，這部書就取名為《詩經》，《詩經》中的「國風」就是歌謠選集，直到最近，人們才認識到，原以為神聖的「國風」其實就是「歌謠選粹」，所以，目前收集調查的這些現代民間歌謠，不僅有助於民俗學和語言學的研究，「也即是對於新文藝底建設上一個極重要底預備。」〔註114〕可以說，來自語言運動主將的總結，大大肯定了這次以《歌謠》週刊為中心的民間文學運動的地位，也再次證明，這場運動不僅是屬於新文學革命的，也是國語運動的重要組成部分，是兩大運動合流之後重要的交集。

眼光向下的發現，對民間語言的重視，不僅來自作家們創作之中遭遇的困境，也體現了總體時代洪流對新的社會群體的重視。在這裡，這股潮流在這裡才剛剛冒頭，而今後它將激起的巨大浪花，將在今後的時間裏得到一一的呈現。

本章小結

美國學者本尼迪克特・安德森在他的代表作《想像的共同體：民族主義的起源與散佈》〔註115〕之中，將民族看做是「一種想像的政治共同體」。在書

〔註113〕 周作人《國語改造的意見》，載《東方雜誌》，1922 年第 19 卷第 17 號。
〔註114〕 《歌謠週年紀念增刊》，1923 年 12 月 17 日。
〔註115〕 （美）本尼迪克特・安德森著《想像的共同體：民族主義的起源與散佈》，吳叡人譯，上海人民出版社，2005 年。

中《民族意識的意義》一章中，作者分析了現代國家民族意識起源的幾個重要因素，即資本主義、印刷科技和人類語言宿命的多樣性。他認為，是印刷語言成為中介而使人們可以互相理解，是印刷品讓數以萬計、百萬計的人們在語言中形成了想像的共同體，在這一過程中，被統治特權採用的方言逐漸取得和其他方言完全不同的地位。同樣，英國學者艾瑞克・霍布斯鮑姆在《民族與民族主義》一書中也提到，一個國家的「國語」的建立，和「國家」僅僅聯繫在一起，背後就是國家權力合法性的問題，這涉及意識形態在國家內部的重要地位，政治意識形態——這一重要的角色，將已然存在的文學或文化進行「校正」，或者將早已作古的語言重新發掘，或者從日常所使用的方言中創造新的語言。〔註 116〕近代以來，世界學者都對民族和民族主義產生了相當的興趣，以上提及的二位更從民族語言的角度對這個問題進行了闡發。不得不說，語言，尤其是所謂「國語」在民族國家的建設中確實扮演了不一般的角色，它不同於戰爭或者政權更迭那樣來得硝煙四起、刀光劍影，但是，它在現代國家的建立、統一過程中所發揮的作用也並非只是「潤物細無聲」的浸潤，時常，它的產生、發展、建立、推廣，和當時的社會政治經濟形態及意識形態有著割不斷的聯繫。

如果說早期英語的建立和官方的推廣，主要借助印刷文化實現了民族的連結，那麼，在東方，中國的情況的確具有相當的特殊性。因為中國「書同文」的歷史由來已久，一套文言文系統使得政令傳輸成為可能，也成為了維繫這個古老帝國千年以來穩固形態的根系之一。晚清帝國在世界格局重新調整的動力運作下，不得已才從夢中醒來，衛國保種、救亡圖存，成為社會精英和先鋒首先意識到的問題，不論洋務運動還是維新變法，先鋒們首先遭遇的就是文字問題。文言文無法承載和容納西風東漸帶來的新詞，新思想的傳播受到阻礙，更困難的是，無法識字的民眾，無法被啟蒙，民智無法被開啟。因此，繁難的文字成為新思想的阻礙，要救亡圖存，必然需要民眾識字。先鋒感慨「竊謂國之富強，基於格致；格致之興，基於男婦老幼皆好學識禮。其所以能好學識禮者，基於切音文字。」〔註 117〕他們力圖通過可以拼寫讀音的切音字來使得民眾可以掌握運用文字，以接受新的思想，以成為救亡圖存

〔註 116〕 （英）艾瑞克・霍布斯鮑姆著《民族與民族主義》，李金梅譯，上海人民出版社，2000 年，第 131 頁。

〔註 117〕 盧戇章《〈中國第一快切音新字〉原序》，見《清末文字改革文集》，文字改革出版社，1959 年，第 2 頁。

的依靠力量。因此，文字改革，可以說是中國現代民族共同語創建過程中首先被注意並且讓先鋒學者們投入了巨大的精力來力圖改革的項目。讓繁難的漢字簡易化，是貫穿這段歷史的明晰線索。從切音字方案到注音字母方案，從提倡「萬國新語」（即世界語）到國語羅馬字的創立，語言學家一直奔走在歷史的前沿。當然，這也是語言學經濟簡便原則的體現，符合語言發展的一般規律。漢字書寫形式改革的歷史之源，一直流到了中華人民共和國成立之後的 1955 年才終於告一段落。

中國語言在書面上的問題，除了繁難的漢字只為少量上層階級的人掌握和使用之外，就是封鎖於「之乎者也」中的文言文系統。不論是標準化的官方的政令，還是作為書寫形式中最高級別的文學作品，都在這個堅固、含蓄、簡練的系統裏運行。這套系統也是「書同文」的體現，這和前文提及的兩位學者所分析的歐洲對象就有著不同的面貌特徵了。這套歷來存在的書寫系統，和時人所用口語之間存在巨大鴻溝，沒有經過嚴格教育薰陶的人，是沒辦法和這套「雅」系統攀上關係的，他們只能說著自己的「俗」語。在國家－國語－國民的整體想像中，這個古老的帝國要走向富強、要成為現代意義上的國家，成為世界版圖眾多國家中的「一國」而非繼續是夢中的「天朝上國」，國家的更新，需要新的國民，國民必然能用國語進行溝通交流。因此，言文一致的要求，肯定不是近代以來參與國語運動的語言學家們的虛擬理論，它有著基於這個特殊國家裏特殊情況的考慮。因此，這一次的文體變革也不再是唐朝古文改革時那樣的「改革」，確實直接稱作「革命」更為妥貼，這一次的文學革命，革斷了中國文學延續千年的文言文系統，「斷裂」般地呈現了具有全新面貌的現代中國文學，展現了中國歷史上從未有過的「現代」氣象。「國語的文學，文學的國語」，這一次語言運動和文學革命的結合，既讓文學成為了新的民族共同語極適合的載體，又讓這想像中的民族共同語有了極適合的文藝上的皈依。語言運動借文學革命的創作實踐壯大了自己的隊伍，推進了自己的主張，最終，體現在基礎教育領域的國文教學，算是以建立民族共同語為目標的國語運動的巨大成功。

當白話文學開始登上歷史舞臺之時，依舊是先鋒知識分子的踏足，讓文學與語言之間的互動，在這一時期顯得異常活躍和頻繁。創建民族共同語的過程中，書寫系統的更新不僅是文字改革的嘗試，更是文體變革的實踐。一套似乎是與傳統文學斷然「決裂」的新的書寫系統，從哪裏去找它的素材？

哪裏是可以學習和借鑒的方向？向上追溯，胡適《白話文學史》以「活文學代替死文學」的豪邁大氣，梳理了從漢朝民歌而來的「白話文學史」，顯然，在理論家這裡，傳統文學也是可以借鑒的。此外，「歐化」也是合理的，這是在翻譯文學盛行的時代，更是語言接觸中必然的現象。還有一種來自漢語內部的力量，也進入了先鋒們的視野，那就是方言。中國傳統文學中，從《詩經》的國風到漢朝的樂府民歌，再到作為市民文學代表的戲劇、話本和小說，以及傳統戲曲，歷來都不乏有傑出的作品流傳於世，這些作品的共同點即是它們和民間的深刻聯繫。不論是民間歌謠的收集還是為新興市民服務的文藝形式，抑或傳統戲曲，最初都依賴於口耳相傳。那麼，是什麼語言承載了這些內容呢？自然是方言。這是文藝上的思考路徑。那麼來自思想價值上的考慮，就是一直被淹沒於歷史中的泱泱大眾，好像從來沒有像今天這樣，被歷史需要。國家需要國民，因此，大眾、民眾這樣的詞彙高頻率地出現，精英們轉向民間，似乎更是一種價值選擇。再來一次《詩經》般的歌謠徵集，要從民間吸取文學的養分，來自新文體創作困境本身，也暗含時代要求的價值取向。當然，最能體現文學性的文體——詩歌，成為了靠近民間最合適的選項，方言入詩，就是這一互動中必然生成的結果。當然，方言的有音無字、歌謠的粗糙幼稚，並不能統統進入文學，但是，詩人們鎔鑄方言的能力，正是其文藝水平高低的體現，能否把口耳相傳的聲音內容轉變為具有美學特性的文字內容，更要依靠作家的精心錘鍊。可喜的是，如果我們以 1917 年作為一個明顯的時間標誌的話，到二十世紀三十年代初，僅僅十餘年的時間，幾百種白話報刊的助力，給了新文學創作足夠的空間，紛紛湧現的文學社團，更帶來了光芒四射的新文學作家和作品。與文學上的向民間學習、用方言入詩伴隨的，還有民俗學者的學術研究和語言學者的理論開拓，尤其是後者，也是為建立統一的民族共同語做了必要的準備。

以上談及的是民族共同語構建過程中的書面語的建立，還有一個方面就是作為口語的國語怎樣建立的問題。疆域遼闊的老大帝國，民族眾多，方言歧異，「十里不同音」，為了統治需要，歷代也有一些在少數人中流傳的共同語。在清末民初，混跡官場之人能掌握一種可以交流的「官話」，因經濟發展而出現的需要跨地交流的商人也能掌握，這些人群所佔比例，在總人口中是極少的。即便是經濟條件和文化教養都還不錯的留學生，在國外，居然需要用外語才能進行交流，中國人和中國人之間竟然不能用母語溝通，可見當時

中國的方言鴻溝給交流帶來了怎樣的阻礙。在改造書面系統時，面對著繁難的漢字，先鋒們紛紛把目光投向了切音這個方向，切什麼音，成了第一個難題，於是，各項主張、想法紛紛湧現，實踐路徑雖各有不同，但目標只有一個，需要一套有著統一讀音的民族共同語。至於這個讀音是生造一個還是用某一方言來定於一尊，抑或可以雜糅各地方言以求平均，這些問題，自然會成為讀音統一討論過程中的焦點。這裡面，不僅有來自語言學層面的技術探討，更有來自思想層面的價值論爭，這一糾纏，在延續了幾十年後，終於由中華人民共和國的「推廣普通話」方針做了最後了結。

所以說，這個階段的語言運動，建立統一的民族共同語的努力，實際上是從統一口語開始，到書面語的統一而落筆的。這股統一的潮流，是智識階層的先進想法，更是「想像的共同體」在社會歷史中發揮的作用，此外，還有一個重要力量，那就是政治。在這一時期，集中精力做「語言統一」工作的機構包括：讀音統一會、國語研究會和國語統一籌備會。其中，讀音統一會，從機構名稱我們就可以得知，其主要宗旨正在於讀音的統一，這是在1912年召開的中央臨時教育會議上決定組建的，是當時官方指定的進行「國語統一」具體工作的行動機構。1917年，中華民國國語研究會成立，這個研究會是在以蔡元培為首的北京教育界人士的發起倡議下成立的，雖然名稱不同，但仍然是把國音統一作為研究會的目標的。1919年4月成立的國語統一籌備會最值得肯定的成績是，在1926年，由國語統一籌備會的成員錢玄同、黎錦熙、趙元任等聯合創製了「國語羅馬字拼音法式」，這一方案當初的設想是作為繁難的漢字的替代品而產生的，但是，它並沒有真正成為代替漢字的書寫符號系統，而是與「注音字母」一樣，只是為漢字注音，1928年9月，這一拼音方案由中華民國大學院正式公佈，這套注音方案使用起來不太方便，故而並沒有得到有效的推廣和運用。雖然作為制度建設的國音統一併沒有出現最終的制度性的勝利，但「京國之爭」也好，注音字母、國語羅馬字也罷，不論是論爭還是語言學上的嘗試，都在「想像的共同體」的強力作用下，在中國救亡圖存的歷史命運中，向著統一的國語、統一的國音奮力奔跑了。

第二章　從知識階級到普羅大眾

第一節　大衆語討論中的「語言統一」

一、「中國普通話」：語言概念與文學思潮的聯姻

　　1927 年，是傳統文學史敘述中新文學第二個十年的開始，一個非常明顯的特點是，隨著整個世界和中國社會政治的變化，「革命」成爲一個熱詞席捲文學界。新文學內部出現了一場熱烈的革命文學論爭，其發生原因主要來自兩個方面：一是國際國內形勢的變化，使得無產階級歷史性地開始成爲歷史主體；二是基於社會形勢的變化，不少作家甚至直接投身社會運動，這種身份和經歷的變化，直接導致文學受到革命和政治的影響。一場關於革命文學的論爭拉開了一個新的時代的序幕。在《創造月刊》、《太陽月刊》、《小說月報》、《文化批判》、《語絲》等刊物上，出現了大量革命意味濃厚的文章。比較有代表性的有：郭沫若的《桌子的跳舞》、《文藝戰線上的封建餘孽》，成仿吾的《從文學革命到革命文學》，馮乃超的《藝術與社會生活》，李初梨的《怎樣地建設革命文學》，蔣光慈的《關於革命文學》，魯迅的《文藝與革命》、《文學的階級性》，茅盾的《從牯嶺到東京》、《讀〈倪煥之〉》。這些文章的出現，預示著文學即將迎來變化的新的時代的來臨。

　　二十世紀三十年代，是一個風雲際會的大時代，世界工人運動的風潮席捲全球，勞工大眾作爲一個階級登上了歷史舞臺，通過蘇聯傳來的馬克思主義給中國知識分子帶來一股新風，日益迫切的民族危亡讓這一時期的啓蒙者更多地把目光投注到了沉默的大眾身上。五四新文化運動對傳統的否定，帶

來年輕知識分子在尋找新目標上的空前熱情，舊的意識形態的枯竭，也使他們對新的意識形態充滿熱切渴望，他們對於理論界新來的理論，有著別樣的好感，似乎他們所有的熱情在這裡找到了最適合的突破口。隨著國民革命形勢的變化，這些年輕的知識分子先是跟著五四新文化運動的浪潮浮沉，而他們除了發表幾篇文章，似乎完全在話語權利的中心找不到位置，此時，農工大眾階級的崛起，讓他們又找到了熱情散發的方向，他們呼喚：「青年！青年！⋯⋯我希望你們成為一個革命的文學家，不希望你們成為一個時代的落伍者。⋯⋯你們應該到兵間去，民間去，工廠間去，革命的漩渦中去！」〔註1〕這種豪放的熱情，明顯地，已經和五四文學有了差距，如果說當年周作人提倡的「平民文學」有著最為鮮明的親近大眾的傾向，那也最多只能說是「化大眾」，而此時，這批文人的激情，則完全就是「大眾化」了。

「文藝大眾化」這一提法來自左翼作家聯盟，他們的文藝大眾化追求顯然帶著很強的政治目的，但是，既然是文學聯盟，那麼，為了真正實現這一目的，他們必然希望通過他們的文學作品來達到啟蒙甚至改造大眾的目的，可事實上的情況卻是，理論討論一片火熱，而實際上卻並沒有創造或者留下什麼影響稍大的作品，為什麼呢？來自語言內部的困頓是其中最為重要的原因。穆木天就曾經感慨說自己痛感的就是自己寫作時的語言，因為這種語言與大眾相距甚遠，因而不能感動大眾，因此決定「以後要用大眾嘴說的言語，⋯⋯要丟掉智識階級的言語這個皮囊。」〔註2〕作家的創作困惑來自他們自己的創作困境，也因為其時舊式白話在出版和閱讀方面都顯得更有成就，得不到讀者回應的作家們就顯得尤其鬱悶。關於這個現象，瞿秋白在《鬼門關外的戰爭》一文中有著最為鮮明和直接的總結，他認為，當下的新文學還不是「國語的文學」，而當下的國語，也不是「文學的國語」，「只有種種式式半人話半鬼話的文學⋯⋯只有種種式式文言白話混合的不成話的文腔。」〔註3〕事實上，年輕的新文學在語言的探索上也確實處於相對稚嫩的階段，正是基於此，瞿秋白旗幟鮮明地提出要進行「第三次的文學革命」，這次文學革命不但要和文言成為對立面，而且還要反對「舊式白話」，「而建立真正白話

〔註1〕 郭沫若《革命與文學》，載《創造月刊》，1926 年 4 月。

〔註2〕 穆木天《我希望於大眾文藝的》，載《大眾文藝》第 2 卷第 4 期，1930 年 5 月。

〔註3〕 瞿秋白《鬼門關外的戰爭》，見《瞿秋白文集》（二），人民文學出版社，1953 年，第 620 頁。

的現代中國文。」〔註4〕這真正白話的現代中國文，是要區別於他所不滿意的新式白話，更重要的是，其關注的是背後的階級性問題，他認為當時的新文學所用的語言，就算是白話，也是知識階級的，在他看來，只供這個「充其量也不過一萬人」的小團體使用的白話只能說明其「小團體主義」〔註5〕，這和左聯標榜的「無產階級革命文學」顯然相去甚遠。從「文學革命」到「革命文學」，看起來只是詞語順序的調換，而真正的實質則在於，前者多是文學內部的流變，而後者則企圖從文學之外進入文學，這和之前的文學變革有了完全不同的內涵。

作為一種歷史趨勢，隨著報刊和書籍市場的發展變化，市場機制作用下的文學讀者群正悄然發生改變，這是因為文學和市場的變化帶來的自然結果，即原先具有壟斷地位的智識階層，並不是唯一的文學讀者了，因此，事實上，文學的「大眾化」是已經開始的歷史潮流。那麼左聯口口聲聲強調的「大眾」是不是已經在此潮流中了呢？仔細探查可以發現，左聯所謂的「大眾」不是一般傳統意義上區別於士大夫的「大眾」，乃是「無產階級」、「工農大眾」。他們不僅緊緊抓住「大眾」這個群體，更提出了「文藝大眾化」的任務，要在思想和意識上用無產階級思想把群眾武裝起來，「要開始一個極廣大的反對青天白日主義的鬥爭。」〔註6〕在這裡，我們可以十分容易地看到左聯將文學作為革命鬥爭工具的訴求，「大眾文藝」的審美屬性幾乎無人提及，他們一而再強調的只是文學的題材內容以及文學的階級屬性。「普羅列塔利亞文學——乃至藝術——本質上，就是非為大眾而存在不可的東西。」所以，沿著這一思路，夏衍進而斷定，沒有實現大眾化的文學，根本就不是大眾文學。〔註7〕這一提法，就從本質屬性上為文學作品進行了劃分，那些沒有在目的、意義、性質上表現出充分的無產階級屬性的文學，根本就不是大眾文學，「革命文學」的「革命」意味越來越濃，從文學外部進入文學內部的力量越來越大。在新文學發展史上，以政治標準來評判和檢視文學，這是有史以來最為

〔註4〕 瞿秋白《鬼門關外的戰爭》，見《瞿秋白文集》（二），人民文學出版社 1953 年，第 630 頁。

〔註5〕 瞿秋白《鬼門關外的戰爭》，見《瞿秋白文集》（二），人民文學出版社 1953 年，第 633～634 頁。

〔註6〕 史鐵兒《普洛大眾文藝的現實問題》，載《文學》半月刊第 1 卷第 1 期，1932 年 4 月 25 日。

〔註7〕 沈端先《所謂大眾化問題》，載《大眾文藝》第 2 卷第 3 期，1930 年 3 月。

鮮明的一次。

　　1931 年 11 月，中國左翼作家聯盟執行委員會的決議中提出，文學作品的文字必須簡單明瞭易懂，要儘量避免知識分子常用的語法，必須使用工人農民能理解的文字，甚至可以用方言，最重要的是「去研究工農大眾言語的表現法。……我們更富有創造新的言語表現法的使命，以豐富提高工人農民言語的表現。」〔註8〕是的，不管有著怎樣強烈的政治熱情和理論設想，終究，文學是依賴語言的藝術形式，所以前文提到的穆木天的困惑才是那樣地具有代表性，語言困境是提倡「文藝大眾化」的理論家們必須直面的問題，他們首先想到的，是用大眾的話，來創作文學，實現文藝大眾化。

　　那麼，大眾的話是什麼話？大眾生活裏自己用的是什麼話？茅盾就此做過調查，他的調查顯示，在當時的工人群體中，「流行著至少三種形式的『普通話』。」〔註9〕既然如此，也就是說當時並不存在一種統一的可供文學創作之用的大眾的話，所以，客觀地說，用大眾的話來創作無產階級文學，其實是沒有語言基礎的，但是，值得注意的是，相關理論的鼓吹者不僅堅持認為統一語言很簡單——只需要由無產階級來完成，而且，其實已經存在了一種「中國普通話」，這種話，普遍通用，人人能懂。這可以說是以瞿秋白為代表的左聯理論家們所有關於文藝大眾化美好想像的基礎，當然，還有一個重要的原因是，他們認為五四白話是資產階級的，因為資產階級建立了它，而現在的時代是屬於無產階級的新時代，因此要用無產階級的「俗話」，他堅定地斷言，「統一語言的任務必落在無產階級身上……無產階級自己的話將要領導和接受一般智識分子現在口頭上的俗話——從普通的日常談話到政治演講，——使它形成現代的中國普通話。」〔註10〕「中國普通話」究竟是什麼樣的呢？瞿秋白認為，這種語言事實上已經產生了，那就是「一切都用現代中國活人的白話來寫，尤其是無產階級的話來寫。」這種白話，包含了方言土語、外國字眼、科學藝術政治術語等，但不等同於知識分子的「新文言」，因為這

〔註 8〕　《中國無產階級革命文學的新任務》，見《新文學史料》，1980 年第 1 期。
〔註 9〕　三種形式是：一種以上海土白為基礎而夾雜著粵語、江北話、山東話。第二種以江北話為基本，而夾雜著山東語和上海語。第三種是北方音而上海腔的一種話。止敬《問題中的大眾文藝》，載《文學月報》第 1 卷第 2 號，1932 年 7 月。
〔註 10〕　史鐵兒《普洛大眾文藝的現實問題》，載《文學》半月刊第 1 卷第 1 期，1932 年 4 月 25 日。

種白話是否接納其他的語言要素，主要要看它是否符合中國人說話的習慣，「總之，一切寫的東西，都應當拿『讀出來可以聽得懂』做標準，而且一定是活人的話。」〔註11〕

「中國普通話」這一提法，涵蓋了不少內容。首先是以左聯爲代表的左派知識分子強烈的革命情懷，是他們期望喚醒工農大眾、建立階級意識的政治衝動。與五四啓蒙話語不同的是，這群滿腔激情的呼籲者不再只把文學看做文學，甚至連文學的審美性都不在其關注之列，文學只是他們喚醒大眾、喚醒大眾階級意識的工具。明確提出「中國普通話」這一概念，並且強調「統一語言的任務必落在無產階級身上」，是鮮明的帶著階級意識的呼吁，他們不僅要在社會領域革命，還要在文學領域革命，他們要成爲這一次文學革命的領導者，他們鼓動作家要去教育引導大眾，「教導他怎樣去履行未來社會的主人的使命。」〔註12〕這就是要求作家在創作時首要關注的是思想內容，是教育意義，在動筆之前，裝在腦子裏的是政治任務。「普洛作家要寫工人，民眾和一切題材，都要從無產階級觀點去反映現實的人生，社會關係，社會鬥爭。」〔註13〕這又進一步限制了文學創作中的題材和目的，甚至把現實的政治目的當做文學創作的目標，且不論這是否符合文藝的基本屬性，僅就理論家們這滿腔的熱情，我們就可以看出，在那個大時代，弄潮兒們有著怎樣宏大的理想和怎樣熱切的情懷，彷彿世界格局要由他們來劃定，何況文學——這樣的宏大願望，與新鮮的蘇俄馬克思主義簡直是一拍即合。因此，階級話語成了最有力量的話語資源，它似乎可以放在任何領域，無產階級則成了這套話語中最值得依賴的力量，所有的宏大願望，皆是以這個階級的行動來實現的。作爲一個政治人物，瞿秋白在他的《大眾文藝的問題》《普洛大眾文藝的現實問題》《鬼門關外的戰爭》《新中國的文字革命》《羅馬字的中國文還是肉麻字中國文》等一系列文章中，在語言文學領域表達了他作爲一個優秀的政治理論家所具有的傑出的思想力量。這種力量，不是空洞的想像，它來自國內革命形勢的變化——登上歷史舞臺的中國共產黨，顯然不滿足於僅僅做無產階級的代表，讓中國的「國」，變成無產階級的「國」，變成共產黨領導

〔註11〕宋陽《大眾文藝的問題》，載《文學月報》創刊號，1932年。
〔註12〕郭沫若《新興大眾文藝的認識》，載《大眾文藝》第2卷第3期，1930年5月。
〔註13〕史鐵兒《普洛大眾文藝的現實問題》，載《文學》半月刊第1卷第1期，1932年4月25日。

下的「國」，才是這種力量最強大的吸引力來源。因此，我們可以說，以左聯為代表的知識分子群體，他們的理論主張實際上已經從個人的轉變爲群體的，從群體的轉變爲階級的，從階級的上升至國家的。看起來，文藝大眾化討論中浮現出的「中國普通話」這一概念是屬於語言學內部的，然而，其實它所涵蓋的強大力量乃是無產階級終將改變中國的強大力量，這一概念背後的巨大的政治意義使得它和從前那些幾乎僅僅局限於語言學界的內部的討論和提法，有了天然的不同。

其次，當我們承認「如果說《鬼門關外的戰爭》是 30 年代現代漢語發展的一個綱領性文獻，那大概是不錯的。」〔註 14〕，那麼，我們也必須承認，實際上「中國普通話」這一概念的提出，也不完全是政治理論家一廂情願的空想，同樣來自於文學發展的實際狀況。「國語的文學，文學的國語」從五四發展而來，到了 30 年代，胡適設想的「國語的小說，詩文戲本通行之日，便是中國國語成立之時。」〔註 15〕並未如當年期望般順利而來，「現在所形成的，卻還不是現代中國文，而是『非驢非馬』的一種言語。」〔註 16〕正是五四文學本身的特點，給了這一新概念生長的空隙。五四白話文的白話不夠「白」，是其最受詬病的一點，「目下通行的白話文，也非大眾能懂的文章。」〔註 17〕五四白話文的精英色彩，是其在語言上的顯著特點，而這一點，恰好爲左翼理論家利用，運用階級話語進行分析，「所謂白話文者，其實與文言沒有什麼不同，這沒有與大眾打成一片，且不消說，還有他的根本的意識，也與文言相同，爲封建的，享樂的，消費的，剝削的。」〔註 18〕這種對五四文學語言精英色彩的理論回應，正是來自五四文學語言自身的特點，因此，即便在今天看來，用階級話語來分析語言是可笑的，因爲語言根本就沒有階級性，這種把階級話語當做尙方寶劍般地用在語言文字領域是不具備堅實理論基礎的，但是，在當時的歷史語境下，「國語」是「官話」，是資產階級創造和使用的，這是國語文學未能走向大眾的重要原因，這種推論和分析卻很容易獲

〔註 14〕 李陀《汪曾祺與現代漢語寫作——兼談毛文體》，載《花城》，1998 年第 5 期。

〔註 15〕 胡適《建設的文學革命論》，見胡適編選《中國新文學大系·建設理論集》，上海良友圖書印刷公司，1935 年，第 130 頁。

〔註 16〕 瞿秋白《鬼門關外的戰爭》，見《瞿秋白文集》（二），人民文學出版社 1953 年，第 629 頁。

〔註 17〕 魯迅《文藝的大眾化》，載《大眾文藝》第 2 卷第 3 期，1930 年 3 月 11 日。

〔註 18〕 樊仲雲《關於大眾語的建設》，載《申報·自由談》，1934 年 6 月 3 日。

得支持和認同，原因就在於讀者對五四白話精英色彩的不滿。應該說，讓束之高閣的文學走下神壇，走出高高的廟臺，不是少數知識分子的一廂情願，本來就是社會文化變遷必然經歷的過程，在社會、經濟、文化多重力量的共同作用下，文學走向大眾本來就是已然發生的變化，因此，我們暫時拋開階級話語的籠罩，也可以清晰看到，其時文學語言自身發展的困境。

　　另一個方面，通過「中國普通話」這一概念的提出、分析、鼓吹，一股文學政治化的思潮正強烈襲來，這也是相當值得重視的問題。左聯明確宣言，必須實現運動、組織、作品、批評以及其他一切的大眾化，「才能完成我們當前的反帝反國民黨的蘇維埃革命的任務。」〔註 19〕有組織的左聯，在其理論主張上，也顯得不同其他，很明顯，他們的目的性更明確，把文學工具化的傾向更明顯。如果說以瞿秋白為代表的左翼理論家要借助文學大眾化來創作統一的民族共同語，這是不錯的，因為「用什麼語言寫」是他們討論的中心，「中國普通話」作為最理想的工具，也充分說明他們十分關注文學的語言問題。但我們可以看得更明白的部分是，他們一方面是要進一步清理舊白話，但「破舊」的目標是「立新」，所以清理舊白話最好的方式就是「一切都用現代中國活人的白話來寫，尤其是無產階級的話來寫。」〔註 20〕這雖然是聚焦於用什麼話來寫的問題，可是，和之前國語運動中語言學家多立足於語言的統一性和文學的審美性的主張明顯不同的是，他們真正關注的是語言背後的階級或者說權力。他之所以對「官僚的所謂國語」那麼不滿，正是因為在他的階級話語思想體系的分析下，發現五四白話的創製者和使用者仍然局限於相對較小的智識階層，因此就推論認為，現有的白話是資產階級的白話，無產階級的文學必然需要無產階級的語言，這不僅是對於建立民族共同語的關注，實際上更多地是對語言背後權利和階層的關注。如果說之前的國語運動主要聚焦於如何創制民族的共同語，那麼左聯理論家們感興趣的則是如何在民族內部創造出自己所代表階級的階級共同語，然後再由這個階級領導「第三次的文學革命」，使之上升為民族共同語。從這個角度來看，我們可以說，這樣一股看似關注語言、著眼文學的理論鼓吹，實際上是幾乎完全是一場政治演講，一次關於階級話語的宣傳報告。

〔註 19〕　中國左翼作家聯盟執行委員會的決議《中國無產階級革命文學的新任務》，載
　　　　　《文學導報》第一卷第 8 期，1931 年。
〔註 20〕　宋陽《大眾文藝的問題》，載《文學月報》第 1 期，1932 年 6 月。

　　因此，從某種意義上來說，以瞿秋白為代表的左聯理論家，幾乎是在「中國普通話」這一烏托邦概念的想像中，自編自導了一出激烈的戲劇。然而，正如前文所述，即便我們今天可以完全拋開階級話語的籠罩，從語言統一的視角去客觀回顧二十世紀三十年代語言運動的歷史軌跡，我們仍然必須承認，他們的論述不僅具有政治熱情，也具有一定的現實語言生活基礎。無產階級就在大都市和工廠裏，他們之間的語言交流就是在不同方言間的磨合，相當於正在產生著普通話，所以，「統一言語的任務也落到無產階級身上。」〔註 21〕這裡可以讀到，瞿秋白設想的統一語言的道路正是從方言土語到具有方言色彩的普通話再到統一的普通話這一過程，強調「現在人的普通話」也即是強調共同語建設的現實基礎。他們同時也清醒地注意到，「現代中國普通話」還不完善，還存在著「南腔北調」，「但是它必然會隨著交通發達而進展，隨著社會意識的轉變而轉變。」〔註 22〕這些意見和預見，在民族共同語的構建過程中，無疑都是具有相當積極意義的。遺憾的是，這一依附於文藝大眾化的語言論調，並沒有直接指導出什麼文藝大眾化的產品，甚至就連他們自己的理論文章也不見得符合自己所提的「大眾能懂」的標準。這場討論主要集中在上海一地，在當時的社會文化條件下，文藝大眾化在文學實踐領域的影響非常有限。魯迅就比較清醒地看到，要實現大規模的大眾化的文藝，「必須政治之力的幫助，一條腿是走不成路的」〔註 23〕。所以，「中國普通話」這一概念的出現，並未迅速帶來語言生活和文學面貌的巨大轉變，也因為政治、社會等條件的制約，在當時的上海，關於這一概念的界定、它的形成條件、形成過程、具體標準等，並未得到充分的討論和認定。但是，這一概念的提出和伴隨這一概念出現的階級話語進入語言和文學的趨勢，卻在後來成為改變甚至可以說革新了現代中國文學的一顆神奇的種子。

　　裹挾在這一概念之下的，是階級話語在新文學領域的全面進入，而且左聯本身也是不同於創造社、新月派等單純的同人文學社團的組織，它的鮮明的目的性和其與歷史潮流的暗合，使得這一團體在理論建設和組織宣傳上也顯得更有針對性。左聯創辦了《萌芽月刊》、《拓荒者》、《北斗》、《十字街頭》、《文學月報》等刊物，大量刊發能夠體現其政治理論主張的文學作品，而且

〔註 21〕　瞿秋白《普洛大眾文藝的現實問題》，見《瞿秋白文集》（文學編第 1 卷），人民文學出版社，1985 年，第 468 頁。
〔註 22〕　魏猛克《普通話與「大眾語」》，載《申報‧自由談》，1934 年 6 月 2 日。
〔註 23〕　魯迅《文藝的大眾化》，載《大眾文藝》第 2 卷第 3 期，1930 年。

還非常強化政治理論的譯介，出版了陳望道主持的《文藝理論小叢書》，馮雪峰、魯迅主持的《科學的藝術論叢書》等。在文藝批評上，也集中地出現了一系列體現馬克思主義理論特點的文章，如瞿秋白的《〈魯迅雜感選集〉序言》、魯迅的《中國新文學大系·小說二集·導言》以及茅盾、胡風等的大量作家作品論。更加值得驕傲的是，左翼文學因為擁有了自己的文學大家而必然在歷史的長河中閃耀光輝，比如茅盾、比如丁玲、比如蔣光慈、比如艾蕪、比如東北作家群。

茅盾是具有鮮明時代特徵的小說家，他的《蝕》（包括《幻滅》、《動搖》、《追求》）完成於 1927 年到 1928 年，拓展了「三部曲」小說的形式，開創了「幻滅」主題的先河，將革命青年在革命浪潮中的三個時期進行了全面的描繪，展現了充分的革命激情和作家非凡的駕馭能力。從《子夜》開始，作者展開了其「大規模描寫中國社會現象的企圖」〔註 24〕，以民族資本家吳蓀甫的人物形象為中心，通過對其事業悲劇的描寫，在紛繁的情節衝突和精緻的故事結構中將二十世紀三十年代初期中國的社會狀況和人情世態進行了風俗畫般的描摹。對於重大社會生活事件、複雜的經濟狀況的精準把握和藝術再現，體現了作家非凡的創作能力，在 1933 出版當年就引起了轟動，大大鼓舞了左翼陣營的革命熱情，瞿秋白自信地宣稱，「1933 年在將來的文學史上，沒有疑問的要記錄《子夜》的出版」。〔註 25〕

丁玲攜《夢珂》登上文學舞臺，發出了作為女作家獨有的屬於女性的性別聲音，隨後發表的《莎菲女士的日記》、《暑假中》、《阿毛姑娘》等短篇也繼續延續這一風格。《韋護》、《一九三〇年春上海》屬於當時流行的「革命＋愛情」模式的作品，這些作品的發表，就已經表現出作家創作風格的逐漸轉向，表現出作家從女性視角轉向革命視角的努力和嘗試，到了 1931 年，中篇小說《水》的發表，就基本說明了丁玲創作風格的轉向。小說以南方水災為背景，以湖南農民為表現主體，體現了明顯的階級話語特點。

蔣光慈的「革命＋愛情」小說模式的開創，大大地影響了後來「革命文學」的模式。蔣光慈的小說《短褲黨》在 1927 年上海工人第三次武裝起義後十幾天迅速寫成，在小說結尾處描繪工人慶祝起義勝利時，帶病堅持工作的

〔註 24〕茅盾《子夜·後記》，見《茅盾全集》第 3 卷，人民文學出版社，1984 年，第553 頁。

〔註 25〕瞿秋白《〈子夜〉與國貨年》，見《瞿秋白全集》文學編第 2 卷，人民文學出版社，1986 年，第 71 頁。

黨的領導人楊直夫和愛人秋華相擁共唱《國際歌》，一幅革命愛情雙雙勝利的豔麗圖畫！這種「革命＋愛情」的圖景，是此類小說展開的基本底色，他的《野祭》、《菊芬》、《衝出雲圍的月亮》等，雖然所塑造的人物身份不甚一致，但都是將愛情的浪漫情懷和革命的理性情懷合而爲一的嘗試。丁玲的小說《韋護》、胡也頻的小說《光明在我們的前面》等，皆是這種模式的作品。在洪靈菲的小說《流亡》中，革命者沈之菲向愛人所做的愛的表達是：「讓這滿城的屠殺，做我們結婚的牲品；讓這滿城戒嚴的軍警，做我們結婚時用的誇耀子民的衛隊吧！」像這樣的糅合著浪漫愛情元素的「革命＋愛情」的宣言，在左翼小說中非常盛行，作家們感受到「爲一股熱情所鼓動著，幾乎忘記了自己是在做小說。」〔註 26〕正是這種滿懷的豪情和浪漫，在作家們胸中燃燒，又在左翼文學理論的引領下洗滌著自己的思想，因此，透過階級意識強烈的先驗性敘事模式的設計，通過簡單質樸的吶喊式的文字鋪排，爲「中國普通話」這一內涵獨特的概念找到了文學上的支撐，而這種主題先行的理念也在歷史發展的合力之下，影響了後來的文學發展。

二、「大眾語」：一個空中樓閣般的概念

　　1934 年 2 月，蔣介石在南昌宣講《新生活運動要義》，著力推行「新生活運動」，「新生活運動」以所謂「四維」（禮義廉恥）和「八德」（忠孝仁愛信義和平）爲準則，在這一活動準則的指導下，提倡「尊孔讀經」，這一具體建議在全國教育界掀起了一股復古的潮流。湖南、廣東、東北，各地紛紛湧現「復古」潮流〔註27〕。1934 年 5 月，時任蘇州中學校長的汪懋祖在南京的《時代公論》週刊上公開發表了《禁習文言與強令讀經》和《中小學文言運動》兩篇文章，主張使用文言，並提倡讀經。汪懋祖的文章自然是對各地「復古」潮流的事件的進一步宣揚和鼓吹，雖說汪懋祖本人是教育系統內的官員，但他的言論卻遭到了同樣身爲國民黨中央政府教育部高級官員吳研因的反對和抨擊，吳研因堅決反對文章所提之主張，認爲小學不適合教授文言文。本來，

〔註 26〕 蔣光慈《〈短褲黨〉自序》，見《蔣光慈文集》第 1 卷，上海文藝出版社，1983年，第 213 頁。

〔註 27〕 一些有代表性的事件是：湖南軍閥何鍵提出了改良學校課程的咨文，認爲學校課程有赤化嫌疑，提出應「選中外先哲格言」廣東省政府主席陳濟棠通令各校讀孝經。東北僞文教部通令各學校實行春秋丁祭，設置燕樂傳習所，頒佈孝子節婦表彰規程。

兩人的爭論主要還在基礎教育領域，但是，文化教育及政治界各方的推波助瀾，使得這場「讀經之爭」的討論範圍和關注焦點逐漸由中小學基礎教育領域而蔓延至整個社會政治文化生活領域。這一事件，本來是在蔣介石倡導的「新生活運動」的大潮流下出現的一個具體的文化教育事件，但這一動向引起了文化界知識分子的強烈關注。

　　據陳望道回憶，大約是 1934 年 5 月底 6 月初的一天，樂嗣炳對他說汪懋祖在反對白話文，他覺得如果要力保白話文，有效的辦法「就是嫌白話文還不夠白。」他認為，如果有人去大力攻擊白話文，那麼，反對陣營就會出來幫白話文。因此他們覺得找些同人〔註28〕來一起商量這件事情，一共 12 個人對此進行了討論，「會上大家一致決定採用『大眾語』這個比白話文還新的名稱。」〔註29〕接下來，1934 年 6 月的《申報‧自由談》先後集中發表了一系列關於「大眾語」討論的文章，包括陳子展的《文言－白話－大眾語》、陳望道的《關於大眾語文學的建設》、曹聚仁的《什麼是文言》、樂嗣炳的《從文白鬥爭到死活鬥爭》、胡愈之的《關於大眾語文》等，隨後，其他一些報刊也陸續發表不少文章，加入了這場關於大眾語問題的討論中，當時討論文章有 500 多篇，對文學、教育、語言、文字、電影等，均有所涉及，參與討論的人群也不局限於某一文學陣營、政黨或者知識分子的小圈子。

　　「大眾語」，這個比白話文還新的名稱，就是在這樣的歷史背景下，在知識分子的一次茶樓聚會中誕生了。我們以 1917 年為時間標誌，現代中國文學到這時已經走過了十多年的歷程，在這個時間段裏，國語運動的「語言統一」的努力從來不曾停止，他們對民族共同語建設的熱情已經具體到了文字改革的細節上，同時，另一邊，「新文學」，以她嶄新的面目登上了中國歷代文學的舞臺，綻放出特異的光輝，這一時期，文學流派紛紛湧現，文學研究會、創造社、湖畔詩社、新月社、語絲社、左聯等以各自不同的文學追求繁榮著全新的中國文學。一大批優秀傑出的文學家帶著他們的新文學作品，在中國文學發展史上留下了不可磨滅的足印。在散文、詩歌、戲劇、小說各文體的發展上，新文學都結出了碩果。然而，「『五四』之後的白話文運動不僅分化

〔註28〕應邀而來來的有胡愈之、夏丏尊、傅東華、葉紹鈞、黎錦暉、馬宗融、陳子展、曹聚仁、王人路、黎烈文（《申報》副刊《自由談》主編），再加上陳望道本人和樂嗣炳，共 12 人。

〔註29〕陳望道《談大眾語運動》，見文振庭編《文藝大眾化問題討論資料》，上海文藝出版，1987 年版，第 404 頁。

成歐式白話和舊式白話兩股潮流，……如果以擁有的讀者數目來看，舊式白話的寫作明顯佔了上風！」〔註30〕這一現象也是不容忽視的，好像新文學成了一小部分人在自己固有的圈子裏自己創作自己閱讀的玩物，這和當初「開啓民智」的衝動，確實有些偏離。當然，這種「偏離」究竟是否事實上反映了文學之爲文學的特性還是確實成爲社會文化生活上的「偏離」，也許是值得討論的另一個問題了。

在茶樓聚會後，陳望道、陳子展等人就相繼按照約定在《申報·自由談》上發表他們構建「大眾語」理論體系的諸篇文章，其中最具代表性的包括陳子展的《文言－白話－大眾語》、陳望道的《關於大眾語文學的建設》、曹聚仁的《大眾文學的實際》、胡愈之的《關於大眾語文》、樂嗣炳的《從文白鬥爭到死活鬥爭》、樊仲雲的《關於大眾語的建設》、陶行知的《大眾語文運動之路》等等，從大眾語是什麼、爲什麼要推行大眾語、大眾語的建設途徑等方面展開了積極的探索和表達。當我們現在回過頭來再次審視「大眾語」這個新詞彙的時候，邏輯上的第一站就會來到「大眾語是什麼」這個問題上，我們發現，就是倡導者自身也還對這個新詞有不同的看法，陳子展認爲，目前的白話文學只屬於知識分子，也不是大眾所需，原因很簡單，「只因這種白話還不是大眾的語言。」因爲大眾，雖然是指全體國民，應該是知識分子也是其中之一，可是，在當時的中國，占全民人口百分之八十以上的就是農民、手工業者、店員、小販等，知識分子在總人口中所佔比重輕之又輕。正是基於這樣的人口構成，陳子展提出，「所謂大眾語，包括大眾說得出，聽得懂，看得明白的語言文字。」〔註31〕陳望道則補充說明，除了說、聽、看，「寫也一定要顧到。」〔註32〕陶行知總結以上觀點，簡單明瞭地指出，大眾語「就是大眾高興說，高興聽，高興寫，高興看的語言文字。」〔註33〕這些看法雖然不完全一致，但毫無疑問的，都表達著對「五四」白話的不滿，事實上，剛剛新生不久的現代漢語，怎麼可能迅速成爲毫無瑕疵的語言呢，不過是時代的峻急讓人有點兒來不及等待它發展的過分欲望，然而，無論如何，它成

〔註30〕 李陀《汪曾祺與現代漢語寫作——兼談毛文體》，載《花城》，1998 年第 5 期。

〔註31〕 陳子展《文言－白話－大眾語》，載《申報·自由談》，1934 年 6 月 18 日。

〔註32〕 陳望道《關於大眾語文學的建設》，載《申報·自由談》第 5 張第 17 版，1934年 6 月 19 日。

〔註33〕 陶行知《大眾語運動之路》，載《申報·自由談》第 5 張第 19 版，1934 年 7月 4 日。

爲被否定的或者至少是需要改變的對象。

　　「這次辯論的焦點，一是文言該不該『復興』，二是『大眾語』的標準。前者是掀起辯論的動因，後者是辯論發展的深化。」〔註 34〕關於文言與白話的爭論，在討論中形成了三個不同的陣營，「就是大眾語，文言文，（舊）白話文」，三個陣營對於文或者白的語言選擇理念不同〔註 35〕。不久之後，「大眾語」勝利了，這種勝利，實際上是對文言文回潮的一次否定，爲新的民族共同語的建立和新文學的向前發展掃清了思想上的障礙，頗受歡迎的「大眾語」這個新詞彙的內涵不清這個天生的缺陷，開始在討論中浮出水面。大眾語既然是對現有的白話文表達不滿，但也可以看出，這「不滿」也非全盤否定，而是反對不文不白的「語錄體」，因此大眾口中的話或許是大眾語最好的源泉，大眾口中的話，就是方言。

　　關於方言與大眾語的關係，魯迅的看法是其中很有價值的。他說，在方言土語裏，有些部分是特別有意思的，這樣一些很有意味的話，對於文學很有益處，他說現在已經存在著一種類似普通話的語言，不是國語，不是北京話，但也不是方言，這種語言易說易懂，「如果加以整理，幫它發達，也是大眾語中的一支，……待到這一種出於自然，又加人工的話一普遍，我們的大眾語文就算大致統一了。」〔註 36〕魯迅對建設新的大眾語文的熱情可見一斑，而且明確了方言加入大眾語的必要，並且從創作者的角度認爲加入了方言成分的文學作品，可以「更加有意思」。同時代的另一位知名作家茅盾也表達了對用方言來創作文學作品的認同，他認爲從大眾閱讀的角度出發，「如果先要使他們聽得懂，惟有用方言來寫小說，編戲劇，但不幸『方言』文學是極難的工作，目下尚未有人嘗試。」〔註 37〕這裡茅盾所謂的「尚未有人嘗

〔註 34〕　高天如《中國現代語言計劃的理論和實踐》，復旦大學出版社，1993 年，第 129 頁。

〔註 35〕　具體來說，「大眾語派主張純白，文言文派主張純文，舊白話文派，尤其是現在流行的語錄體派主張不文不白。主張不文不白這一派現在是左右受攻，大眾語派攻它『文』的部分，文言文派攻它『白』的部分。究竟哪一部分被攻倒，要看將來大眾語和文言文的兩個方面哪一方面戰勝。」陳望道《這一次的文言和白話的論戰》，見《陳望道文集》（第三卷），上海人民出版社，1981 年，第 78 頁。

〔註 36〕　魯迅《且介亭雜文・門外文談》，見《魯迅全集》第六卷，人民文學出版社，1981 年，第 97～98 頁。

〔註 37〕　茅盾《從牯嶺到東京》，見王運熙主編《中國文論選・現代卷（上)》，江蘇文藝出版社，1996 年，第 636 頁。

試」是因為有音無字的方言土語沒有辦法完全記錄下來，故而沒辦法做「方言文學」。

　　魯迅雖然充分肯定大眾語需要吸收方言，但也「反對太限於一處的方言的」，他舉例說小說中的「別鬧」「另說」等北京話詞彙就讓人不太容易明白而且容易理解錯誤，所以，「這樣的只在一處活著的口語，倘不是萬不得已，也應該迴避的。」「原有方言一定不夠，就只好採用白話，歐字，甚而至於語法。」〔註38〕可見，魯迅一方面對方言進入大眾語的態度是鮮明的，同時在具體的技術性操作上也有很多富於實踐性的方案和設想。他甚而還注意到了大眾語建設中口語和書面語的差異，「語文和口語不能完全相同……文章一定應該比口語簡潔，然而明瞭，有些不同，並非文章的壞處。」〔註39〕可見，魯迅對於大眾語的看法是比較清醒的，首先，大眾說的話即方言，是大眾語的重要來源，但方言不等於大眾語，大眾語需要再次基礎上加以提煉，其次，如果僅以一地的方言為局限也是不可取的，再次，他已經敏銳地注意到口語和書面語的差異性，真正和完全的「言文一致」是不可能的，這個看法給了當時「言文一致」觀的鼓吹者一劑清醒劑。

　　大眾語與方言的關係梳理，來自「大眾語」這個詞當中的「大眾」二字，所以自然關聯到大眾口中實際使用的言語，所以說，論者認為，大眾語不是靠知識分子的想像就可以完成的概念，大眾語和大眾的生活息息相關，所以，它從成立是靠著大眾在自然的交流中自然而然地形成的一種可以溝通的話語，這種話語一方面淘汰方言，另一方面也吸納方言中的一些語言讓它變成人人能懂的通用語。「大眾語就是反映這種語言的自然發展過程而加以文法的理論組織的，它一方面採取容納大眾的通用話語，溶解地方土語，一方面又推擴前進的流動的群眾的通用語於落後的群眾中間。」〔註40〕以上是關於大眾語討論中的大眾語與方言問題的掠影。

　　除了大眾語與方言的關係需要清理，在這場論爭中，還有一個討論焦點就是白話文的「歐化」。最早提倡白話文「歐化」的觀點出現在文學革命開展

〔註38〕 魯迅《二心集・關於翻譯的通信》，見《魯迅全集》第4卷，人民文學出版社，1981年，第384頁。

〔註39〕 魯迅《二心集・關於翻譯的通信》，見《魯迅全集》第4卷，人民文學出版社，1981年，第384頁。

〔註40〕 聞心《大眾語運動的幾個問題》，見文逸編《語文論戰的現階段》，天馬書店，1934年，第319頁。

的初期，傅斯年在《怎樣做白話文》一文中說，作家們製造白話文的同時擔負了讓國語成長的責任，也擔負了「借思想改造語言，借語言改造思想的責任」，而語言和思想間不可分離的親密關係又決定了，要先運用精密的語言，才有精密的思想。「既然明白我們的短，別人的長，又明白取長補短，是必要的任務，我們做起白話詩時，當然要減去原來的簡單，力求層次的發展，模仿西洋語法的運用；——總而言之，使國語受歐化。」〔註41〕傅斯年提倡歐化的直接導火線或許來自翻譯時的困惑，更深層的思想動機則來源於語言對民眾的塑造作用，現代國民自然需要「精密深邃的思想」。總之，這次語言論爭之前的白話文的確有了歐化的影響，「在五四文學中形成的『國語』是一種口語、歐化句式和古代典故的混合物。」〔註42〕甚至有學者直接指出，白話文深受西方語言的影響，負載了太多西方的新詞彙，「它甚至可能是比傳統的文言文更遠離大眾的語言。」〔註43〕這種語言，因其「遠離大眾」，自然成爲大眾語討論中的焦點，而對於「歐化」是否要在大眾語中保留，則呈現出不同的看法來。

　　「大眾語」提倡者中的一些主要發起者對歐化有辨證的看法，比如陳望道認爲今後的大眾語當中一定會有外來語輸入的，他強調，要讓大眾說得出，就用本國文字寫出它的音。〔註44〕他是主張外來詞要進入大眾語體系的，只是從技術層面做了提醒，即具體怎麼操作外來詞的進入。陳子展認爲語言文字的歐化是根據具體需要而來的，如有必要，可以歐化，但要避免的是故意「擺出留學生或懂得洋文的架子。」〔註45〕他從語言文字的可接受角度提出了有歐化必要時就可歐化，只是拒絕爲歐化而歐化的「擺架子」。還有一些激進的看法，旨在否定白話文。夏丏尊就是這方面的代表，他認爲，其實大眾和白話文根本就沒有關係，白話文不過是個名字，依然是知識階級的文字，

〔註41〕傅斯年《怎樣做白話》，載 1919 年 2 月 1 日《新潮》第 1 卷第 2 號，見胡適編選《中國新文學大系·建設理論集》，上海良友圖書印刷公司，1935 年，第 224 頁。
〔註42〕費正清《劍橋中華民國史》（上卷），中國社會科學出版社，1994 年，第 528 頁。
〔註43〕（美）本傑明·史華慈《〈五四運動的反省〉導言》，見《五四：文化的闡釋與評價——西方學者論五四》，山西人民出版社 1989 年版，第 9 頁。
〔註44〕陳望道《關於大眾語文學的建設》，載《申報·自由談》第 5 張第 17 版，1934 年 6 月 19 日。
〔註45〕陳子展《文言－白話－大眾語》，載《申報·自由談》，1934 年 6 月 18 日。

大眾不懂，目前的白話文就是個「『不成話』的勞什子。」〔註 46〕

在之前的語言論爭中從未出現的關於階級與語言的表述，在大眾語的討論中出現了，論者認為，不同的語言代表不同的所有者，而且它的意義也由所有者來決定，因此，「文言是貴族階級的語言，白話是市民社會的語言……現在的所謂『大眾語』，自然是市民社會以下的成千累萬的大眾的語言了。」〔註 47〕這一論述，體現出了對中國社會語言生活特殊性的相當準確的理解，基於這一基本判斷而製定的語言規劃和對文學發展方向的引導，極其有效地影響了中國文學的未來走向，這一問題後文還有專門討論，此處暫時擱置。在「階級」這個維度的討論中，有人直接把矛頭對準了白話文學的代表人物魯迅，說魯迅創作中用的就是「買辦」筆法，必然會被大眾語「唾棄」。〔註 48〕對於要把歐化白話文說成是「買辦」筆法，進而否定五四白話文的情況，魯迅和茅盾的相互助力對此予以了有力反擊。魯迅乾脆就使用「康伯度」（英語「買辦」的譯音）作為筆名，寫了《玩笑只當它玩笑（上）》，他在文中寫道，歐化的文法進入白話，不是因為好奇，而是因為必要，他舉例說即便是「國粹學家痛恨鬼子氣」〔註 49〕，可是如果他住在租界，肯定就會寫一些地名，像「霞飛路」、「麥特赫司脫路」，這些名稱就是比較奇怪的。如果現有的白話不夠用，不夠準確和精密，就只能使用西洋句法來補充。這與當初他和傅斯年等提倡白話文的歐化時一樣，打個簡單的比方論述了歐化的必要性。這篇文章一出，引來了文公直的謾罵諷刺，魯迅也立即予以回擊，這兩封信在《申報・自由談》同時刊出，真是把裁決權留給讀者，讓真理不辯自明。文公直的信中說看到先生的文章，才知道還有很多漢奸，漢奸才會認為歐化是必要的，他說他真不明白這道理該從何說起，中國人就算是沒用，中國話還是能說的，為什麼要把中國話取消，甚至要鄉下人也用「密司式」，這樣看來，歐化恐怕就不是必要的選擇了。因此他說陳子展提倡的「大眾語」才是中國大眾應該說的話，「中國人就應該說中國話，總是絕對的。」〔註 50〕實在不明白怎麼歐化成了必要的，他進一步諷刺說，連先生的大名都是「康伯度」，簡直就是十足買辦心理的體現了。奉勸先生在大熱天歇一歇，並且說

〔註 46〕 夏丏尊《先使白話成話》，載《申報・自由談》，1934 年 6 月 27 日。
〔註 47〕 任白戈《「大眾語」的建設問題》，載《新語林》（創刊號），1934 年 7 月 5 日。
〔註 48〕 林默《論「花邊文學」》載《大晚報・火炬》，1934 年 7 月 3 日。
〔註 49〕 康伯度《玩笑只當它玩笑（上）》，載《申報・自由談》，1934 年 7 月 25 日。
〔註 50〕 文公直《文公直給康伯度的信》，載《申報・自由談》，1934 年 8 月 7 日。

帝國主義要滅絕我們的準備，已經做得非常充分了，所以，先生願意做買辦就自己去做，不能出賣我們全民族。魯迅回應到，他是主張中國的語法可以歐化，這一想法也是出於事實的，中國人說自己的話，完全沒有問題，但是要進步要發展，語言就不可能永遠按照老樣子，魯迅直接針對文公直回信的語言進行了攻擊，說他的信中一共幾百字，就使用了兩次「對於」，這個詞和中國古文是沒有關係的，正是來自歐化語法的影響，並且，其實就連「歐化」這兩個字，也是歐化的產物，還有，文公直的回信中用了「取消」這個詞，這是一個純粹的日本詞；用了「瓦斯」，這是日本人對德語詞的音譯。由此，可以說魯迅有理有據地對文公直進行了有力的還擊。〔註 51〕針對這一問題，茅盾則專門寫了《「買辦心理」與「歐化」》一文，強力呼應了魯迅的觀點，文章中說他注意到最近有人批評用白話的人是有買辦心理的人，但他覺得，若是真正的買辦，是絕對不會主張支持歐化的，看看上海灘上的那些早年的買辦，都說「洋涇浜」，是英國話。現在的買辦先生說地道的英國話，同時他們也說著中國的「大眾語」，他們口中的「大眾語」可能會夾雜一些英語詞彙，但是這不是歐化。漢語的歐化，不是要夾雜外國詞彙，而是要採用外國文的語法，這是歐化的關鍵。還有呢，買辦先生如果要寫合同，那肯定是用文言文的，完全不可能有歐化的氣息。通過這樣的逐一駁斥，文章總結道，所謂「買辦心理」，就是歡迎一切「形而下」的外國的東西，同時保守「形而上」的我們原來的東西。如果是這樣的話，買辦先生就成了民族主義者啦，「買辦先生一定痛罵白話文要歐化！」〔註 52〕這篇文章既是對魯迅觀點的有力聲援，也充分表達了茅盾自己對於歐化語法的態度，當然，這種態度，至今看來，仍是可取的。至此，在大眾語是否需要歐化的討論中，五四白話文的歐化現象被當做勝利成果保存了下來。

　　以上從「大眾語與方言」和「大眾語與歐化」兩個角度剖析了這三者之間的互動關係，或許關於「大眾語是什麼」的問題，正是在以上兩對關係的互動和角力中呈現出來的。讓我們回過頭來看，大眾語討論關注的是語言形式的變化，針對已有的五四白話文的弊端而創造出了「大眾語」這個詞彙，甚至到討論結束，這個概念還在語焉不詳的階段，幾乎是個空中樓閣般的概念，那麼，是什麼讓先賢們對此報以如此的熱情呢？「大眾」這個詞彙，何

〔註 51〕康伯度《康伯度答文公直》，載《申報·自由談》，1934 年 8 月 7 日。
〔註 52〕曲子《「買辦心理」與「歐化」》，載《太白》（創刊號），1934 年 9 月 20 日。

以有如此的吸引力呢？或許，我們還是要回到那個時代，才能做出更有價值的回答。後文將在此方面進一步展開相關論述。

對於整個大眾語運動的倡導者來說，最為遺憾的部分恐怕還是大眾語作品的缺乏，雖然他們也努力進行了一些嘗試。比如，一直從事文字改革工作的倪海曙，嘗試著在「大眾語」這片園地上進行一些實踐，他的寫作既用自己的方言，也用普通話，他的實踐標準只有一個，「就是寫的和說的一致，念出來能聽得懂。」〔註53〕歐陽山也曾在廣州和草明等幾位朋友組織了廣州文藝社，決定文學作品儘量用廣州話來寫。這種做法得到了廣大工人、店員和青年學生等主體讀者群的喜愛與支持。他們辦的週刊出版了二十多期，出版了兩個粵語中篇小說的單行本，還創作了若干新文藝性質的粵語短篇小說和中篇小說。〔註54〕從上海話的滬劇《警察訪問》與《望阿奶》，小說《三輪車》；蘇州話的詩《太太走出廚房》，小說《黃包車》等大眾語作品來看，其內容貼近底層生活，風格生動風趣，受到陳望道、趙景深、郭紹虞等人的稱讚。這些文學實踐上的嘗試，雖然得到大眾語倡導者和支持者的肯定，但和文學發展的主潮相比，幾乎沒有得到什麼正面的回應，不能算作是改變了文學面貌的嘗試。

前文提到魯迅和茅盾對於歐化的堅守和肯定，這是從文學革命之初就選擇用新的語言來抒寫內心、表現人性、刻畫社會的從五四走來的知識分子對自己走過的路的堅守和肯定，也是作為中國新文學的代表人物對新文學的新樣態的堅持，這是中國文學繼續向前的基礎。冷靜下來回顧大眾語討論時，可以發現，它的熱鬧，還真的幾乎就是在上海報紙雜誌上的熱鬧，直接被定義為大眾語文學的作品的，幾乎沒有，在那個時代最為傑出的作家，比如沈從文、老舍、周作人、徐志摩等，都在自己的語言哲學裏，沿著文學革命開創的新文學之路，創作著新的足以傳世的作品。因此，可以說，大眾語這個概念，更像是語言學家們臆造出來的語言烏托邦，而非對文學創作有著直接具體影響的一種文體形式。這其中很重要的原因可能來自發起者的身份，他們不是新文學的實踐者，更談不上是作家，所以激進歸激進，這只是態度上的，這和親身參與了新文學實踐的有感而發是不能對等的。這次語言論爭還

〔註53〕倪海曙《雜格嚨咚·前言》，北新書局，1950 年，第 2 頁。

〔註54〕見歐陽山：《我寫大眾小說的經過》，《抗戰文藝》第 7 卷第 1 期，1941 年 1 月。

有一個特別之處就是，之前積極參與語言和文學改革的北京知識分子幾乎沒有發言，討論的熱鬧也主要局限在上海一地，在整個論爭接近尾聲的時候，胡適在北京發出了實事求是的建議，他說大眾語並不是一種獨特的語言，是一種本領「是那能夠把白話做到最大多數人懂的本領」，所以，我們要鍛鍊這種本領，寫大眾語的文章，

「我們如果有心作大眾語的文章，最好的訓練是時時想像自己站在無線電發音機面前，向那絕大多數老百姓說話，要字字句句他們都聽得懂。用一個字，不要忘了大眾；造一個句子，不要忘了大眾；說一個比喻，不要忘了大眾。這樣訓練的結果，自然是大眾語了。」〔註55〕這個建議，可謂實在而中肯。

第二節 民族形式討論中的「語言統一」

傳統觀點認爲，發生在抗戰時期 1939 年 1942 年間的「民族形式」討論，是由延安文藝界發起，繼而蔓延至重慶、成都、昆明、晉察冀邊區以及香港等地的，並認爲這次論爭來源於毛澤東 1938 年 10 月在中國共產黨第六屆中央委員會第六次全體會議上的報告《中國共產黨在民族戰爭中的地位》。然而，更多客觀理性的研究卻發現，事實上，「國統區文學的『民族形式』問題之爭，與毛澤東在延安提出的有關理論並無直接關聯，這是一場由文協在抗戰初期組織和倡導的通俗文藝運動引發的論爭，論爭雙方分別是通俗讀物編刊社和新文學同人。論爭起源於抗戰初期利用舊形式問題引發的分歧，向林冰挪用延安的意識形態話語，把通俗讀物編刊社的『舊瓶裝新酒』和『民族形式』直接等同起來，導致了論爭的複雜化，也造成了研究者長期的誤解。」〔註56〕新的研究視域的出現和新的研究角度的切入〔註57〕，也使得我們今天可以獲得關於這場運動的更切合歷史事實的看法。我們不論是從國民黨的「民族」立場出發，還是從共產黨的「階級」角度出發，看到的此次熱鬧非

〔註55〕 胡適《大眾語在哪兒》，載《大公報》，1934 年 9 月 8 日。

〔註56〕 段從學《「民族形式」論爭的起源與話語形態論析》，載《社會科學研究》，2009 年第 5 期。

〔註57〕 參見李怡《文學的民國機制》系列討論中，羅維斯《「民族形式」論爭中國民黨及右翼文人的態度───民國機制下「民族形式」論爭新識之一》一文，載《海南師範大學學報（社會科學版）》，2012 年第 6 期。

凡的討論中，其實還是關於文學形式的討論——具體說來，就是語言形式的討論，其中的幾個關鍵詞可以幫助我們把與語言相關的論點，做一有效的歸納和梳理。

一、舊與新的結合：取法古代

「民族形式問題的提出，主要的要求是文藝活動與抗戰建國的具體實踐的結合。」潘梓年是這一論斷的提出者，他認為，要描寫工農大眾為了「獨立、自由、幸福而鬥爭的戰鬥生活」，就要使用工農大眾自己的語言進行文學創作，這種語言應該是工農大眾自己感覺很享受的。所以，他的看法是，「舊瓶裝新酒」的問題不是空談，不是離開題材和語言來單談形式，簡單地說，用占中國人口百分之八十以上的工人農民的語言來「描寫中國人的生活的文藝，就是具有中國氣派與中國作風的文藝，就是民族形式的文藝。」〔註 58〕對於「民族形式」的問題，黃繩認為，這標誌著文藝發展進入了新的階段，這個新的階段，必然面臨語言的革新，「民族形式的運動，必伴隨著文藝語言的改革運動。」〔註 59〕這些觀點，都是對向林冰「民間文藝是民族形式的中心源泉」的正面回應，特別強調和說明了民間語言和民間形式的重要性，這裡帶出的問題是，按照這種主張進行實踐的作家，一定有著最深切的感受，比如老舍。1938 年，老舍的仿俗作品集《三四一》出版，作品集裏面收入了大鼓詞《王小趕驢》、《張忠定計》、《打小日本》，二簧戲《忠烈圖》、《新刺虎》《王家鎮》《薛二娘》等，按理說這些作品理應成為「舊瓶裝新酒」的範本，可是老舍本人卻直言道，「要將這新的現實裝進舊瓶裏去，不是內容太多，就是根本裝不進去。」老舍坦言，之前認為這方式是種誘惑，但因為無法實現而發現誘惑已經變成了痛苦，抗戰越持續，自己對於抗戰的理解也就越加深刻和清楚，那麼，就更覺得這新的內容裝不進瓶子裏去，迫於這種無能為力，只能放棄「舊瓶裝新酒」的嘗試，他說，「這個否定就是我對於民族形式的論爭的回答。」〔註 60〕一個創造力非凡的作家，經過了自己的親自實踐，最後對於「民族形式」的回答是「不能不放棄舊形式的寫作」，顯然，這對於把「舊

〔註 58〕潘梓年《民族形式與大眾化》，載《新華日報》，1940 年 7 月 22 日。

〔註 59〕黃繩《民族形式與語言問題》，載香港《大公報・文藝副刊》，1939 年 12 月 15 日。

〔註 60〕老舍等《一九四一年文學趨向的展望》，載《抗戰文藝》（7 卷 1 期），1941 年 1 月 1 日。

瓶裝新酒」等同於「民族形式」，並極力鼓吹的理論家來說，是一次分量極重的反向回應。

我們來看《薛二娘》中的部分片段。

> 薛二娘　二郎呀！（唱西皮散板）
>
> 　　　　你那裡，休得要，撒蠻動武。
>
> 　　　　細想想，作漢奸，廉恥全無！
>
> 　　　　賣兄搜，良心喪，天理難恕。
>
> 　　　　我勸你，要自強，去把敵誅！
>
> 　　　　……
>
> 劉忠義　言之有理，你且聽了！（唱快板）
>
> 　　　　尊聲兄弟聽我言，
>
> 　　　　大營之中勇當先。
>
> 　　　　敗兵來到去打探，
>
> 　　　　多少兵丁幾將官。
>
> 　　　　小心謹慎巧裝拌，
>
> 　　　　混進城中仔細觀。
>
> 　　　　敵人糧草偷偷看，
>
> 　　　　可有大炮在營前。
>
> 　　　　心細膽大不怕險，
>
> 　　　　敢入虎穴與龍潭。
>
> 　　　　見著人民暗相勸，
>
> 　　　　設法殺敵擒漢奸。
>
> 　　　　拼命上前男兒漢，
>
> 　　　　管教賊兵片甲不還。

在這個劇本中，老舍嘗試用傳統曲藝的「舊瓶」裝入當時最新的題材——抗戰這杯「新酒」，僅僅從上口的角度說，這樣的嘗試還是可以借鑒的，至少聽眾聽得懂，可是，當我們對比老舍的其他劇本，想想《茶館》裏那一一個如在眼前的人物說出的極有自身特點的話，想想《龍鬚溝》裏的人們說話間那抹不去的濃濃的京味，這裡的薛二娘和劉忠義實在是太太單薄的人物了。

與「舊瓶裝新酒」緊密相伴的另一個說法是「新形式」的創造和對「舊形式」的改造。周揚在《對舊形式利用在文學上的一個看法》一文中，對這

一問題有比較清楚的闡述，他說，舊形式，主要是指舊白話小說、唱本、民歌、民謠、地方戲、連環畫等舊有的民間文藝形式，而不是「死文學」，不是「統治階級的形式」。而新形式呢，也是指我們民族的新形式，而不是外國的，雖然他也承認民族文藝是要受到其他民族文藝影響的。他認爲，五四文學革命的一項積極的工作是，把舊形式中的白話小說提升到了正宗文學的地位。還有一項工作是大量地吸收了中國話需要的外國詞彙、語法進入白話文，把傳統章回小說改造成了經濟自由的現代小說，把舊白話詩升格爲了自由的新詩，從而使得現代中國話變得更加豐富了。他最後總結道，「用簡潔明瞭的文字形式，在活生生的眞實性上寫出中國人來，這自然就會是『中國作風與中國氣派』。就會是眞正民族的形式。」〔註61〕周揚將民間形式等同於舊形式，贊成從外來文化中汲取影響，改造舊形式，進而形成「眞正民族的形式」。其實我們看到，他一方面給「舊形式」定義，另一方面強調，雖然有些五四新文學的體裁來源於「舊形式」，但經過了改造、昇華，已經不能算作「舊形式」了，可以看出，其背後的價值判斷正來自其對五四新文學所持的肯定的態度。對於把「舊形式」和「民族形式」混淆等同的傾向，茅盾也闡發了相似的看法，他提醒，人們不要把一些有特徵的形式就當做「民族形式」的代表，而忽略了這些形式是封建社會生產力與生產關係的反應，不論是中國的還是外國的，這種舊形式只代表封建社會的特徵，「而不是什麼『民族形式』的特徵。」〔註62〕他反對將抗戰時期的通俗化宣傳與文學的「民族形式」混爲一談，因爲「新形式」才是「民族形式」，尚在探索和發展中，已經有的東西，肯定就不是「民族形式」，所以他是不同意「中心源泉」說的，當然，客觀地看，他也承認少數民間形式也有一定的藝術性，「可以作爲建立民族形式的參考，或作爲民族形式的滋養料之一。」〔註 63〕這樣一來，民間形式就成爲了未來新文學發展的基礎，是發展中可以借鑒的養料，已然出現的新文學，肯定是向前發展了，而今後的進一步發展，就是依靠「新形式」的創造了。周揚指出，新文學發展的歷史本來也不長，而且中國語文言文分離的情

〔註61〕周揚《對舊形式利用在文學上的一個看法》，載《中國文化》（創刊號），1940年 2 月 15 日。

〔註62〕茅盾《舊形式、民間形式與民族形式》，載《中國文化》第 2 卷第 1 期，1940年 9 月 25 日。

〔註63〕茅盾《舊形式、民間形式與民族形式》，載《中國文化》第 2 卷第 1 期，1940年 9 月 25 日。

況造成民族的文藝形式並沒有完成，還有很多缺點，但是，與舊形式相比，不論語法、詞彙還是體裁，新文學還是有進步的，新文學要繼續發展，「就不能不採取新形式，以發展新形式為主。」〔註64〕這種贊成「新形式」的觀點並不只是在左翼知識分子這裡，國民黨中央宣傳部領導下的中國文藝社所辦《文藝月刊》刊載的文章，也有類似的看法。「我們現在所要的文藝形式，不能在舊形式中去找主要根源，應該是繼承就傳統中的一部分，吸收國外文藝的精粹，配合抗戰現實中所產生的新作風乃至新文藝的民族化的成果，而蛻變出來的新形式。」〔註65〕

以新詩發展為例，借鑒民間歌謠的形式、吸納地方方言的營養、加入大眾口語元素、融會當下熱門題材，應該就是改造「舊形式」和創造「新形式」的最生動實踐了，比如卞之琳的《空軍戰士》、賀綠汀的《游擊隊歌》、戴望舒的《元日祝福》等就是這樣的嘗試。田間的《假使我們不去打仗》非常短小，幾乎就是幾句群眾口語：

> 假使我們不去打仗，
> 敵人用刺刀
> 殺死了我們，
> 還要用手指著我們骨頭說
> 「看，
> 這是奴隸！」

這種新詩形式的創新，造成了新詩實踐上的一種新面貌，簡單的口語，通過詩的形式的重新排列，呈現出一種完全不同於普通對話的效果，具體的人物形象，「假使」這一推理邏輯的使用，讓這首詩在思想表達和形象塑造上都達到了一定的水平，是新詩中很有特點的一個作品。

這些作品都用生動的實踐把「舊瓶／新酒」與「新形式／舊形式」進行了有效的探索和嘗試，其對於「民族形式」的形成所做的努力是明顯的。理論家也好，作家也好，都在已經確定的新的文學書寫形式中努力汲取新的養分，這養分的來源正是來自傳統和民間的部分。這些在新文學的書寫中逐漸遠離現代中國文學的形式，是否真的是拓展文學空間的一劑強心針？至少從

〔註64〕周揚《對舊形式利用在文學上的一個看法》，載《中國文化》創刊號，1940年2月15日。
〔註65〕唯明《關於大眾化的問題》，載《文藝月刊》，1941年4月16日。

當時的不多的實踐中，我們很難得到非常肯定的答案。同時，我們又可以清楚探知的是，就是在民族危亡的歷史背景下，就是在中國社會的主要依靠力量在轉向大眾的基本趨勢下，這種文學語言上的主張在彰顯著一種聲音：那就是基於我們自身的民族特點，借鑒傳統文學和民間文學的形式，最大限度地讓文學參與救亡。這一宏大主題的背後仍然是在救亡背景下進一步啟蒙大眾的努力，也同時顯示著社會結構轉變過程中不同階級力量對比的變化。這種變化不僅要求文學作品內容和題材上的改變，更體現在對於作品語言形式上的要求，這種要求非常急迫，正因爲如此，要盡快落實到具體的創作中，可能還需要時間和實踐。

二、歐與中的融會：效法國外

向林冰提出的「民間文藝是民族形式的中心源泉」，是當時「民族形式」討論中的一個熱門話題，向把新文學完全放到了民間形式的對立面上，是水火不容的，認爲五四新文學只是「歐化東洋化的移植」。〔註 66〕針對這一論調，許多理論家都發表了對於「中國化」或曰「民族化」的理解，強調五四新文學的既有成果，強調辨證地看待歐化問題，現在看來，這樣的論調應該是更爲客觀冷靜的。比如黃藥眠從新文學語言形成的角度闡發了他對「中國化」的認識，他認爲中國化，並不是把國門關起來，把過去所有的文藝形式都當成國寶，甚至把過去文藝的渣滓也保存起來，這是有問題的。對於五四以來的新思想、新技術，都是可以滋養中國的文藝的，文藝的中國化，不是完全排斥外國的傳統，而是要努力讓他貼近中國的實際和中國人的口味。經過了五四新文學的洗禮，在實際中，已經形成了一種語言，一種近代的中國語，這種語言就是中國文學的基礎，可是，這種語言還不能充分滿足我們反映中國全方位社會生活的需要，還需要加入不同地方、不同階層的口語來補充和完善它。同時，要注意防止的傾向是，把帶有地方色彩的文學形式和語言提到了過高的位置，並以爲這種口語就代表一切，他更明確地指出，他不贊成向古代文學的詞句裏去找尋字彙，他認爲那是腐朽的，這樣只能寫成既不像文言也不像白話的裝模作樣的文章。〔註 67〕對於「近代的中國語言」的

〔註66〕向林冰《論「民族形式」的中心源泉》，載重慶《大公報》，1940 年 3 月 24 日。

〔註67〕黃藥眠《抗戰文藝的任務和方向》，見蘇光文編《文學理論史料選》，四川教育出版社，1988 年，第 146～147 頁。

肯定，就是對於五四文學語言探索的肯定，相對於取法文言，他贊成的是向外來語和口語借鑒，並且認定「中國化」是一種門窗雖然打開但是卻依然有篩選、有融匯的借鑒。周揚則以新文學中的歐化句子為發表觀點的切入點，認為單純的炫技並不是漢語的歐化，他指出了一種誤解，即有些作者誤以為晦澀難懂就是歐化句子的特色，並且還專門做這種句子來炫技，自以為高深，其實這樣的做法，不過是掩蓋其思想內容的貧乏，他們沒有認識到，西洋句法的特點是精密，有助於讓文字表達更加清楚明確。這主要是從技巧層面來說明歐化的，對於歐化，他從更深的層面上提出了所謂「歐化」背後的政治傾向，首先，他承認新文藝是受了歐化影響的，但是，歐化和民族化不是水火不容的對立概念，歐化，是我們在接受西歐資產階級民主主義革命時的思想，這個思想就是「人的自覺」，在當時，「人的自覺」就等同於「人民的自覺」和「民族的自覺」，因為實際需要而進來一些外國的語言，但這些原料一旦進入了中國語言，也就不是它原來在外國時的樣子了，而是已經融入中國，成為中國民族自己血肉的一份子了。〔註 68〕這樣的論述顯然是對那些試圖將「歐化」與「民族化」對立的觀點的有力回擊，不僅在這兩個基本概念上附加了自己的看法，順勢推出了「人民的自覺」等具有意識形態性質的概念。另外，這背後暗藏了其對於五四新文學的積極肯定的態度，遏制了那些試圖借「民族形式」否定五四新文學的看法，其概念的變通處理，正是充分肯定了五四新文學，這樣一來，在此基礎上進一步發展「民族文學」才有了堅實的基礎。實際上，在現代漢語這一場域中，漢語的歐化是不爭的事實，我們從那些經典作品中隨手一抓，就是這樣的句子。

　　這是我們交際了半年，又談起她在這裡的胞叔和在家的父親時，她默想了一會之後，分明地、堅決地、沉靜地說了出來的話。（魯迅《傷逝》）

　　老太太坐在一個小小的佛龕前，不出聲的念佛，手指尖掐著那一串念佛珠，掐得非常快。佛龕完前燃旺了一爐檀香。捱到二更過，老爺回來了，臉色是青裏帶紫，兩隻眼睛通紅，似乎比平常小了一些，頭上是熱騰騰的汗氣。離開他三尺就嗅到酒味。他從腰裏掏出那支手槍來，拍的一聲摜在桌子上。（茅盾《小巫》）

〔註 68〕周揚《對舊形式利用在文學上的一個看法》，載《中國文化》創刊號，1940年 2 月 15 日。

依舊摸索地走著，每個人用盡了力氣，咬緊了牙齒移動著腳步，不知道前面還有多少路程，也不知道後面留下了幾多路程。每個人都只有一個念頭：掙扎──走。（巴金《五十多個》）

這個我也感激他們的好意嗎？我望著那一高兩矮的影子在樓下院子中消失時，我眞不願再回到這留得有那人的靴印，那人的聲音，和那人吃剩的餅屑的屋子。（丁玲《莎菲女士的日記》）

所以，儘管周揚本人的身份是具有明顯的階級言說特點的，但是他關於「歐化」的分析還是基本基於眞實的語言事實來談的，即「歐化」絕不是和「民族化」對立的存在，因爲漢代漢語在成立之初就決定了它的資源來源的多元性：古典的、口語／方言的、外來的，都會進入全新的現代漢語。以上所舉之句子，讀者讀來，絕對沒有在閱讀另一種語言的感受，因爲它已經就是我們民族語言的一部分。

在「中國化」這一維，最爲搶眼的、事實證明也是對後來的中國影響最爲深遠的，是毛澤東在中共中央六屆六中全會上提出的「新鮮活潑的、爲中國老百姓所喜聞樂見的中國作風和中國氣派」〔註 69〕，這是在抗日戰爭的背景之下，相對於「國際」而提出的「中國」，幾乎所有談及「中國化」的左翼理論家都以此爲圭臬。這一提法在抗日戰爭時期出現，首先是和當時尖銳的民族矛盾契合的，在這一時期，不是階級問題而是民族問題，成爲中國共產主義運動的主導，實際上還與中國共產黨要在國際共產主義運動中依靠民族性而獲得自主性有很大關聯。「民族形式」，「在中國提出這口號的人，起初把它限定在文藝的形式問題上，後來擴大爲一般的文藝路線乃至文化政策，而且到如今還沒有一個確切的定義。」〔註70〕總體來說，「民族形式」的提出，不是簡單的文學形式的討論，左右兩派的「暢所欲言」和「一片混戰」，似乎正說明了其背後的「無法定義」。

可是，即便我們對這一問題的核心的把握相當有限，仍然不妨礙我們繼續沿著「語言統一」思路進行一些積極的思考。關於「歐化」還是「中國化」的討論，在相當程度上積極地促進了現代漢語寫作在可借鑒資源上的再次確認，即「歐化」不是「中國化」對立產物，而是現代中國話在事實上的基本

〔註69〕 毛澤東：《中國共產黨在民族戰爭中的地位》，見《毛澤東選集》第二卷，人民出版社，1991 年，第 534 頁。
〔註70〕 唯明《抗戰四年來的文藝理論》，載《文藝月刊》，1941 年 7 月。

來源之一，也是現代中國文學在實踐中必然汲取的養料來源之一。這一確認，對於期望積極展現「中國作風和中國氣派」的創作者而言，是語言運用上的積極信號。

第三節　方言文學運動中的「語言統一」

一、一次熱鬧的實驗：上海「方言劇」

1940 年，上海華光劇專用上海話演出了話劇《黃昏》，隨後，上海劇藝社也用上海話演出了夏衍的話劇《上海屋檐下》。這一嘗試引起了文化界的集中關和討論，討論的焦點是方言與國語、國語統一、「大眾化」的廣泛討論。

當「大眾化」日漸成為這一歷史階段最為主流的價值評價話語時，它也成為嘗試這一舉措的戲劇人和他們的支持者認為他們最可憑藉的理論資源。雪影認為，只要是為了達到大眾化的宣傳目的，連文字都是可以方言化的了，沒想到的是，直接運用方言來演出話劇進行宣傳，居然會遭到一些非議，實在是與大眾化的一大矛盾。因此，演出方言劇根本沒有什麼可以指責的，「方言劇是實在是必然而必要的趨勢。」〔註71〕這是從「通俗的國語」這一角度出發，認定方言劇是大眾化的手段。孔另境則認為，要達到戲劇的完全大眾化，不是一蹴而就的，因為這需要首先讓群眾的藝術欣賞水平先有個提高，那麼，藝術欣賞水平的提高必然依賴於其一般的文化水平的提高，而這一提高，還要客觀環境和主觀努力的共同作用。而方言劇的演出，就是為了幫助大眾文化水平的提高，並且認為這種形式在抗戰後方已經起到了效果。〔註72〕這是從已然發生的事實的角度出發說明，這種形式正是戲劇大眾化的具體措施，提高群眾的藝術欣賞水平，必然有一個循序漸進的過程。

與「大眾化」話題相伴的是，參與討論者對於「國語統一」的強烈熱情。支持方言劇者大多認同它的「大眾化」的意義，也贊成其在戲劇發展上的獨特價值，而反對者多認為上海觀眾能夠聽懂國語，不必讓方言劇單獨發展，這會有礙於「國語統一」。那麼，一方面是對「大眾化」的充分認同，一

〔註71〕雪影《從拉丁化新文字談到方言劇》，載《中國語文》第 2 卷第 3、4 期合刊，1941 年 2 月 15 日。
〔註72〕參見孔另境《論方言劇與戲劇大眾化及國語統一運動》，載《中國語文》第 2 卷第 3、4 期合刊，1941 年 2 月 15 日。

方面是對「國語統一」理念的完全贊同，對於方言劇是贊成還是反對的問題，實際上替換為了在需要實現「國語統一」的大前提下，方言和國語之間的關係的問題，進而言之，是方言地位的問題。思雨的客觀總結是，當前討論的分歧點在於方言時間性和空間性，這樣的分歧主要來自於不同人士對於中國語言現實的估計不一樣，他們對於中國未來民族共同語的形成存在著不同的看法，一部分論者認為方言劇的存在只是暫時用來彌補國語劇的不足的，只是臨時的借用手段而已，因為方言劇只能演出「當地的事，當地的人」。〔註73〕這是對不贊成方言劇的人士在語言觀上的原因的探析。所以，當時在「國語／方言」這一對關係內部進行爭論的主要是如何達到「國語統一」這個目的？方言在其中扮演怎樣的角色？是用一種標準從上至下進行「統一」還是各地方言自然融合而成最終「統一」的國語，借助這次方言劇演出扯開的口子，方言劇支持者們多是認為「國語統一」是需要一個逐步實現的過程的。孔另境認為，反對方言劇的討論者，說方言劇的提倡破壞了統一，而他實在不明白這些反對者認為國語統一運動是應該如何進行，他的主張是，國語統一，要靠全國各地政治、經濟、文化的充分的交流和聯繫，這樣，言語的不同就會自然而然地慢慢消除，從而實現國語的統一。〔註74〕陳企丹明確指出，他既不反對大家學習北平話也不反對大家學習任何一種其他方言，用來演出演說或者寫作都是可以的，在實踐中以「實用」作為判斷標準來決定採用哪種語言。待到教育、交通等各項條件成熟之際，各種方言也得到了充分的交融互動，最終，統一的國語「混合昇華而生，則此『標準』也不立而立了。」〔註75〕總起來說，這些論者的觀點反映出他們對國語運動企圖用北方音自上而下來統一民族共同語的不滿，並且認為基於現實，在一個有著巨大體量的國度，這樣的方法是沒有現實依據的，所以，立足方言劇領域，他們既主張發展各地的方言劇，也主張發展「『北方普通話』的方言劇」，各地的方言劇都必須發展，就像必須發展「『北方普通話』的方言劇」是一樣的。當發展到達一定階段，當各地的方言劇都消滅的時候，也就是現行國語消滅

〔註73〕思雨《談談幾種對於方言劇的不同意見》，載《中國語文》第2卷第3、4期合刊，1941年2月15日。
〔註74〕孔另境《論方言劇與戲劇大眾化及國語統一運動》，載《中國語文》第2卷第3、4期合刊，1941年2月15日。
〔註75〕陳企丹《國語與方言》，載《中國語文》第2卷第3、4期合刊，1941年2月15日。

的時候。換句話說,只要現行的國語還存在,那麼各地的方言劇也會存在,國語和方言劇一起發展,直到真正的民族共同語成立的那一天為止,所謂真正的民族共同語就是現行的國語和各地的方言「互相讓步、吸收、溶化而合成的。」〔註76〕這種語言觀和左翼理論家瞿秋白的關於如何形成「中國普通話」的看法幾乎完全一致。從實現「語言統一」這一目標的角度來說,這種思路和當時由中華民國政府主導的國語運動可以說是完全逆向的。由此我們也可以獲知,不論其背後的政治傾向、理論動機、個人背景,呼喚統一的民族共同語幾乎成為整個知識界的心聲和願望,也可以知道,為什麼一兩出方言話劇的演出,竟可以引來這麼多的關注和熱情。

同時呈現的一個問題是關於藝術本身的,即方言劇存在的藝術價值探討。本來,地方色彩和文學性完全就不是矛盾的關係,在戲劇中,人物的對白可以是方言的,這樣的對白中,就自然包含了當地語言中最具地方色彩的部分,或許是虛詞,或許是一些特別的說法,「這樣創造的戲劇因真實的地方性而有更高的藝術價值。」〔註77〕易貝認為,戲劇的語言是人的語言,戲劇的對象是人,既然是人,那麼在語言學上,不同點人就是要使用不同的語言的,對於一個國家、一個民族而言,就是不同地域的人使用不同的方言。如果這個道理可以成立,那麼在今天的戲劇舞臺上,也就是必須要有方言的。這是再簡單不過的道理。〔註78〕當今天的我們再讀到這些說法時,不得不承認這些先鋒對於方言劇藝術性和文學性的客觀解讀,實在是中肯的,關於方言在其中的特殊價值的理解,也確實是基於戲劇創作現實的,只是,或許當時的時代豪情,對於時代主題的強烈需要,遠遠多於對藝術本身的冷靜思考吧,這一類聲音所佔篇幅並不太大。

最受關注的「大眾化」和「國語統一」兩個焦點,至少反射出兩個問題,一是從現代語言運動發源之時就帶來的關於方言和共同語的關係糾纏,二是從新文學自身創作實績而來的關於文學語言的使用焦慮。從新文學一開初,將文言推向歷史而意欲立白話為正宗之時,要求「言文一致」的新文學首先

〔註76〕 思雨《談談幾種對於方言劇的不同意見》,載《中國語文》第 2 卷第 3、4 期合刊,1941 年 2 月 15 日。
〔註77〕 雪影《從拉丁化新文字談到方言劇》,載《中國語文》第 2 卷第 3、4 期合刊,1941 年 2 月 15 日。
〔註78〕 易貝《談方言劇的語文建設性》,載《中國語文》第 2 卷第 3、4 期合刊,1941 年 2 月 15 日。

遭遇的就是作家具體到創作中用什麼寫的問題，如果僅僅是「有什麼話，說什麼話；話怎麼說，就怎麼寫」，那麼直接催生的必然就是書面的方言，方言的文學，可是就連新文學的提倡者胡適推薦的借鑒對象也是《水滸傳》《西遊記》《儒林外史》《紅樓夢》這些經典白話名著，除此之外，傅斯年等主張「歐化」，這樣的新文學成了「不人不鬼，不今不古——非驢非馬的騾子文學」〔註79〕也就是說，剛剛起步的新文學，還在探索中發展，還未達到讓人滿意的狀態，這種「騾子文學」的尷尬處境正反映出了「言文一致」與「國語統一」兩個響亮的口號間難以彌合的罅隙。因為假如只需遵循「言文一致」，那麼方言文學是多麼正當合宜的結果，可為什麼僅僅是方言劇的演出就要引起那樣的爭論？顯然，「國語統一」才是各方認同的更為重要和不容置疑的偉大目標，對於怎麼實現「統一」，不論在道路的選擇上有著怎樣不同的偏好，這些分歧實際上都是向著明確的共同目標邁進的。

因此，關於這次討論，我們可以這樣來理解：出於時代文藝大眾化的需求，戲劇工作者在自己所在的領域進行了與大眾的「親密接觸」——用大眾最為熟悉的方言來演繹現代文藝形式，用上海話演出還有一個值得提出特別提出的一點是，當時由中華民國政府主導的國語運動是把北京音定為標準音的，因此就有評論者指出，當前話劇的用語，主要使用的是「國語」，是以北京話為標準的國語，那麼，這是一種專制，因為其他地方的人有可能聽不懂，聽力健全而聽不懂，是一種「殘害」。〔註80〕那麼，用上海話演出的意義就明顯大於運用其他北方方言演出了。這是區域文化權力的主動彰顯，我們從中可以讀到的是民族共同語建設過程中始終相伴的方言與國語的矛盾和糾纏，以及語言最重要的承載體——文學，在表現形式上的糾結和焦慮。

二、一個內涵豐富的案例：華南「方言文學」

在二十世紀四十年代，迫於戰爭的蔓延，許多作家走上了生命中的「流亡之路」，這流亡不僅僅是肉身的遷移，也同時帶來他們在文學創作中的新的轉變和嘗試，在上海、廣東、四川、陝北等地，流亡至此的作家們有了契機也有了衝動，在「民族化」呼聲日漸強烈的背景下，用群眾口語、用群眾口

<hr>

〔註79〕瞿秋白《學閥萬歲》，見《瞿秋白文集》第3卷，人民文學出版社，1989年，第177頁。
〔註80〕陳鶴翔《方言劇外談》，載《中國語文》第2卷第3、4期合刊，1941年2月15日。

中的方言來進行自己的寫作。僅以新詩創作爲例，艾青的《吳滿有》、李季的《王貴與李香香》都是借鑒、運用陝北方言的成果，沙鷗的詩集《農村的歌》是典型的四川方言詩，符公望的《古怪歌》等是典型的廣東方言詩。方言文學運動在幾個方言區同時持續展開，對於這一運動，傳統文學史上著墨不多，其原因或許就在我們下面的回顧中自然得到解答。本章在地理上選取上海和華南兩個點作爲回顧和整理的中心，試圖以管窺豹，瞥見當時方言文學運動的大致模樣。更爲具體地，我們希望通過這兩個點的具體展開，我們爭取能夠明晰國語創作走向方言創作的動力何在？方言創作最終黯然落幕的原因爲何？統一的國語和歧異的方言之間，有怎樣的矛盾性和一致性？

　　1942 年 5 月，延安文藝座談會召開，中共中央各部門負責人和文藝工作者一共 100 多人參會，毛澤東在會上發表了重要講話。此後，毛澤東《在延安文藝座談會上的講話》（以下簡稱《講話》）成爲文學論爭和文學創作中的合法性資源，文藝大眾化更是成爲了活躍的作家們積極靠攏的正確的文藝方向，顯然，這樣的靠攏並非完全來自政治的強制，而是來自歷史的選擇。其時，國共內戰的基本格局已定，共和國的誕生呼之欲出，「春江水暖鴨先知」，作爲在思想意識和文化修養上都走在前列的作家們而言，這種選擇是自覺而積極的，毛澤東的《講話》在解放區已然成爲文藝界的指導思想，在此思想指導下的文學創作已經取得相當的成就，受此影響和刺激，一大批拘留香港的文藝工作者開展了一場長達 3 年左右的方言文學討論，是對《講話》精神的積極呼應，也是作家們關注文學語言形式的一次集中探索。這一次華南的方言文學討論在熱烈持續地開展了 3 個月後，1948 年初，馮乃超（時任中國共產黨華南局香港工作委員會委員、文化工作委員會書記）和邵荃麟（時任中國共產黨華南局香港工作委員會副書記、文化工作委員會委員）共同執筆，代表《正報》的同仁，發表了《方言問題論爭總結》，對方言文學給予了充分肯定，認爲方言文學是文藝普及的需要，因爲文藝普及的對象就是工農兵，工農兵的語言即是老百姓的語言，因爲大多數老百姓不懂普通話，所以只能就近取材，倡導發展方言文學。發展方言文學和樹立普通話的權威地位不是矛盾衝突的，方言文學能夠通過方言的流通和交流，促進普通話的發展，使其更加豐富。〔註81〕

〔註81〕 參見邵荃麟、馮乃超《方言文學問題論爭總結》，載香港《正報》，1948 年 1 月。

　　這場討論首先體現出知識分子對五四以來文學傳統的繼承和反思。五四新文化運動的反封建的文化理念具體到文學領域，就是反對傳統固有的文學觀念、文學方法和文學形式，要創造出一種新的文學來，與新的時代和新的生活相適應，那麼，在文學的媒介形式上，就是主張白話、反對文言，這裡所謂的白話，是以北京話作為主體的普通話，這一普通話洶湧的洪流中還附帶著一條支流，就是新文化運動給予民間文學和方言的相當重視，他們舉例說明，1928 年北京大學的歌謠徵集運動，就是「一個有力的先驅。」〔註 82〕對此，鍾敬文進一步說明，作為新文化運動的一部分，五四文學的發展旨在反傳統，同時，與之一致的在表現媒介上的表現即是對於方言的注意，雖然這只是「一條小支流」。因為，按照國語運動和文學革命領導者的共同觀念「言文一致」，那麼，在方言如此歧異的中國，如果「以言統文」，那麼，在文學創作上的簡單直接的結果就是產生各種方言文學，然而，我們必須同時注意到的是，與「言文一致」一直並行的是「國語統一」，這「國語統一」顯然就更看重書面語的統一，要做的工作是「以文統言」，要求統一的國語必須「近文」，而不能止步於「言文一致」的直接記錄。在《中華民國國語研究會徵求會員書》裏就表達了這樣的理念，認為同一領土之上的各種語言都是國語，但數量那麼龐大的國語肯定不如統一的一種國語來得簡便、方便，另一方面，鄙俗不堪的書寫語言肯定不如明白近文的書寫語言來得簡便、方便。所以，「語言之必須統一，統一之必須近文，斷然無疑矣。」〔註 83〕這「斷然無疑」的「近文」體現出的正是語言統一論者對口語和書面語高下的價值判斷——用統一的書面語去改造和規範口頭語，即主張「以文統言」，這是國語運動這一邊的看法。文學革命那一邊呢，也有類似看法，在陳獨秀看來，像豈有此理、無愧於心、無可奈何、人生如夢、萬事皆空等等之類的詞彙大量地存在在口語中，同時，這些詞彙也是寫作中常用的，因為「必定要『文求近於語，語求近於文』，然後才做得到『文言一致』的地步。」〔註 84〕從此可見，陳獨秀的主張是書面語和口語的充分融合，通過互相向對方靠近，從而達到真正的「言文一致」。可見，雖然口號上是倡導「言文一致」的，可在具體主張和措

〔註 82〕鍾敬文《方言文學試論》（1948 年 2 月 29 日），見《鍾敬文詩學與文藝論》，安徽教育出版社，2010 年，第 228 頁。

〔註 83〕《中華民國國語研究會徵求會員書》，載《新青年》第 3 卷第 1 號，1917 年 3 月。

〔註 84〕陳獨秀《獨秀答玄同》，載《新青年》第 3 卷第 6 號，1917 年 8 月。

施中，精英文人還是不可避免地泄露了其語言價值觀的，在方言文學論者看來，這是不能接受的。因為正是在以前這樣一些論調的影響下，才出現了大眾不能讀懂的所謂「白話文」，顯然，這不是服務大眾的方向，那麼，另一頭，方言文學的積極參與者認為，方言文學的對象，是占中國人口大多數的工農兵，即文化水平很低的老百姓，在其中，最大的一部分是只有口語而不懂文字的文盲，人數次多的一部分是不懂普通話而認識少量文字的人，這部分人的文字和言語是不一致，還有一類，人數最少的是懂得普通話話也能閱讀一點用普通話寫的文字作品的，這類人獲得了局部的言語和文字的統一。那麼，方言文學服務的對象，主要是指前兩類。看來，在他們心中，讀者也是要依據文化水平分出高下的，言語和文字，究竟是誰服從誰呢？他們認為，文字的作用是記錄言語，因此，要用文字記錄下方言，要有「以方言寫出的作品」。〔註 85〕因此，從文學接受者的角度來看，只有方言文學才是「言文一致」的真正落腳點，從這個意義上來說，喊了這麼些年的「言文一致」終於發展到應該的境地，只有方言文學才是新文學發展到今天的必然歸宿和正途，「30 年來文藝的途徑」「是走著『之』字形的」，這個「之」字形的落點正是方言文學。這樣一來，似乎前面的所有曲折，都是為了今天的這一成果——方言文學，之前的所有繽紛只為了今天的這一統一——方言文學，由此，方言文學進入新文學發展的正途，在邏輯上，成為新文學歷史的正統，是這場文學運動的高潮和結束。毫無疑問，這樣的心態和豪情不僅讓方言文學論者自身「合理」地進入了新文學發展的源流，而且他們因此站上了可以回顧歷史、評價歷史的勝利舞臺，他們滿懷豪情地宣稱：現在的新詩、現在的方言詩，是代表著群眾的，這和五四時期的新詩不一樣了，進步了，現在「應該歌唱中國民族、工農階級的尊嚴了！」〔註 86〕

「階級尊嚴」的提出，也反映出在這場方言文學運動中知識分子對於「文藝大眾化」的充分認同和熱情擁戴。知識分子在思考，工農大眾的思想情緒一定要用工農大眾的語言才能表達，工農大眾的語言在哪裏呢？就是他們各自所處地方的方言，「因此表現在地方性上的普及工作，就是普及的方言文藝。」〔註 87〕歷史已經逐漸進入工農大眾當家作主的時代，作為黨的文藝

〔註 85〕 邵荃麟、馮乃超《方言文學問題論爭總結》，載香港《正報》，1948 年 1 月。
〔註 86〕 林林《白話詩與方言詩》，《載文藝生活》海外版第 14 期，1949 年 5 月 15 日。
〔註 87〕 孺子牛《舊的終結，新的開始》，載香港《正報》，1947 年 12 月。

工作者，要宣傳鼓動和領導群眾，首先遭遇的就是瞭解群眾和用什麼語言跟群眾交流的問題，二十世紀四十年代，在國內激烈內戰的情勢下，左翼人士在香港的文化活動正是對紅色思想最好的宣傳和介紹，他們敏銳地意識到毛澤東《講話》的空前意義，意識到文藝工作者已經有了新的任務，那就是為翻身的人民服務，為翻身的人民創作新的文藝，「這種工作，我們就把它叫做——普及第一。」普及的對象主要是沒有文化的、不識字的工農大眾，面對這樣的對象，我們就要採用適合他們的方法，運用工農大眾熟悉的、喜聞樂見的形式來表現他們的鬥爭、他們的生活，所以說，「此時此地的具體的運用，就必須是普及的方言文藝。」〔註 88〕茅盾提出，文藝工作者必須結合當前形勢，進一步地發揮「文藝的威力」，他認為，凡是和人民站在一起的作家，都懷著這樣的同樣的豪情，只是，身處特定方言區的作家，竟然遭遇到作品語言和當地人民口語語言之間距離遙遠的問題，甚至這種遙遠的距離恰似英語和法語之間的距離。所以，為了要讓人民能夠接受作家的作品，最低限度的努力也應該是要運用當地方言進行文學創作活動。因此，華南方言文學問題，雖然不論討論還是創作主要集中在華南，而且所涉及的話題也主要是關於華南的，但是，它的影響力不受地域所限，因為方言問題不是和「大眾化」對立的，應該是「大眾化」的一個方面，屬於「大眾化」這個大的命題，「這才可以防止單純地提倡方言文學可能引起的倒退性與落後性」。〔註 89〕茅盾借助「大眾化」這一「絕對正確」的思想，將方言文學納入其中，從而為方言文學的合理性、合法性找到了依據，他說既然「大眾化」是沒有人反對的，那麼方言文學就是在「大眾化」旗幟下的一支力量，因此，發展方言文學，就是實踐文藝的大眾化，而且強調要「在『大眾化』的命題下去處理方言問題」，這又為方言文學的發展匡正了方向、限定了尺度，這樣一來，方言文學就成為大眾化實踐中必然用上的一股力量，而其發展路徑、發展目標又在「大眾化」的旗幟之下，從而，其發展方向的政治正確性也是不容置疑的。

解放區文藝是巨大成功給了身居華南一隅的文藝工作者強烈的刺激和激勵，再加上當時政治形勢的變化，也給了文藝工作者相當的契機來討論和倡

〔註 88〕孺子牛《普及第一》，載《文藝生活》光復版第 18 期，1948 年 1 月。

〔註 89〕茅盾《雜談方言文學》，載香港《群眾》週刊，第 2 卷第 3 期，1948 年 1 月 29 日。

導方言文學、來實踐和創造方言文學，這場運動的積極參與者們認爲，文藝
工作者就是要在這樣特殊而嚴重的時刻，加強革命意志、鼓舞鬥爭鬥志、提
高群眾認識，從這個意義上說，「那種爲他們所容易領會、喜歡接納的作品，
何等急迫需要！」〔註90〕郭沫若的論點更進一步，他把對於方言文學的支持
和反對直接判定爲「人民路線與反人民路線的對立」，宣稱「假使是站在人民
路線的立場，毫無問題，會無條件地支持方言文學的獨立性」。〔註91〕這樣的
論證思路，使得方言文學具有了握有巨大政治力量的不容辯駁的、絕對正確
的文學發展方向。正是基於這些充滿政治熱情又富於清晰邏輯的分析和鼓
吹，方言文學不僅在討論中熱火朝天，也在創作中被積極實踐，一時，華南
方言文學運動內部，對於自身運動的政治合法性擁有無比強大的信心。

　　通過這些討論，我們可以顯而易見地看到，是否支持和提倡方言文學，
已然不僅僅是個語言形式的選擇問題，作家們把「大眾化」當做衡量一切
文藝作品尺度時，不是他們思想簡單的表現，而是不論從社會政治發展還是
中國文藝理論的發展來看，這一標準都已經成爲這個時代的主流，這裡提
倡方言文學，表面上看是一種語言形式的選擇，而正如前文提到的那樣，事
實上，作家們已經把這個問題看作是「人民路線與反人民路線的對立」。這
就是把語言形式的選擇問題直接轉化爲了作家與大眾的關係問題，是否「爲
工農兵」、爲大眾，是一切文藝問題的基本判斷標準。從這個意義上來說，
選擇方言文學，選擇工農兵的話進行寫作，就已經不是創作本身了，而是
實踐「文藝大眾化」的具體行動。「我們大力提倡方言文學運動，就是要把
毛澤東同志『文藝大眾化』的主張應用到南中國的特殊方言區（廣東），從
而教育、鼓舞更多人民爲當時的解放戰爭而奮力。」〔註92〕言之鑿鑿，情之
切切。

　　這場討論反映出的第三個問題是，作家們自發地參與了以大眾化爲中心
的「思想改造」。《講話》中提到的文藝的「大眾化」，就是要改造思想，改造
文藝工作者自身的思想，要努力爭取和工農兵大眾心連心，要達到這樣的目
標，就要認眞向工農兵大眾學習，學習他們的語言，從而讓自己創作出的作

〔註90〕鍾敬文《方言文學試論》（1948年2月29日），見《鍾敬文詩學與文藝論》，
　　　　安徽教育出版社，2010年，第229頁。
〔註91〕郭沫若《當前的文藝諸問題》，載《文藝生活》海外版第1期，1948年2月。
〔註92〕鍾敬文《我與散文》，見《載芸香樓文藝論集》，中國文聯出版公司，1996年，
　　　　第223頁。

品受到工農兵大眾的歡迎。〔註93〕《講話》發布之後，知識分子的思想改造成爲主流的意識形態話語，馮乃超提出，文藝工作者必須轉變立場，「就是小資產階級移到革命工農的立場」。〔註94〕爲什麼呢？因爲文藝工作者要完成當前文藝的任務，首先就要改造自己的思想，改造自己的階級立場，只有階級立場轉變了，才能更好地和群眾結合，去完成新中國需要的新的文藝任務。身居南方的作家們在陌生的粵語環境中時刻感受到因爲語言隔閡而不能和大眾「打成一片」的困頓，這樣的話，肯定不能實現階級立場的轉移。所以，帶著積極投身這場思想改造浪潮的嚮往，在身邊，發現了方言文學這個看似最恰當的承載物，因爲普及文藝的工作，對象是大眾，而實際上是作家對自己進行思想改造的工作，要向人民學習，要和人民打成一片，這是當時關於文藝工作者如何進行「普及」工作的共識。〔註95〕因此，提倡和踐行方言文學，不僅是華南的作家和知識分子積極實踐大眾化的舉動，也是他們主動願意投身思想改造的具體體現，是否支持方言文學被化約成了是否願意接受思想改造、是否願意和大眾打成一片的檢驗標準。這樣，方言文學的提出和實踐有了更有力的價值支撐，附著於其上的關於作家思想改造的價值都顯得順理成章了，所以，置身其中的知識分子才可以底氣十足地宣告，「方言文藝運動是居留香港的南方文藝工作者在自我改造和執行戰鬥的迫切要求之中發動起來的。」〔註96〕這場運動，表現出了「文藝工作者思想內容與語言形式，再進一步要結合人民大眾，要服務桑梓的自我覺悟。」〔註97〕這樣，方言文學，就不僅是一場語言形式選擇的討論，更是作家們積極投身思想改造的決心的呈現。依據這樣的推理，方言文學的提倡就已經遠遠超出了它原本的工具價值，進而也具備了先進、正統、合法的階級話語色彩，成了這群暫居南方作家進入主流、深入大眾，積極主動尋求與主流意識形態合拍共舞的最好

〔註93〕 毛澤東《在延安文藝座談會上的講話》，見《文學運動史料選》第4冊，上海教育出版社，1979年，第521～522頁。

〔註94〕 馮乃超《文藝工作者的改造——紀念文藝節》，載《文藝生活》海外版，第3、4期合刊，1948年5月15日。

〔註95〕 參見孺子牛《舊的終結，新的開始》，載香港《正報》第65期，1947年12月。

〔註96〕 黃繩《方言文藝運動幾個論點的回顧》，載《方言文學》第一輯，香港新民主出版社，1949年5月。

〔註97〕 林林《白話詩與方言詩》，載《文藝生活》海外版第14期，1949年5月15日。

突破口。

　　茅盾、郭沫若、黃繩、鍾敬文、林林等一大批暫居香港的文人，都積極投身這場運動，動用多種理論資源對方言文學進行了全方位的鼓吹和肯定，借著這股東風，他們進一步反思了整個新文學的語言觀，表達了對新文學在語言形式上的不同意見。茅盾就曾明確地指出，「國語的文學，文學的國語」這一說法，實際上摺射了武力上達成統一和政治上「法統」的思想，說這是不正確的，關於「統一」的文學觀念，應該加以糾正。〔註98〕因爲長期以來，因爲歷史和社會政治的原因，北方方言長期居於語言生活的主導地位，它實際上成爲了新文學的正宗語言，這是不恰當的，因爲這樣的結果就是五四以來的新文學幾乎可以看做「北中國的方言文學」，那麼以此推論，南中國也該有南中國的方言文學，中國各地都該有自己的方言文學，廣東的白話新文學自然就是廣東的方言文學，它自然應該和北方方言文學具有價值同等重要的地位。因爲新民主主義文藝的發展是著眼於普及的，是著眼於與工農兵結合的，既然涉及和工農兵結合，那麼，在當前的語言環境下，發展各地各具地方特色的文藝就是題中應有之義，以廣州爲中心的華南地區在語言文化上有著自己鮮明的地域特點，因此，建設華南的方言文學，實在是道理上講得通，而且政治上靠得攏，是文藝建設上「最顯明的特色之一」。〔註99〕那麼，在以上的論述中，我們看出，無論是從新文學的發展路向還是方言文學自身的合法性、可行性，方言文學論者都讓方言文學都顯得和其時主流的意識形態那麼切近，因此，他們就信心滿滿地說要「把《在全國各處發展方言文學運動》的提案，正式帶到北平的文工大會上去。」〔註100〕這個信心滿滿的憧憬也並不是完全破滅，但是其實現程度卻充滿相當的趣味。

　　我們後來看到眞實的歷史是，在 1949 年 7 月召開的第一次「文代會」上，茅盾做了報告，然而，在他的報告中，關於國統區和香港文藝運動的報告部分，只有很少的幾個字提到了華南的方言文學。茅盾報告的第三個部分爲「文藝思想理論的發展」，這個部分其中的第一點是「關於文藝大眾化的問

〔註98〕茅盾《雜談方言文學》，載香港《群眾》週刊，第 2 卷第 3 期，1948 年 1 月29 日。

〔註99〕司馬文森《文藝工作者怎樣迎接華南解放？》，載《文藝生活》海外版第 14期，1949 年 5 月 15 日。

〔註100〕白紋《方言文學創作上一個小問題》，載《文藝生活》海外版，第 14 期，1949年 5 月 15 日。

題」，在這一部分的報告內容中提到了華南方言文學運動，而且是在「方言文藝」這個大的板塊中提及的，「方言文藝」和「民歌民謠的研究與討論」都是被當做 40 年代「民族形式」論爭在多年後的成果來看待的。也就是說，之前他本人的熱烈贊成和參與者們的信心滿滿並未自然地結出期望中的果實。報告認爲方言文學運動對於文學創作起到了一些積極的影響，但是在文藝大眾化的總體論調下，只是把方言文藝看做在文學形式上的一些探索，於是還頗有些擔憂地指出，「單就形式論形式，也就往往難免陷入舊形式的保守主義的偏向，」﹝註 101﹞這樣一來，方言文學運動在價值上可以說被大打折扣了，其在運用方言背後所體現的思想追求一概被忽略了。作爲華南方言文學運動的主將，茅盾爲何發生如此巨大的態度轉向？這僅僅是其個人思想的變化嗎？傳統文學史的敘述中也對這一運動較少提及，甚至幾乎完全不提，這也僅僅是巧合嗎？顯然不能這樣看待。或者說，正是因爲有著這樣一段山河巨變似的變化，才更吸引我們就此做出更多探究，或許這正可以是我們回到歷史，釐清方言與共同語在現代中國文學發展史上糾纏生長的一個特別清晰的角度。

共和國成立後，積極參與方言文學運動的這批暫居香港的大部分文藝工作者都回到了廣州，幾乎只有華嘉（孺子牛）一人的看法和其他人不同，他仍然堅持認爲廣東是特殊方言區，要普及文藝，就必須要著力發展方言文學，仍然認爲大力發展方言文學是必要的。﹝註 102﹞作家們對方言文學的熱情，出現急轉直下的原因是什麼？方言文學是否確實是文藝大眾化的有效承載體，即便是，那麼，方言文學是屬於暫時用於過渡的權宜之計還是未來中國文學發展的長遠設計？新生的政權，會如何影響文學以及文學必須憑藉的語言？1951 年 3 月 10 日的《文藝報》，組織了一場有關於方言文學問題的大討論，透過又一場熱烈的討論，我們可以窺見方言文學黯然退場的歷史蹤跡。

1950 年 8 月 1 日，語言學家邢公畹在《文藝學習》發表了《談「方言文學」——學習斯大林〈論馬克思主義在語言學中的問題〉的報告之一》，說他

﹝註 101﹞ 茅盾《在反動派壓迫下鬥爭和發展的革命文藝———十年來國統區革命文藝運動報告提綱》，見中華全國文學藝術工作者代表大會宣傳處編：《中華全國文學藝術工作者代表大會紀念文集》，新華書店，1950 年，第 59 頁。

﹝註 102﹞ 參見華嘉《大力開展方言文學運動（筆談）》，載《文藝生活》穗新版，第 1 期，1950 年 2 月 1 日。

自己因爲學習了斯大林的《論馬克思主義在語言學中的問題》，就反思了自己以前關於方言文學的論調，認爲方言文學的倡導存在著錯誤的偏向。1951 年3 月 10 日的《文藝報》以「編輯部的話」的名義，介紹了這篇文章，說語言學家邢公畹曾經在公開場合引用過茅盾當時關於方言文學的一些看法，大概意思是支持了方言文學，因爲所引用的茅盾的觀點認爲，大眾語是大眾口中的語言，把大眾口中的語言運用到文學當中去，就是方言文學，按照這一說法，自然，支持方言文學是無比正確的選擇。可是，當邢公畹讀了斯大林的《論馬克思主義在語言學中的問題》一文，才意識到自己的看法「有仔細檢討的必要」。對於方言文學的看法，自己是有問題的，方言文學的理論至少存在兩大問題：一是「引導著我們向後看」、「引導著我們走向分裂」；二是提出方言文學只是看到了中國語言的表面形態，忽略了「中國語言的內在的本質」。〔註103〕文章詳細復述了邢公畹在思想認識上的轉變，描述中的細節很有值得探究的意味。首先是說邢公畹自己曾經發表的講話是贊同方言文學的，而這個態度來自茅盾，這裡至少可以說明兩個問題：一是爲了避免反對者抓住這個明顯的「硬傷」去糾纏歷史，先自己承認曾經的表態；二是強調他的觀點只是復述了茅盾的觀點，這也是爲自己曾經的表態找到堅實的後背。其次在描述邢公畹現在思想的轉換關節點上，提及斯大林，在那樣一個年代，這個名字是幾乎就是絕對正確的代名詞，由此引出的「向後看」「走向分裂」「中國語言的表面形態」等論調已經完全不是語言學本身關注的問題了，它關涉到新的政權、新的意識形態、新的國家與地方的關係。一篇短文，竟然讓權威大報這樣來引用復述，其實就是《文藝報》藉此爲導火索，展開一場方言文學觀的思想清理。

這個清理仍然是以討論和爭鳴的形式呈現的，在同一期的報紙上，還同時刊發了劉作驄的文章《我對「方言文學」的一點意見》和邢公畹的回應文章《關於「方言文學」的補充意見》，以及周立波的《談「方言問題」》。劉作驄不贊同邢公畹的意見，他認爲面對中國大多數的文盲大眾，應該採取兼容、漸進的態度，注重普及、提高，又引用魯迅、陳望道等的觀點來說明方言文學存在的合理性。邢公畹則回應稱，過去，是在解放戰爭的時期，戰爭依賴農民的支持，而國內革命的陣地也主要在農村，那麼，文藝作品自然就是要反映農民的生活，因此就用了方言作爲表現用的中介。也是因爲這一原

〔註103〕 《編輯部的話》，載《文藝報》第 3 卷第 10 期，1951 年 3 月 10 日。

因，所以才有了方言文學的提倡，就當時的具體的歷史條件來說，不能說是不正確的，而且這個提倡還有革命意義，因為它是反對統治階級鬥爭的策略的一種。可是現在不是戰爭時期了，我們的國家面貌發生了巨大變化，「我們的國家已經是一個獨立、民主、和平、統一，並且不斷走向富強的國家了」，〔註104〕因此，我們必須提倡以我們國家的共同語來進行創作。所以說，提出方言文學和提出用民族共同語創作文學，只是基於當時時代的特殊性來說的，分別適用於不同的時代。邢公畹在這裡充分強調了不同歷史發展時期不同意識形態下對文學的不同要求，更有力地加強了此前他之前提及的「向後看」「走向分裂」「中國語言的表面形態」等論調，也就把方言文學問題所反映出的語言權力本質表達得更為清楚和明白了。周立波的《談「方言問題」》中則表達了不一樣的看法，他仍然堅持認為，方言土語是最為生動活潑的，因為這是活躍在群眾口中的鮮活的語言，要表現各地的生活，就適合的就是使用各地的方言土語，這樣進行的創作會更精彩，豐富了語言，才是為民族共同語做貢獻，否則就是空談，民族共同語也不會有發展。〔註105〕其實，周立波的「不同意」主要立足於具體創作中的語言表現力，這是一個有著豐富創作體會的作家更容易關照到的方面，也是其自身體會最深刻的方面。換做今天的語境，我們會覺得作家這樣的建議和看法真是從自身出發，在為民族共同語的成立和成熟貢獻應有的力量。按照周立波自己的說法，他的創作的轉型是有明確原因的，他反思自己以前有著脫離實際、脫離群眾的傾向，是毛主席《在延安文藝座談會上的講話》讓他開始改變，因為文藝的方向和創作的源泉都明確了，他也要接受毛主席英明的指示，從此，他開始更加注意深入工農兵的實際的生活和鬥爭中。〔註106〕他的代表作《暴風驟雨》就是他用實際行動證明「深入工農兵的實際生活和鬥爭」的證據，他本人是湖南人，而《暴風驟雨》中大量出現在人物對話中的東北方言，是他到東北參加土改時學習當地方言的結果。我們截取作品中一些人物對話來看看。

> 「隊長要不是為咱們百姓，那能來這荒草野甸的窮棒子屯子，
> 這疙疸吃喝都不便，凳子也缺，趕明兒搬到我們院子裏去。」
> 「得插撅子，要不插橛子，分育苗時怕會吵嘴。」

〔註104〕邢公畹《關於「方言文學」的補充意見》，載《文藝報》第3卷第10期，1951年3月10日。
〔註105〕周立波《談「方言問題」》，載《文藝報》第3卷第10期，1951年3月10日。
〔註106〕周立波《〈暴風驟雨〉的寫作經過》，載《中國青年報》，1952年4月18日。

「叫人好找，揍死你這老王八操的。」

雖然在同一部作品中，作者的敘述語言仍然是接近「標準語」的表達方式，而在人物對話中儘量加入了他努力學習方言的痕跡。所以，周立波主張作品中採用方言是來自他自身的創作實踐的。

《文藝報》把這樣幾篇文章放在一起，似乎想要把「方言文學」問題「討論」清楚，而僅從這幾篇文章來看，劉作驄主要在考慮如何普、提高，周立波則關注作家的語言運用，相比強調一定要用民族共同語進行文學創作的語言學家邢公畹來說，顯然，還是邢的主張更符合社會大勢，考慮的問題更爲深遠。其後，《文藝報》又陸續發表了好些關於此問題的討論文章。〔註107〕1951 年 7 月 25 日的《文藝報》，以記者的名義發表了一個關於「方言文學」的綜述，便算是這一場熱烈的討論的結束。

這邊討論的餘溫還未散去，另一邊，新生政權虎虎生風的「語言規劃」已經展開。1955 年 10 月，「全國文字改革會議」和「現代漢語規範問題學術會議」分別在北京召開。兩大會議的召開，標誌著學術界、尤其是語言學界對於民族共同語諸多問題爭論的塵埃落定，一些說法、觀點，就此固化下來，成爲關於現代漢語、關於民族共同語的不證自明的正確說法。同年的 10 月 26 日，《人民日報》發表了社論：《爲促進漢字改革、推廣普通話、實現漢語規範化而努力》，社論明確提出「語言的規範必須寄託在有形的東西上。這首先是一切作品，特別重要的是文學作品……我們不能不對他們提出特別嚴格的要求。」語言規範，開始成爲文學創作中的最重要的標尺。另一邊，「方言是低級形式」、「共同語是高級形式」、「低級形式必須服從高級形式」等一系列現代漢語語言學觀念的變革，導致方言與共同語的關係已經逐漸從並存共融轉而變爲對立統一的關係。如果說在此之前還有一些關於民族共同語如何形成等問題的不同看法，那麼，從此以後，不論是共同語形成的路徑、共同語的確認、還是方言和共同語的關係，都有了無可辯駁和爭論的權威定義、權威說法。那麼，這樣一來，「方言文學」已經完全就是不用再討論的問題了，因爲這一問題已經有了權威的「標準答案」。

從後面的文學發展實踐來看，「方言文學」在這一時刻的退場，幾乎成了

〔註107〕以《文藝報》爲中心的相關討論，顏同林在《普通話寫作的倡導與方言文學的退場》（載《廣播電視大學學報》（哲學社會科學版），2011 年第 4 期）一文中有詳細的梳理和論述，可參看。

「長久的沉默」。因為新的正確、新的意識形態、新的民族國家的建立，必然離不開新的「語言規劃」，由政治、經濟的集中統一帶來的語言的集中統一，絕對不再是知識分子進行思想激盪的話題場域，也不再是作家們依據自身的創作體會而自然出現的語言形式選擇焦慮。在這個關鍵的時間點上，語言，作為權力的符號意義，其功能被前所未有地強化和放大，也是情理之中。從文學傳播自身的角度來說，作家自己用「母舌」寫作更順手，也希望作品能被更多人閱讀，所以會自然而然地會選擇方言這一最適合與大眾溝通的工具，因此，在一定的歷史階段，當文學自身的發展路向和社會政治思潮同時湧動著同一節拍時，「方言文學」這朵浪花就被高高掀起，在陽光下大放異彩。從政治運動的角度來說，當「文藝大眾化」的浪潮襲來，文藝就不再是束之高閣的「文學藝術」了，他成為最好的宣傳工具和動員方式，因此，在一定的條件下，政治力量和文學自身的力量合一而成「方言文學」的提倡，也實屬歷史發展某一階段的必然。只是，「語言規劃」的大手一定是在政治目的和意識形態的控制下運作的，因而，它必然關切「方言／共同語」「地方／國家」「分裂／統一」這些關係，那麼，新的民族共同語——普通話的確立，和由此帶來的整個中國當代文學，都用事實說明了「方言文學」退場的歷史必然性。方言與普通話的對立統一關係，分裂和統一的價值選擇，都讓中國文學這一原本束之高閣的「玩物」變身成為真正的武器。我們把歷史的目光再往前延伸，還可以看到先鋒們孜孜以求的「言文一致」「語言統一」，發展到今天，兩個口號之間的間隙和高下，其能夠實現程度的局限性，都已經得到了顯現。

本章小結

晚清以來湧起的開啟民智的衝動，是來自知識分子從書齋走向社會的歷史召喚，語言統一的潮流也由此起步。在《意大利文藝復興時期的文化》〔註108〕一書中，作者講述了但丁的方言寫作使托斯卡納方言取代拉丁文而成為新的民族共同語。有些學者的研究認為像這樣的語音中心主義問題，不僅出現在西方，「世界各地無一例外地出現了同樣的問題」〔註109〕在亞洲，日本和韓國

〔註108〕　（瑞士）雅各布・布克哈特著，何新譯，馬香雪校，商務印書館，1979年。
〔註109〕　（日）柄谷行人：《民族主義與書寫語言》，載《學人》第9輯，第94頁。

也有類似的情況出現。然而，顯然這樣的歸納是不夠全面準確的，至少在中國，情況就不一樣。中國歷來就有一套「書同文」的書寫系統，這是維繫老大帝國政令暢通的重要渠道，伴隨著現代性潮流而來的統一語言的衝動，首先是從知識分子群體開始的，晚清眾多的語言統一方案，幾乎都是以口語讀音為基礎的拼音方案，一種基本的思路就是，拼音文字供中下階層使用，因為其簡單明瞭而又與口語相通，是開啟民智的「工具」。而在知識階層內部，則依然沿用那套傳統的文言文系統，不僅因為知識階層早已習慣使用它，它與純粹口語的簡單、粗糙更是不可同日而語，在文言文系統中，流淌著含蓄、雅致、精細的意蘊，這是書面語才有的特色，在審美價值上，與白話口語差異甚大。還有一個不同在於，中國有著遼闊的地域、歧異的方言，中國的語言運動不是簡單的方言運動，是用一套新的書寫體系代替舊的書寫體系，同時還要在讀音上促成「語言統一」，這和其他國家的情況不盡相同。

作為語言文字最重要載體的文學，則是最大限度地、最為集中地展現了語言變遷的歷史脈絡。中國古今文學語言的變遷，一度被認為是「斷裂」，因為新文學的白話書寫體系，與傳統文言文面貌完全不同。中國的傳統文學的讀者群和現代文學的讀者群也不盡相同，社會、經濟、政治環境的變遷，促成了新的階級逐漸地成為社會主流，大眾——成為越來越熱的詞彙。對於中國來講，還有一個具體情況是，剛剛「出生」才一二十年的新文學，面臨的不僅是國內格局的變化，還有因為國際格局變化造成的民族矛盾，抗日戰爭爆發後，流亡的作家，帶著自己的肉身和筆，被迫輾轉祖國大地。生活境況的變化，讀者群的變化，戰爭形勢的變化，無一不是影響作家創作的巨大力量。所以，革命、大眾，這些大紅色的詞彙火紅地參與了這個年代的時代書寫，關於革命的思考、對於革命文學的歡迎，進而轉向對於大眾的倚重，成為不可抗拒的時代主潮，在裹挾著作家和語言隨之律動。

為大眾言說，通過文學啟發和號召大眾，成為不證自明的前提。不管其個人的政治和理論傾向如何，面對發展了不到二十年的新文學，面對一些流弊，知識分子們紛紛加入呼喚「大眾語」的行列，那麼，什麼是大眾語？如何創作大眾語文學？是不是已經存在著「中國普通話」，這就是大眾語？或是作家，或是語言學家，或是文藝理論家，都熱情地參與了這一場討論，對「大眾語」的呼喚，清理了五四白話的一些流弊，對於文學語言的來源做了一次清理，而且，這個平臺，為各路發言者提供了同樣的演講臺，獲得了很多有

價值的觀點。其中，由左翼文藝理論家瞿秋白提出的「中國普通話」概念的前後左右，枝蔓出層次豐富的左翼文學主張，階級話語的浸入、對民族共同語建設的思路設計，無不具有鮮明的政治邏輯和意識形態特徵，這對中國文學後來發展所造成的影響是非常深刻的。其實，當時的「大眾語」和「普通話」可以說是非常空洞的概念，既無理論證據的充分支撐也無文學實踐的強力支持。但同時，我們也應該清醒地認識到，雖然這時的「普通話」和我們現在熟知的「普通話」並非一碼事，而且，從民族共同語形成的路徑上來說，兩者也是區別頗大。前者認為多種方言自然融合逐漸形成民族共同語，而最後我們的共同語——普通話，則是選擇一地方言為主進而上升為民族共同語的，從語言學的角度來說，兩種形成路徑都是可行的，最後歷史的選擇也是多種因素共同作用的結果。但是，我們必須承認，在那個理論主張和文學創作同樣豐富的時代，這樣的聲音，包括這一命名的出現，都與歷史發展潮流暗合，如今看來，真是具有「綱領性」的。

民族危亡關頭，「文章下鄉」「文章入伍」〔註110〕，文學的社會功能前所未有地發揚出來，一些民間文藝形式也再次冒頭，成為戰時宣傳的工具，由此，「民族形式」的提出和延展，就在這一時期成為一個各方競相爭取的「山頭」。在此概念之下，「民間形式」、「中心源泉」、「舊瓶裝新酒」「中國化」等一系列語焉不詳的說法或者概念紛紛露頭，都要爭取佔領「民族形式」的制高點，在這一點上，左翼和右翼知識分子的參與熱情是相當的。只是，後來一再被認為是因為有了毛澤東 1938 年 10 月的《中國共產黨在民族戰爭中的地位》的報告，才有了後來的「民族形式」討論，這樣的誤解，原因是多方面的，其中比較有意思的一點就是，毛澤東關於「中國作風和中國氣派」的觀念被左翼文人在「民族形式」的討論中挪用和發揮了，比如陳伯達的《關於文藝的民族形式問題雜記》〔註111〕、柯仲平的《談「中國氣派」》〔註112〕都直接運用「中國作風和中國氣派」來參與「民族形式」的討論。這些概念對後來現代中國文學的影響是不言而喻的，只是，在本書的思路中，我們對於這些概念的再次回顧，絕不僅僅是簡單的回憶，還在於發現蘊含其中的「語言統一」思路。一方面，「民族形式」的討論之所以可以受到國內不同政治力

〔註110〕這是中華全國文藝界抗敵協會（即「文協」）於 1938 年 3 月 27 日在武漢成立時提出的。
〔註111〕發表於《文藝戰線》，1939 年 4 月 16 日第 3 期。
〔註112〕發表於《新中華報》，1939 年 2 月 7 日。

量的同時關注和參與，與當時日益危亡的民族矛盾是休戚相關的，所以，「文章下鄉」、「文章入伍」才成為喊出了文藝工作者內心巨大需求的口號，進而獲得了巨大的支持。在這一內涵之下，我們看到的是，不同政治力量都積極努力在民族矛盾的背景下去爭取文藝話語主導權的意圖，並且都不約而同地把民族自身特質作為其理論主張的落腳點，這是非常值得肯定的部分。雖然這一時期的「民族形式」討論和 21 世紀以來在全球化浪潮中的「民族性」的呼喚完全不是一碼事，但是，我們分明可以發現，正是在外部力量的刺激之下，我們的民族文化、民族文學建設總是在這樣的契機之下獲得某種新生般的成長性力量，在對於民族自性的發掘和追逐中，找到屬於自己的動力機制。另一方面，關於毛澤東的《中國共產黨在民族戰爭中的地位》和「民族形式」討論先後順序及因果關係的誤解，其重要的因素正是來自於在後來的現代中國文學發展中佔據主導力量的左翼知識分子。毫無疑問的，他們基於自身政治主張發出的聲音，是深刻影響了現代中國文學發展面貌的聲音，這其中對民間形式、傳統文藝等的看重，導致了關於現代中國文學語言對其重要來源——方言的重新重視。

作為文學語言最重要來源的方言，在這一時期也得到了相當的關注。在上海、四川、廣東、香港等地都展開了方言文學運動。上海的方言劇演出引發了方言與共同語關係的討論，受《講話》精神指引暫居華南的左翼文人主動發起了華南的方言文學運動，這兩個大的事件的關鍵詞都是「方言」。方言與國語，地方與國家，這樣的關聯，必然導致某些人士對方言的特別敏感，另一方面，按照為大眾、為工農兵服務的指向，對方言文學的重提與重視，也是一條道路的必然方向。由此，這兩次事件，分別指涉出兩個問題。第一，用上海話演出的話劇為何會引起那麼多人的警惕？因為上海話和「國語」所定之「京音」相差甚大。這是統一的語言格局不喜歡的雜音，這是附著於方言與共同語之上的地方與國家的想像所不允許的。這一思路，在後來相當長的時間內，成為中國語文生活的實際。第二，為什麼發起者們信心滿滿地要歡迎各地方言文學的到來？為什麼在文代會前後，茅盾對方言文學的態度判若兩人？這正是方言文學的提倡與當時意識形態的需要是否投契合拍的生動寫照。面對需要普及、提高的工農兵，運用他們最為熟悉的語言寫作，好像是自然而然的，此時，方言文學的鼓吹有著強大的後盾。而當歷史迎來嶄新的篇章，新生政權需要國家語言規劃強力介入之時，作為低級形式的方言，

自當讓位於高級的民族共同語。

　　伴隨著內憂外患，二十世紀三四十年代，可謂中國歷史上漫捲風塵的大時代，語言統一的潮流中，同時夾雜著國仇家恨，這也是這個時代爲什麼如此多元多姿的重要原因。語言統一的聲音從文人們的書齋趣談逐漸走向鄉土、走向生活，伴隨著時代舞臺上正在崛起的大眾，這一潮流，成爲聲勢越來越浩大的主流，語言的事業，不再只是知識階級的專屬，知識階級從「化大眾」而「大眾化」，他們對大眾的重視，和大眾對新的語言的需要，共同奏響了民族共同語基本實現的交響曲。

第三章　從國語到普通話

第一節　解放區的「語言統一」

一、語言規訓：從思想改造開始

　　李澤厚在《中國現代思想史論》中提供了這樣一種解讀中國現代思想流變的思路，即啓蒙和救亡是二十世紀中國大地的二重奏，「時代危亡局勢和劇烈的現實鬥爭，迫使政治救亡的主題又一次全面壓倒了思想啓蒙的主題。」〔註1〕由此，這裡給了我們一種比較容易理解和操作的視角去發現「啓蒙」與「救亡」二重奏的內在韻律，而這種韻律或許也可以從另一個角度去關照，發展才短短二三十年的中國新文學如何有了大河改道似的變化。在歷史的敘述中，總有一些時間點和標誌性的事件，爲我們的敘述提供最好構建的支架，於是，就像人們在日常生活中依賴各種節慶來爲自己瑣碎的生活找到依靠和意義一樣，我們在中國新文學的發展史上發現，毛澤東《在延安文藝座談會上的講話》（以下簡稱《講話》），就是這樣一個標誌明顯、色彩豔麗的支點。可是，已經站在今天的我們，憑藉著與歷史的距離，實際上也就是站在更爲理性客觀的立場上去回望歷史時，不得不承認，《講話》的發表既是一個明確的時間點，提供了我們敘述的支點，通過對它的拓展和延伸，我們可以把握住更爲清晰的歷史脈搏。如果說此前的語言運動和文學革命是「啓蒙」這條線索在唱主角，「救亡」只是作配合的話，那麼，抗日戰爭以來的歷史，使得「救亡」這條線索迅速翻轉而成爲主流。正如前文梳理過的「民族形式」

〔註 1〕　李澤厚《中國現代思想史論》，天津社會科學院出版社，2003 年，第 26 頁。

討論一樣，不論其政治傾向如何，這個詞語本身已經具有足夠的吸引力讓參與討論的各方都熱血沸騰，我們也可以說，如果「想像」的力量是清末民初知識分子為建立統一的民族國家而奮力高呼的源動力的話，那麼，抗戰以來的外在刺激，配合著國內新的階級的崛起，就使得民族國家的統一成為政治力量和社會歷史同時青睞的必然選擇，而身處其中的知識分子，也必然在對自身的重新認識和塑造中，經歷「新生」的陣痛。

新文學作家的寫作困惑，伴隨著中國新文學的發展。從起初時的不知如何「我手寫我口」，到持續不斷的對於文言、歐化、方言（口語）的如何接受、如何揚棄的熱情討論，都隱含了中國文學作家的語言焦慮，而這種焦慮又始終和中國現代民族共同語的建立相生相伴。《講話》發表後在文壇激起的巨浪，帶領了中國文學此後相當長一段時間的發展方向。事實上，我們不得不承認，《講話》的對象在當時僅僅是延安文藝界，然而，隨著中國共產黨領導地位的確立，《講話》中的精神追求、價值判斷，就是後來新中國文藝工作的基本思路和方向，就是影響現代中國文學發展變化的最重要的動力機制。

說到文學面貌巨大改變的歷史語境，延安整風，是其變革的基本的底色，在這場政治運動中，語言問題被作為一個政治問題而提上議事日程。1942 年 2 月，毛澤東在延安幹部會上發表了《反對黨八股》的講演，《反對黨八股》這份文件，也成為延安整風運動中的綱領性文件。在文章中，毛澤東指出：「黨八股也就是洋八股。」他把黨八股的壞處，列出了「八大罪狀」，分別是：「空話連篇，言之無物」、「裝腔作勢，藉以嚇人」、「無的放矢，不看對象」、「語言無味，像個癟三」、「甲乙丙丁，開中藥鋪」、「不負責任，到處害人」、「流毒全黨，妨害革命」、「傳播出去，禍國殃民」。〔註 2〕每一條「罪狀」都是從語言現象中來，每一條分析的落腳點都是黨的思想建設，這場運動對於樹立黨的領導權威和建立毛澤東自身在意識形態領域的絕對權威都起了重要的作用。在這個背景下召開的延安文藝座談會，就是把文藝納入整個政黨建設和思想改造的一個關鍵節點。毛澤東在講話的開篇就對這一動力進行了開宗明義的說明，他說座談會就是要研究革命文藝工作，讓革命文藝更好地協助其他革命工作，以「打倒我們民族的敵人，完成民族解放的任

〔註 2〕 毛澤東《反對黨八股》，見《毛澤東選集》第三卷，人民出版社，1991 年，第 830～846 頁。

務。」﹝註3﹞可見，這個關於的文藝的講話，顯然不僅僅是討論文藝本身，或者說，關於所有語言形式的討論都有一個鮮明的政治企圖，而這個企圖也不再是空中樓閣般的想像，而成為要求作家具體落實到創作實踐中的理論指南，比如對於從 30 年代起就一直是知識分子討論中心的「大眾化」問題，毛澤東做了出於階級視角的解說，即大眾化就是文藝工作者的思想感情要和工農兵大眾「打成一片。而要打成一片，就應當認真學習群眾的語言。」﹝註4﹞「大眾」，這一受關注度極高而在內涵上一直語焉不詳的概念，被毛澤東成功地替換為「工農兵大眾」，這一說法，指導和規範了此後文學發展的方向和色彩，政治偉人的智慧和韜略，對文學創作領域的影響，前所未有地呈現出來。《講話》全文發表在 1943 年 10 月 19 日的《解放日報》上，這一綱領性文件最終確定。在《講話》的「結論」部分，毛澤東指出延安文藝界存在的這種種問題，就說明這些從事文藝工作的人還有著非常多的缺點和毛病，「需要有一個切實的嚴肅的整風運動。」﹝註5﹞座談會本來是談文藝問題，但最後仍然歸結到知識分子的思想改造上來，因此，思想問題成為評判文藝的首要標準。因此，對知識分子的思想改造成為必然。解放區開展的知識分子「下鄉運動」，要求知識分子「到軍隊就是軍人，到政府就是職員，到地方就是黨的工作者。」﹝註6﹞這一明確而具體的要求對整個延安文學注入了其核心的精神特質，極大地改變了其文學面貌，所以，甚至有學者認為，後期延安文學就是「黨的文學」。﹝註7﹞

　　身在延安的作家嗅覺最為敏銳，他們開展了公開的自我反省。何其芳認為改造藝術就是改造作家自己，只有經過改造，才能擁有無產階級的眼光。然後就可以用無產階級的眼睛和無產階級的心去看事情、去做事情，有了這樣的基礎，那麼作為文藝的一個基本問題，即創作內容的問題就可以差不多解決了。除了內容，他還進一步反思自己的語言，說「我們的語言文字之如

﹝註3﹞　毛澤東《在延安文藝座談會上的講活》，見《毛澤東選集》第三卷，人民出版社，1991 年，第 847 頁。
﹝註4﹞　毛澤東《在延安文藝座談會上的講話》，見《毛澤東選集》第三卷，人民出版社，1991 年，第 851 頁。
﹝註5﹞　毛澤東《在延安文藝座談會上的講話》，見《毛澤東選集》第三卷，人民出版社，1991 年，第 875 頁。
﹝註6﹞　凱豐：《關於文藝工作者下鄉的問題》，見《解放日報》，1943 年 3 月 28 日。
﹝註7﹞　參見袁盛勇《「黨的文學」：後期延安文學觀念的核心》，載《中國現代文學研究叢刊》，2005 年第三期。

此貧乏」〔註8〕，原因就是我們和知識分子接觸得太多，多餘和工農兵的接觸。何其芳從語言文字的貧乏，反思到知識分子與誰交往更多，進而反思到要用「無產階級的眼睛」和「無產階級的心」來進行文學創作，這樣的反思已經帶上自我貶損的味道了。離開當時特定的歷史語境，我們或許很難理解這位詩人——這位著有《漢園集》的詩人，瀰漫著滿身精緻朦朧氣息的詩人，同時也是在抗戰後帶著滿心熱情奔赴延安的詩人。這些在今天看來精神氣質上有些「混搭」意味的行為，就是在一個個體的生命歷程中展開，由此，我們可以略微探知，現代中國文學在語言風貌上的變遷，實在不是任何一個單一角度或者某一單純理論可以詮釋的。我們僅從語言層面切入的線索，被歷史帶到了這一時刻，也必須承認，語言不再是語言本身，而是語言問題；語言問題也不僅僅是文學創作具體方式的問題，而是作家思想改造的問題。在這個意義上，語言成為一道最簡單也最客觀的考題，一個作家的作品中，是否使用工農兵的語言，不是一個可以自我發揮的空間和一個可以自由選擇的選項，它成為判斷知識分子思想問題的標尺。

周立波進行反思後認為自己還有很多舊世界帶來的思想上的毛病，因而改造思想、確定立場，顯得非常要緊，他不僅從思想立場上對自己進行了反思和剖析，還進一步反思五四新文學，認為五四新文學在很大程度上受了外國文學的影響，「文章做得和外國人一樣，還自以為清新，我在過去，就有這樣的毛病。」〔註9〕從作品形式的反思引發需要改造思想的認識，可以說，作家周立波的思想反應是非常靈敏的，在這段言論發表後不到一年的時間，因為作家「下鄉運動」的展開，周立波不僅進一步對自己的思想進行了檢討和反省，還特別具體地提出了在語言上的問題，他認為是自己在心理上給自己強調了語言的困難，覺得只有當地人才能用當地的語言寫當地的人和事，所以北方人才適合寫北方，因為沒有語言障礙。那麼，「一個南方人來這裡表現這裡的生活，首先碰到的就是語言的困難，這是事實。但困難是可以克服的，只要能努力。」〔註10〕我們很難說這樣的「反省」到底是作家在創作中遭遇困境後的真正的自我思考還是身處特殊環境中迫於外界壓力的形式上的自我思考，但是，僅僅從周立波個人的經歷來說，《暴風驟雨》的發表，是一個生

〔註8〕 何其芳《改造自己，改造藝術》，載《解放日報》，1943 年 4 月 3 日。
〔註9〕 周立波《思想、生活和形式》，載《解放日報》，1942 年 6 月 12 日。
〔註10〕 立波《後悔與前瞻》，載《解放日報》，1943 年 4 月 3 日。

動的事實，說明了他主動願意迎接這種變化和挑戰的姿態，也說明他主動願意在自己的文學創作中去踐行思想改造成果的努力。哪怕只是從《暴風驟雨》的語言選擇上，我們就不能迴避這樣的事實——一個湖南作家，在作品中儘量多地運用了自己下鄉所在地的東北方言，完成了一部長篇小說的寫作，這或許已經能夠充分說明思想改造落實在語言規訓上的實績了。一種簡單的政治壓迫論的推測或許會把問題變得「簡單粗暴」，我們試想，一部長篇小說，從構思、起草到寫作、修改、發表，最終，它仍然是以藝術作品的形式呈現出來的，或者說，其作品中的藝術性還是存在著的，那麼，如果不是創作者自身有著這樣的追求，這些作品是不會呈現在我們眼前的。

在《講話》之前，丁玲還說，帶著深深的熱情參加群眾的生活，和群眾打成一片是很好，但不能在打成一片中忘記了自己的特殊任務，因為自己是特殊的戰鬥員，因此不能滿足於只是和群眾打成一片，成為大眾的一員，因為作家是帶著任務去和群眾打成一片的，「必須時時記住自己的任務，艱苦地、持久地、埋頭地、有計劃地做著收集材料的工作。」〔註 11〕在她的觀念中，即便是作家已然是「戰鬥員」了，可還是「帶有特殊性的藝術任務的戰鬥員」，其實，分工不同，不同的「戰鬥員」有著不同的任務，作家「艱苦地、持久地、埋頭地、有計劃地做著收集材料的工作」，也該無可厚非吧？但是，這顯然不是《講話》要求的「打成一片」。時間到 1949 年，丁玲對此的認識發生了很大改變，她在文章中寫到，老百姓的語言比知識分子的語言好得多，因為老百姓的語言豐富、生動、活潑，不咬文嚼字、不裝腔作勢，但凡是老百姓嘴裏說出來的話都很有趣味，這些話被知識分子一重複，就連意思都講不清，就會把原來充滿趣味的話變得乾癟無味。知識分子不僅口頭表達不好，書面表達也很有問題，他們的文字是老一套的，有的還特別歐化，他們喜歡拐彎抹角的表達，不直截了當地說明白一句話，好像是故意要人不懂，或者有些文字喜歡用一大堆形容詞，並且以多為美，這樣的文字，顯得深奧，看似很有文學的氣氛，但是讀者卻讀不懂、讀不下去。所以，和群眾打成一片，要學習群眾的語言，體會群眾的生活。〔註 12〕她全面地否定了知識分子或者作家的語言技巧，也混淆這裡有著巨大語體鴻溝的口語和書面語的界限，把

〔註11〕 丁玲《作家與大眾》，見《丁玲全集》（第 7 卷），河北人民出版社，2001 年，第 44 頁。

〔註12〕 丁玲《從群眾中來，到群眾中去》，見《丁玲全集》（第 7 卷），河北人民出版社，2001 年，第 111～112 頁。

新文學書寫中的一些語言現象進行了誇張的貶抑。這裡就存在著心態／地位的轉變：在文藝大眾化的討論中，丁玲已經把大眾當成老師，並且認為大眾中可以收集材料來豐富自己的創作，晚清以來作為啓蒙者的知識分子能把大眾當做可以借鑒的對象，已經是「放低身段」的表達，而此時，對於自身語言，她居然表述為「咬文嚼字」「裝腔作勢」「乾癟無味」「拐彎抹角」「不要人懂」「不叫人讀下去」，而老百姓的語言則是生動活潑、充滿趣味的，甚至知識分子就是去重複老百姓的語言都做不好，不僅不能重複，還有可能把原先生動活潑的語言變得沒有趣味。身處今天的我們，實在很難理解，語言修養肯定高於常人的作家，居然連重複老百姓的話都做不到，不僅做不到，還能把原話變得乾癟無味。這樣的所謂階級立場分明的推理和歸納，真是讓人覺得基本毫無常識和邏輯。更值得深思的是，寫出這些文字竟然是丁玲——一位文筆這樣細膩而深刻的女作家，對知識分子語言（其實就是自身語言）的反思和批判竟然到了違反常識的地步。在今天看來，這樣的「反思」甚至有些可笑了，就像我們梳理其他方面的史實時遇到的情況一樣，如果不能把具體事件放在具體的歷史語境中去，單挑一個材料出來，就會顯得孤立，而且無從解釋。

在《講話》發表之後，是延安整風運動、「下鄉運動」的轟轟烈烈的開展，「文藝工作者下鄉的目的，就是要解決一切還未解決的問題，文藝工作者與實際結合，文藝與工農兵結合這兩大問題。」〔註13〕從這裡我們可以看出，事實上作家走出書齋本來就是已經開始的歷史潮流，尤其是抗戰以來，作家自身境況和身份的變化，本來就使得作家和社會有了更多的交鋒和接觸，而延安的「下鄉」則和此完全不同。如果說之前的這種變化主要還是作家自發的選擇，而到了這一階段，延安作家的「下鄉」就具有兩個意義上的突破了，第一是自發性的突破，第二是身份的突破。這一時期，身處延安的作家恐怕不再是依據自己興趣或者創作需要而選擇是否「下鄉」了，他們自己內心火熱的激情和延安火熱的整風激情一旦相遇，這種肉身的轉移幾乎就成為必然和必須的行為。第二，如果說之前與大眾、民間的接觸還保有知識分子和作家自身身份的特質，或者說，是作家為了從事創作而進行體驗、采風的話，那麼，這次「下鄉」的主體就不再是作家、知識分子，而是「黨的文藝工作者」，最後的創作也不再是作為一個作家因為自身言說需要而進行的表達，誇

〔註13〕凱豐《關於文藝工作者下鄉的問題》，載《解放日報》，1943 年 3 月 28 日。

張地說，這些創作幾乎就成為具有文學色彩的某種工作彙報，比如《太陽照在桑乾河上》《暴風驟雨》都是作家參與了下鄉土改工作之後呈現的作品。

對於知識分子的思想改造和對作家的語言規訓，是中國共產黨為了所追求的無產階級政權的目標而必然會多加考慮的無產階級文化建設方略，也是中國共產黨對無產階級文化和文學的積極探索實踐。通過這一系列的運動，實現了對原來作家的改造，使之為無產階級文化服務，也能夠培養出一批出自工農大眾的作家，從而對於建設無產階級的作家隊伍，起到了非常積極的意義。一直以來，毛澤東對這一問題的認識就是非常明確的，對於無產階級如何建立自己的文化隊伍，他認為，「這裡存在著一個極大的不協調，」這個不協調是說那些能寫作的人既不熟悉群眾語言也沒有豐富的生活經驗，而那些有著豐富的生活經驗和群眾語言的人呢，又不能寫作。〔註 14〕那麼，我們從這個角度來看，這次運動可以說有效地彌補了這種「遺憾」，讓那些能寫作的人學習和熟悉群眾語言、增加他們的生活經驗，從而讓寫作者「協調」起來，完善起來。

可見，作家語言的選擇與運用，已經不再是文學內部的問題，更不可能是作家自己的喜好，語言問題，成為政治問題和時代問題。由此，一股勢不可擋的歷史潮流席捲而來，作家的思想改造是其自身順應歷史潮流的理性選擇。所以說，「延安整風在更深刻的意義上，是一次整頓言說和寫作的運動，一次建立整齊劃一的具有高度紀律性的言說和寫作秩序的運動。」〔註 15〕

二、趙樹理方向：政治與文藝的雙人舞

作家的思想改造，成為政治需要和作家的自發選擇之後，通過「文化下鄉」的洗禮，作家的思想方向的正確是可以在其中獲得的，然而，本書更感興趣的是，最終出現在作品文本中的語言，是如何「改頭換面」而成為「工農兵文學」的。更值得我們關注的是，在這一風雨欲來的歷史階段，新的文學面貌的塑造和中國民族共同語的真正建立產生了非常深刻的同步關聯，雖然民族共同語——普通話的最終確立是在共和國成立以後，但是，在二十世紀四十年代的解放區，中國共產黨領導下的「趙樹理方向」的建構，正是一次具有規劃意味的「語言統一」的成功預演。

〔註 14〕 毛澤東《在魯迅藝術學院的講話》（1938 年 4 月 28 日），見《毛澤東文藝論集》，中央文獻出版社，2002 年，第 19～20 頁。

〔註 15〕 李陀《汪增祺與現代漢語寫作——兼談毛文體》，載《花城》，1998 年第 5 期。

　　周立波在談到自己思想改造後的作品《暴風驟雨》的創作經過時坦言，他自己在以前的創作中也存在問題，有脫離群眾的傾向，可是，「自從毛主席《在延安文藝座談會上的講話》發表以後，文藝的方向確定了，創作的源泉明確了。我接受了毛主席的英明指示，才開始真正地深入工農兵的實際生活和鬥爭。」〔註16〕作家的思想改造和規訓帶來了文學創作上的實績，周立波的《暴風驟雨》問世了，作品的人物對話中運用了許多東北方言詞彙，但細讀文本，會發現不少「文本的縫隙」〔註17〕。確實，從思想的規訓到語言的規訓，並非改造作家思想後的自然成果，即便是周立波這樣才情非凡的作家——一個湖南人，從到東北參加革命工作，到《暴風驟雨》的完成，總共一年多的時間，可以把東北農民的語言運用到一部長篇小說中。面對當時口號式、圖解式的「作品」，批評家們除了理論鼓吹，更期盼能遇上好作家、好作品，正是在這樣的語境下，趙樹理走進了的黨的視野。結合趙樹理本人的一生沉浮，我們可以非常好地理解，在此時，革命需要的不是作家趙樹理，而是「趙樹理方向」。

　　1943 年，趙樹理的作品《小二黑結婚》出版，在解放區很受歡迎，許多劇團將故事用地方戲的形式搬上舞臺，演出非常受歡迎，隨後，《李有才板話》《李家莊的變遷》也相繼問世，無一例外的，作品封面都印有「通俗故事」的字樣，這一提法非常耐人尋味，似乎隱含著一些對其文學性的質疑在其中。這些作品在解放區很受歡迎，但並沒有走進評論家的視野，直到 1946 年，黨的文藝領導層紛紛撰文對其基於高度評價，如郭沫若的《〈板話〉及其他》、《讀了〈李家莊的變遷〉》，茅盾的《論趙樹理的小說》、《關於〈李家莊的變遷〉》，周揚的《論趙樹理的創作》等。郭沫若稱趙樹理的作品「有新的天地，新的人物，新的意義，新的作風，新的文化，誰讀了我相信都會感著興趣的。」〔註18〕茅盾則宣稱《李有才板話》「標誌了向大眾化的前進的一步，這也是標誌了向民族形式的一個里程碑。」〔註19〕周揚熱情地讚揚到，

〔註16〕周立波《〈暴風驟雨〉的寫作經過》，載《中國青年報》，1952 年 4 月 18 日。

〔註17〕參見劉進才《文本的縫隙——難以協調的敘述語言與人物語言》，載《語言運動與中國現代文學》，中華書局，2007 年，第 277～286 頁。

〔註18〕郭沫若《〈板話〉及其他》，見黃修己編《趙樹理研究資料》，北嶽文藝出版社，1985 年，第 175 頁。

〔註19〕茅盾《關於〈李家莊的變遷〉》，載黃修己編《趙樹理研究資料》，北嶽文藝出版社，1985 年，第 189 頁。

「作者是在這裡謳歌自由戀愛的勝利嗎？不是的！他是在謳歌新社會的勝利！」周揚認爲，《李家莊的變遷》雖然只是在寫李家莊的事情，但卻反映出豐富的社會歷史背景和內容，絕不僅僅只是一個小村莊的事情那麼簡單。周揚說，因爲作品包括了這些重大的內容，那麼可能就有人要懷疑趙樹理不是一個農民作家嗎？他的思想和創作不應該是「農民意識」的嗎？周揚自問自答，說，趙樹理當然不是普通的農民作家。趙樹理是「一位在成名之前已經相當成熟了的作家，一位具有新穎獨創的大眾風格的人民藝術家。」這樣的「帽子」其實已經又高又大了，而論者非常清晰的政治頭腦和寫作邏輯不會讓結論就此駐足，他進一步將趙樹理的成功直接推論爲「實踐毛澤東同志的文藝方向的結果」。因此，趙樹理自然就成爲在整個思想改造和語言規訓大背景下的一面大旗，趙樹理的作品也當然地成爲無產階級文學創作中的不可替代的重要的作品，作者最後對這些作品的定位是：「這些作品是毛澤東文藝思想在創作實踐中的一個勝利。」〔註20〕這樣，整個「趙樹理方向」的基本建構完成了它必須的前期理論準備。

　　1947 年 7 月 25 日至 8 月 10 日，晉冀魯豫邊區文聯召開了文藝座談會。8 月 10 日，《人民日報》刊登了陳荒煤（晉冀魯豫邊區文聯副理事長）根據座談會發言整理而成的《向趙樹理方向邁進》。文章對趙樹理做了總結性的評價，主要從三個方面對趙樹理進行了充分的肯定，一是肯定了趙樹理作品的政治性，因爲他的作品多反映農民與地主的矛盾和鬥爭，二是肯定了趙樹理作品中所用的語言，說他用的是群眾的語言，所以群眾喜聞樂見，三是肯定了趙樹理本人所具有的「高度的革命功利主義，和長期埋頭苦幹，實事求是的精神。」〔註21〕至此，「趙樹理方向」正式提出，而這個方向的實質是什麼呢？是趙樹理的本人的創作嗎？顯然，「趙樹理方向」不僅限於字面意思所指，因爲「趙樹理同志的作品是毛澤東思想在創作實踐上的一個勝利。」〔註22〕「『老百姓喜歡看，政治上起作用，……應該是我們實踐毛主席文藝方針的最樸素的想法，最具體的做法。」〔註23〕從這個意義上來說，甚至連「趙樹理」三個字都可以忽略，因爲它的作品已經不是文本，而是成爲了標尺，

〔註20〕　周揚《論趙樹理的創作》，載《解放日報》，1946 年 8 月 26 日。
〔註21〕　陳荒煤《向趙樹理方向邁進》，載《人民日報》，1947 年 8 月 10 日。
〔註22〕　周揚《論趙樹理的創作》，載《解放日報》，1946 年 8 月 26 日。
〔註23〕　馮牧《人民文藝的傑出成果——推薦〈李有才板話〉》，載《解放日報》，1946 年 8 月 26 日。

一把檢驗文學作品是否實踐了毛澤東文藝思想的標尺，或者說，理論家們的熱情高漲的用力評價早已超過趙樹理本人以及他的幾本「通俗故事」可以承載的重量了，這種評價似乎更是對於「老百姓喜歡看，政治上起作用」的一種美好的設想，而趙樹理的農民身份、創作經歷和已經面世的這幾個故事恰好符合其主要訴求，才有了這樣比較狹窄、片面而十分用力的肯定和推崇。因此，「趙樹理方向」的構建，不是關於趙樹理本人文學創作的討論和總結，而是對毛澤東文藝思想的闡釋和宣傳，所有的把趙樹理「經典化」的做法，都是黨的文藝工作的具體實踐，也像是對延安文藝的一次總結。

面對後來的文學事實，我們不得不承認，「趙樹理方向」確實改變了新文學的精神氣質，不僅在題材和內容上，也在語言形式上，這種改變，可以說是直接規定了後來中國當代文學語言的整體氣質。新文學發展到彼時，其「知識分子語言」、「學生腔」的特點，使得它與大眾之間仍然維持了不小的距離，可以說是一種新的「言文分離」，「趙樹理方向」的建構，也是對新文學語言流弊的一次清洗和矯正的過程，周揚就宣稱，現存白話存在的一些毛病，在新文學陣營裏幾乎沒有人去修正，要使它更加完善，需要「慎重選擇」和「挑剔清洗」，「慎重選擇」和「挑剔清洗」的工作，之前沒有人做，現在，由解放區的作家來做。〔註24〕這項選擇清洗工作的對象是五四白話，「歐化」是其顯著的特徵，在語言學家眼裏，「近現代以來漢語的歐化有兩個特點：「第一，它往往只在文章上出現……；第二，只有知識社會的人用慣了它。」〔註25〕事實上，這兩個特點所反映出的問題就是，如果「只在文章上出現」，那麼，其實就是形成了新的書寫系統，和口語的差距還是非常巨大；還有，「只有知識社會的人用慣了它」強化了第一個問題，即因為它和口語的巨大差異再加上群眾識字水平的問題，加劇了這種歐化漢語的局限性。以啓發民智為源動力的現代語言運動，在和新文學的合力推動下，使得五四白話與文言徹底「決裂」，然而「言文一致」的主張卻遠未實現，且不論口語與書面語本來就不可完全一致的規約，僅就「言文一致」的動機來講，五四白話的缺陷也是存在的。因為「言文一致」就是為了讓語言變成大眾皆可運用的交流工具，就是要讓更多人能成為文學的讀者，可是，五四白話的讀者群仍

〔註24〕 周揚《對舊形式利用在文學上的一個看法》，見《中國解放區文學書系》（文學運動·理論編二），重慶出版社，1992年，第1340頁。

〔註25〕 王力《中國現代語法》，商務印書館，1985年，第334頁。

然是比較有限的。趙樹理作品的廣受歡迎，似乎也爲語言革新提供了新的思路，這直接表現在「趙樹理方向」一系列運作的結果——對於五四白話過分「歐化」的糾正；對於方言土語如何進入文學文本的積極探索。

　　首先，「趙樹理方向」的倡導在一定程度上糾正了五四白話過分歐化的傾向。丁玲坦言，她自己是受到了五四的激勵而開始文學創作的，歐化的句子在自己在作品中時有出現，她自己舉例說「『電燈點得很堂皇，會議正在開始』之類」就屬於這種歐化的句子。現在的她對於這樣的句子和這樣的創作方法是持否定態度的，她說在 30 年代她就已經意識到「自己的文章特別囉嗦。」〔註 26〕周立波甚至在《講話》出爐之前，就已經意識到，新文學受了外國文學的影響，有些不好的後果，「文章做得和外國人一樣，還自以爲清新，我在過去，就有這樣的毛病。」〔註 27〕歐陽山說回憶說，1946 年，那時，自己在延安寫《高乾大》，恰好就遇上了改造語言和改造風格的契機，正是從那時開始，「要從以前的歐化風格和歐化語言，努力變成民族風格和民族語言，也就是中國作風和中國氣派。」〔註 28〕作家們深刻的自我反思，一方面來自強大的政治邏輯，另一方面也來自具體的創作實踐。尤其是這些由國統區而來，早就有著一定的創作經驗的作家，他們的困惑也確實來自自身的寫作困境。從三十年代而起的「大眾化」議題，在四十年代的「民族形式」討論中得到了一定程度的展開，而時至今日，毛澤東文藝思想指導下的工農兵文學方向和作家通過下鄉而切身感受到的環境的變化，客觀上進一步推進了「大眾化」進程，擴大了新文學的讀者群，也糾正了五四白話過分歐化的弊端。那些努力去模仿農民口語進行人物對話寫作的作家，當他們運用敘述語言時，他們原先的語言習慣又會帶回來，而農民出身的趙樹理則完全沒有受過「歐化」「學生腔」的影響，使得他的作品中，敘述語言和人物對話更爲和諧、統一。從這個角度來看，趙樹理的作品當然是並且應該是文學語言變革可資借鑒的對象，這個維度上的「趙樹理方向」也是文學語言自身蛻變的方向。

　　相比起周立波努力學習方言並非常刻意地把自己學到的方言詞彙安插在人物對話中的創作，趙樹理的創作可以說眞正做到了敘述語言和人物語言的和諧統一，當然，這和不同作家不同的成長經歷是息息相關的。

〔註 26〕 丁玲《丁玲論創作》，上海文藝出版社，1985 年，第 573 頁。
〔註 27〕 周立波《思想、生活和形式》，載《解放日報》，1942 年 6 月 12 日。
〔註 28〕 歐陽山《歐陽山文集》（第 10 卷），花城出版社，1988 年，第 4108 頁。

　　　　興旺還沒有離開村公所，小芹拉著婦救會主席也來找村長，她一進門就說：「村長！捉賊要贓，捉姦要雙，當了婦救會主席就不說理了？」興旺見拉著金旺的老婆，生怕說出這事與自己有關，趕緊溜走。後來村長問了問情由，費了好大一會唇舌，才給她們調解開。（趙樹理《小二黑結婚》）

　　　　躺在地上的青騍馬嘶叫著，夫婦倆抱著小崽子，放在炕上。小傢夥四隻腿子亂打亂踢，掙扎著站了起來，身子打晃，終於又倒在炕上。劉桂蘭哈哈大笑，西屋老田頭也給鬧醒了。老頭子披著棉襖，走過東屋，看著小馬駒子說：「喲，這樣好事，一聲不吱就下了，我來瞅瞅，是個兒馬子。」劉桂蘭忍不住笑著說道：「嗯哪，要不他趕巧出去，這樣大冷天，小傢夥早凍壞了。」老田頭用手摸一摸炕席，隨即說道：「太涼，快去燒燒炕。唉，你們年輕人，仗著身板好，炕也不燒。」（周立波《暴風驟雨》）

　　以上是我們從兩位作家的代表作中隨意截取的片段，從人物語言和敘述語言之間「縫隙」的大小，可以非常明確地看出二者在語言運用上的異同。一個是深受「歐化」「學生腔」洗禮、並且有著翻譯外國作品經歷的知識分子在努力褪去「歐化」的影響，也是為了人物形象的塑造，在努力還原符合人物身份的口頭語言。而另一位，本身就是真正的農民作家，他的敘述也好、作品中人物的口頭語言也好，就是他腦海中自然成型的片段，敘述語言和人物對話之間可以說沒有間隙，就是一個坐在這些人物身邊的細心觀察者，把他所見轉述給讀者，這是趙樹理的文學語言非常能夠體現其語言個性的一個方面，所以周揚毫不保留地肯定了趙樹理作品口語化的特點，不僅在人物對話上，也在敘述語言上，「他的作品中那麼熟練地豐富地運用了群眾的語言，顯示了他的口語化的卓越的能力」〔註29〕

　　趙樹理作品為語言革新提供的第二個思路，也是現代漢語從出生到成長過程中，一直伴隨的焦慮，即方言土語的運用。這裡有兩個方面的問題，第一是從口語到書面語的轉換如何完成，第二是書面語只是供知識分子「看」，還是也可以供普通大眾「聽」的問題。趙樹理說，他的幾個大部頭的小說都來自評話，「是能『說』的小說」〔註30〕，他說自己的寫作當然也是經過了

〔註29〕周揚《論趙樹理的創作》，載《解放日報》，1946 年 8 月 26 日。
〔註30〕趙樹理《生活・主題・人物・語言》，見《趙樹理全集》（第 4 卷），北嶽文藝

加工的，「加工在什麼地方呢？加工在更合乎『說』這上頭。」〔註31〕這個「說」的運用，讓過分「學生腔」的文學可以搬上舞臺，讓只能在書面「讀」的故事也可以「聽」，這是趙樹理作品在解放區受到大量群眾歡迎的一個非常重要的原因，這和當時群眾的知識水平息息相關。像《李有才板話》這樣的作品，本來就是大量地運用了曲藝「板話」的形式，其口語體特徵自不必說，我們隨意選取趙樹理作品的一些片段，就是小說中的片段，我們也可以明顯地感受到，這些文字確實是更像為耳朵服務的而非為眼睛服務的，其口語色彩非常突出，尤其是描寫部分，整個畫面感的呈現就像你有人在你面前說書一般。

　　糟糕！眼看快要輪到了，李大順尿來了，再也忍不住，只得去尿了一下。回來一看，原來後邊的人早已擠上來，他休想再擠上前頭去。他正吵著講道理，警察的木棒當頭就敲去。挨過了木棒，還得重新跑到老後邊等。不過還算不錯，到晚飯時候，總算把領鹽證買到手，可是趕到鹽店，鐘點已經過了，買不上！（趙樹理《李大順買鹽》）

　　興旺見有發沒有賣的五味調和，就提了酒葫蘆，別了有發向木頭刀鋪子裏來。他走進鋪門叫了聲「掌櫃」，只見套間裏走出來一個蒼白鬍鬚的老頭，手裏章著一把旱煙管。這老頭正是木頭刀，開口便道：「送錢來了嗎，興旺？」興旺忽然想起夏天還在他鋪賒了幾尺白粗布，欠他一吊多趕忙笑道：「嘻！我竟忘了！那幾個錢，明天一定給你老人家送來。」（趙樹理《盤龍峪》）

　　飯還沒有吃罷，區上的交通員來傳她。她好像很得意，嗓子拉得長長的說，「閨女大了咱管不了，就去請區長替咱管教管教！」她吃完了飯，換上新衣服、新首帕、繡花鞋、鑲邊褲，又擦了一次粉，加了幾件首飾，然後叫于福給她備上驢，她騎上，于福給她趕上，往區上去。（趙樹理《小二黑結婚》）

　　不論好壞吧，事情總算辦過了。福貴和銀花是從小就混熟了的，兩個人很合得來，福貴娘覺著滿高興。不過仍不出福貴娘所料，收

　　　　出版社，2000 年，第 531 頁。
〔註31〕趙樹理《在長春電影製片廠電影劇作講習班的講話》，見《趙樹理全集》（第 4
　　　　卷），北嶽文藝出版社，2000 年，第 469 頁。

過了秋，天氣一涼病就重起來——九月裏穿起棉襖，還是頂不住寒
氣，肚子裏一吃東西就痛，一痛就吐，眼窩也成黑的了，顴骨也露
出來了。（趙樹理《福貴》）

　　除此之外，方言土語進入書面語，本來也是豐富文學語言、建立統一的
現代民族共同語必須憑藉的路徑。抗戰爆發以來，由於局勢動蕩，許多作家
顛沛流離的生活讓他們接觸到更多的方言土語，即便不在解放區，「方言入
詩」也是文學內部一股自發的潮流。在解放區的作家呢，更是主動積極地向
大眾學習，學習大眾的語言，創作工農兵文學，然而大量方言、土語、歇後
語運用到文學上，絕不能是簡單的照搬實錄，否則也毫無文學趣味可言，必
然要經過作家的選擇、加工，趙樹理的作品「不僅每一個人物的口白適如其
分，便是全體的敘述文都是平明簡潔的口頭語，脫盡了『五四』以來歐化體
的新文言臭味。」他的作品，「最成功的是語言。」〔註32〕確實，趙樹理作品
的內容和題材幾乎都是非常「土」的，然而他的語言卻根本不「土」，很少方
言土語歇後語之類的，所用語言，不論描寫敘述的還是人物對白的，都是非
常簡單直白明瞭的語言，至於是不是「最成功」，恐怕今天的我們很難完全認
同，但是，放到當時的總體環境中，他的語言正是解放區最需要的，這是無
疑的。

　　「趙樹理在群眾的、普通的、對話的語言同一性和審美的、藝術的和獨
創的語言個人性之間尋找到了一種微妙的平衡，實現了文學書寫和語言實踐
的雙重建構。」〔註33〕「趙樹理方向」指導下的解放區文學，上承左翼文學，
下啓共和國文學，其影響不僅在思想、內容、題材，也在語言形式。對方言
土語的重視，和當時的鬥爭形式、群眾的接受水平緊密相關，理論上正好達
到了「言文一致」的目標，而事實上，後來的歷史證明，當統一的政權需要
統一的民族共同語時，方言土語在文學上的留痕又爲今後的「語言規範」提
供了空間。早在三十年代的文藝大眾化論爭中，魯迅就清醒地預言，真正實
現大眾化，「必須政治之力的幫助」〔註34〕。這一次名爲「趙樹理方向」的語
言變革，正是一支政治和文藝配合完美的雙人舞。

〔註32〕郭沫若《讀了〈李家莊的變遷〉》，載《文萃》，1946年9月26日。
〔註33〕何平、朱曉進《論民族共同語和新中國文學的雙重建構》，載《當代作家評論》，
　　　　2008年第4期。
〔註34〕魯迅《文藝的大眾化》，見《文藝大眾化問題討論資料》，上海文藝出版社，
　　　　1987年，第18頁。

第二節　新中國的「語言統一」

一、漢語規範化：語言規劃強勢發力

　　1949 年，中華人民共和國的成立，掀開了古老帝國歷史上嶄新的一頁。一個地域廣袤的統一的現代民族國家的建立，給語文工作帶來了前所未有的強烈刺激。中華民國的「國」隨著國民黨敗走臺灣而宣告結束，與之相關的「國語」，從命名上就不會獲得新生政權的好感，畢竟，此「國」與彼「國」性質不同、內涵有異。正如前文所述，在二十世紀四十年代的解放區，雖然當時的共產黨並不具有領導建立統一民族共同語的合法性，但是，毛澤東領導下的「趙樹理方向」的構建，事實上正是一次有效的嘗試。深知語言問題重要性的中國共產黨，在獲得無可置疑的執政地位後，自然有著更爲強烈的內生動力和更爲系統的國家力量，來推進統一的民族共同語的建設。

　　1950 年第 2 卷第 5 期的《學習》雜誌發表了語言學家呂叔湘的《讀報札記》，文章針對《人民日報》發表的幾個文件，從語言學的角度指出了其在語言運用上的問題並提出了修改辦法。1950 年 5 月 21 日的《人民日報》刊發短評《請大家注意文法》，短評就從呂先生的《讀報札記》談起，要求大家「努力樹立正確的文風。這種正確的文風的一個要素就是正確的文法。」值得注意的是，這篇短評用了差不多三分之二的篇幅介紹了蘇聯航空工業部副部長雅科夫列夫所敘述的斯大林對於文法的見解，概括起來，主要就是「斯大林同志認爲正確地、通順地表達出自己的思想是有很大的意義的。」最後，在短評的結尾部分，《人民日報》將這一意義進行了提升：「我們的語言文字，如果有不正確、不通順的地方，那就表示了我們的思想在那些地方是不清楚的，是有混亂的。我們把不清楚的、混亂的思想，用不清楚的、混亂的語言文字，傳達到人們大眾中去，豈不是一種過失嗎？」「應當努力用正確無誤的語言文字來表達正確無誤的思想，應當把文法上的一切錯誤，從我們所有發表的文字中逐步地，最後是徹底地消滅掉。」〔註 35〕這篇短評直接明瞭地把「正確無誤的語言文字」和「正確無誤的思想」聯繫起來，提出要把文法的錯誤「徹底地消滅掉」，這種豪氣衝天的氣勢，正是新生政權的氣質，把語言文字和思想緊密聯繫的觀點，也承接了中國共產黨在解放區引導和建設文藝的基本方略。

〔註 35〕　《請大家注意文法》，載《人民日報》，1950 年 5 月 21 日。

　　那麼，中國語的文法是什麼？從《馬氏文通》說起，歷來研究中國語言的理論都受到很深的外來影響，新中國的語言學研究也不例外，而這一外來理論正是斯大林的語言學觀念。1950 年 7 月 3 日，《人民日報》刊載了斯大林的《論語言學的幾個問題——答克拉舍寧尼科娃同志》，同年 7 月 11 日的《人民日報》又刊載了斯大林的《論馬克思主義在語言學中的問題》。斯大林否定了語言是經濟基礎的上層建築，否定了語言的階級性，說明了語言的特徵，批判了馬爾的語言觀念。俄國語言學家馬爾認為民族共同語的形成是通過不同方言的發展融合而最終形成的，這和當年瞿秋白的關於「普通話」形成的看法一致，也可以說，瞿秋白的語言觀就是來自這裡，這一基本思路對中國的語言學界也產生了非常重要的影響，比如方言拉丁字的推廣者們就是最有說服力的代表。斯大林的這一批判，迅速扭轉了中國語言學界的相關看法，也影響了後來以北方方言為基礎的民族共同語的構建思路。方言與共同語的關係，從並列、共存，迅速變革為低級和高級的關係，地位上不再可以同日而語，低級形式的方言必須服從高級形式的共同語，這一觀念深刻地影響了語言學家對現代漢語的描述，濮之珍的《民族共同語與方言的關係》〔註 36〕一文，基本就是對這一理念的認同和闡釋，即便在今天，各種不同版本的《現代漢語》在關於方言與共同語關係的表述中，都將方言稱之為語言的地域變體和分支，可見，低級形式從屬於高級形式的基本觀念對中國語言學的影響之深。

　　1950 年 11 月 22 日，毛澤東親自寫信給胡喬木，要求其起草一個關於糾正電報缺點的指示，隨後，中共中央發出《關於糾正電報、報告、指示、決定等文字缺點的指示》，對於公文文體及具體遣詞造句中的文法，做出了具體規定和要求，這是在作為語言運用典範的政府語文中對語言文字的明確要求。如果說這一指示的對象還主要是政府工作人員、規範對象還基本限於政府語文範疇，只能說明在實際工作中，語文規範對順利開展工作很有價值，那麼，隨後的《人民日報》社論的發表，可以說，對語言文字領域的全面控制和指引，就已經上升為新的國家領導層有意識和有目的的「語言規劃」行為了。

　　1951 年 6 月 6 日，《人民日報》發表社論《正確地使用祖國的語言，為語言的純潔和健康而鬥爭！》，與此同時，開始了呂叔湘、朱德熙合著的《語法修辭講話》的連載，《人民日報》連載語言學著作，這樣的事情是空前絕後

〔註 36〕發表於《語文知識》，1956 年第 3 期，總第 47 期。

的。這篇社論的意義對於中國語言文字的意義，也許不亞於中華人民共和國成立在政治上的意義。社論開宗明義，指出「學習把語言用得正確，對於我們的思想的精確程度和工作效率的提高，都有極重要的意義」，思想本來是最無邊界可言的領域，而這裡卻明確地提出了「思想的精確程度」，可見，這裡的「思想」所指，顯然不是泛泛而論的思想，而是指當時歷史語境中需要的統一的思想。社論隨後回顧了歷史上的一些著名的文學巨匠，說這些文學家的著作都是漢語的寶庫，說到現代語言，則推舉了兩位代表——「毛澤東同志和魯迅先生」，因為他們「是使用這種活潑、豐富、優美的語言的模範。在他們的著作中，表現了我國現代語言的最熟練和最精確的用法」。社論中不僅對兩位著作中所使用的語言進行了完全正面的肯定，而且對他們的語言運用技巧使用了幾乎堪稱完美的評價，說他們「都是精於造句的大師，他們所寫下的每一句話都有千錘百鍊、一字不易的特點。」這些評價所用的極端言辭，幾乎已經把兩位代表的所有文字供上了神壇，成了不可超越的最高標尺，在如今看來，或許這些評價的程度還可以商榷，但我們必須清楚當時語境中，這樣的表達背後，有其不可不為的內在動力和外在刺激，因為正確運用語言，絕不僅僅只是運用語言本身的事情，而是具有非凡的重大的政治意義。社論最後熱情地呼號：「我們應該堅決地學好祖國的語言，為祖國語言的純潔和健康而鬥爭！」〔註 37〕事實上，所謂的重大政治意義，應該才是新生政權關注和重視語言領域最重要的原因，因為當某一領域的建設已經被賦予了太多其他意義的時候，那麼，那些稍顯過分的評價也不算得什麼了。當語言領域成為國家「語言規劃」這只有力的大手開始發揮其威力的舞臺，不論是語言學的理論研究還是具體的文學創作或者文學評論，也必然就被一同裹挾進入了。

從這裡開始，作為低級形式的方言，其生存空間越來越窄了。在四十年代的解放區，方言還是那麼可愛的存在，那時，看完秧歌劇後，周揚覺得，秧歌劇非常熱鬧、很受群眾歡迎，而秧歌劇都是用方言進行演出的，秧歌劇寫的又都是老百姓的事，所以必須要用方言來創作和演出，並且他認為即便是話劇，如果是同樣的題材，也應該用方言來創作和演出。〔註 38〕而在此社

〔註37〕　《正確地使用祖國的語言，為語言的純潔和健康而鬥爭！》，《人民日報》，1951年 6 月 6 日。
〔註38〕　周揚《表現新的群眾的時代——看了春節秧歌以後》，見《周揚文集》（第 1卷），人民文學出版社，1984 年，第 448 頁。

論發表之後，周揚則表示，有些作家在語言上不用功，不做對人民語言的加工和提煉工作，在自己的創作中不適當地使用了方言土語，有些通俗文藝的作家，滿足於在自己的創作中繼續使用封建文藝的舊腔調，而不是努力學習身邊群眾的鮮活的語言，這是錯誤的。文藝家應該成為為了祖國語言的純潔健康而鬥爭的排頭兵，「他們的作品中的語言應當成為國民語言的模範。」〔註 39〕只要涉及語言問題，文學自然成為受到集中關注的領域，同一評論者對方言態度的一百八十度大轉折，也再次提醒我們這篇社論對語言生活產生的巨大影響。

與社論同時連載的語言學著作《語法修辭講話》，不僅在具體的技術操作層面提出了「漢語規範化」的具體要求，還促進了現代漢語語法學的研究，為現代漢語的最終確立進行了必要的學術準備，其中有代表性的包括呂叔湘《語法學習》（中國青年出版社，1953 年）、張志公《漢語語法常識》（中國青年出版社，1953 年）、李榮《北京口語語法》（中國青年出版社，1952 年）、曹伯韓《語法初步》（工人出版社，1952 年）。另外，關於民族共同語和標準語的討論，也集中而熱情地展開了，1952 年創刊的《中國語文》是主要陣地。在現代漢語普通話呼之欲出的時刻，大語言學家的相關論述為普通話最終定義的形成做了充足的準備，如王立的《論漢族標準語》、周祖謨的《根據斯大林的學說論漢語標準語和方言問題》、周有光的《拼音文字與標準語》、拓牧（杜松壽）的《漢語拼音文字的標準語問題》，這幾篇論文集中發表在 1954 年 6 月號的《中國語文》上。隨後，緊承《人民日報》社論的精神，還提出了「漢語規範化」的問題，這一概念，對中國語言文字和中國文學的影響深刻而持久。語言學家紛紛撰文討論漢語規範化，如林燾的《關於漢語規範化問題》〔註 40〕、羅常培的《略論漢語規範化》〔註 41〕、王力的《論漢語規範化》〔註 42〕。正如王力描述的那樣，在二十世紀五十年代，中國的語言學領域異常活躍，而且其「學術」的意義尤為巨大，不再只是專家們的「學術」，「而是有巨大實踐意義的、為語言教育服務的科學了。」〔註 43〕客觀地看，

〔註39〕 周揚《毛澤東同志〈在延安文藝座談會上的講話〉發表十週年》，見《周揚文集》（第 2 卷），人民文學出版社，1985 年，第 153～154 頁。
〔註40〕 發表於《中國語文》，1955 年 8 月號。
〔註41〕 發表於《中國語文》，1955 年 10 月號。
〔註42〕 發表於《人民日報》，1955 年 10 月 12 日。
〔註43〕 王力《語言的規範化和語言的發展》，載《語文學習》，1959 年第 10 期。

這些研究都為接下來召開的兩個重要會議做了必要的學術準備。

1955 年 10 月 15 日至 23 日，全國文字改革會議在北京召開，國務院副總理陳毅、中國科學院院長郭沫若、文化部部長沈雁冰、教育部部長張奚若等分別發表講話和報告，中央宣傳部副部長胡喬木做了總結發言，他指出，「語言的這樣不統一，當然大大地妨害了我們的民族在政治上、經濟上、文化上的統一。」「語言這樣的不統一，也使得語言本身的發展受到很大的障礙，語言本身也不能夠順利地發展。」「以北京語言為標準音，同樣是一個歷史發展的必然的結果。」「北京音已經取得了全國公認的地位。」〔註44〕胡喬木把對於語言統一的認識提高到民族統一的高度來看待，同時還提及的北京語音的標準地位，這和斯大林的語言觀念是一脈相承的。在這次會議的決議中，也再次確認「推廣以北京語音為標準音的普通話——漢民族共同語，是適合全國人民的迫切要求和我國社會主義建設的需要的」。〔註45〕這些提法，在隨後召開的另一個重要會議上得到了學術界的進一步的認定。

1955 年 10 月 25 日至 31 日，現代漢語規範問題學術會議在北京召開，會議由中國科學院哲學社會科學部組織召集。「會議的主要任務是：(1) 明確現代漢語規範化的必要性和可能性；(2) 對漢語規範化的一些原則性問題進行討論；(3) 動員全國語文工作者共同進行漢語規範化的工作。」〔註46〕會議的主題報告是羅常培、呂叔湘合作的《現代漢語規範問題》〔註47〕，這份報告的影響力絕不僅僅限於此次會議，報告中的相關提法、觀念，不僅成為今後共和國相關語言政策的決策基礎，而且「規範」制約下的中國文學的生長，也與此緊密相關。報告中主要談及三個方面的問題，第一個問題是此時提出規範化的時機：「我們正在飛躍地前進。」正是基於這「飛躍地前進」的時代背景，我們需要一種共同的語言，什麼樣的共同語言呢？「我們所需要的是一種高度發展的語言，我們所需要的是一個統一的、普及的、無論在它的書面形式或是口頭形式上都具有明確的規範的漢民族共同語。只有這樣一種民族共同語才能夠勝利地

〔註44〕 胡喬木《在全國文字改革會議上的發言》，見《胡喬木談語言文字》，人民出版社，1999 年，第 94～135 頁。
〔註45〕 蘇培成主編《當代中國的語文改革和語文規範》，商務印書館，2010 年，第187 頁。
〔註46〕 蘇培成主編《當代中國的語文改革和語文規範》，商務印書館，2010 年，第189 頁。
〔註47〕 參見蘇培成主編《當代中國的語文改革和語文規範》，商務印書館，2010 年，第 190～194 頁。

擔當團結人民，發展文化，提高人民文化生活水平的重要任務。」這一段表述非常客觀地表達了當時的時代特徵，雖然「飛躍地前進」或許只是一種豪情萬丈的想像和期盼，但是，毫無疑問地，新的國家政權需要「統一的、普及的」民族共同語，這是開展一切政治經濟活動的基礎，也是保證統一國家真正達成統一的必需。報告認為，事實上目前的中國已經存在著這樣一種民族共同語，只是還存在不足，這個不足，主要是兩個方面的「不足」，一是還有很多群眾不會說普通話，還需要推廣普及；二是對文學語言的規範還不夠精密和明確。在語言改革這個領域，文學始終是最受關注的，這是由文學自身的基本特性決定的，就像畫家作畫使用顏料一樣，作家寫作肯定依賴語言文字，自然地，文學語言成為「規範化」特別關照的對象，也是情理之中，至於規範和個性之間的間隙、至於文學的文學性對個性化的要求、至於作家們從思想認同到具體實踐之間的長路，是不會在此時受到注意的，因為不同歷史時期、不同階段的主要矛盾和主要問題顯然不同，現在的中國，要做的是語言規劃，和晚清時幾個文化之士的書齋妄想全然不同，和民國時期節奏緩慢的「運動」也不同，憑藉新生政權強大的生命力，主流語言學家們也正迎來他們新的學術生命歷程，語言問題成為政治的一個重要組成部分。

《現代漢語規範問題》的第二個部分主要討論了現代漢語規範化的一些原則問題。第一個問題是民族共同語形成的途徑以及民族共同語與方言的關係。這其中最引起我們注意的是關於文學語言與方言的描述，報告中提到，「從歷史上看，文學語言（白話）的方言基礎顯然比北京話大，要重新把它的語法和詞彙限制在北京話範圍之內，顯然是不可能；我們只要求它內部一致，不混亂。」如果不是閱讀歷史文獻，面對後來被規範後的文學語言，我們會想當然以為當初語言學家的建議是否就是單調而嚴格的，而事實上，語言學家的要求的規範僅僅是「內部一致，不混亂」，可見，使得後來文學語言有些單調、乏味甚至板結的原因，是複雜的，至少可以肯定的是，其原因不單是語言學家所倡導的「規範化」，還有很多其他因素。僅就這一點來說，所謂的「內部一致，不混亂」這一提法本身的內涵、外延界定不清，也是一個問題。第二個問題說到了現代漢語規範化的對象和標準。「『語言規範化』的『語言』指的是民族共同語，民族共同語的集中表現是文學語言，文學語言的主要形式是書面形式，所以規範化的主要對象是書面語言。」以上說明了語言規範化的範圍和對象，報告進一步指出，什麼是現代漢語的規範？「現

代漢語的規範就是現代的有代表性的作品裏的一般用例。」這個標準看似是明確地提出了，可確實還不夠清晰明白，實施起來就更難把握了，唯一清楚明白的就是，文學語言是「規範化」的主要對象。第三個問題是語言規範化和語言發展及個人風格的問題。「語言有一定的穩固性，具體表現在確定的規範上；但是語言是發展的，所以語言的規範也不可能一成不變。」說到文學語言，報告中還是對它的相對自由的特點進行了描述，說文學語言裏可以有個性有自由，說話也是，可以有個性有自由，但是「不能有『不通』的自由，這是語言作為人類社會交易工具不可避免地要產生的限制。」報告中的用詞、表述，對於文學語言的特殊性，是有相當的認識瞭解的，對於規範的限度也是有比較準確的把握的，只是，從語言學家的設想到具體的文學實踐，再加上轟轟烈烈的各種語言運動的助力，最終呈現在文學文本上的語言狀況和語言學家當初的設想並非是簡單的因果關係。這一部分的最後一個問題是語言規範化和語言學家的責任，「漢語規範化是符合漢族人民乃至全中國人民的利益的，因而已經形成一種強烈的要求。我們相信，所有的語言學家都會採取合作的態度，熱情地負擔起這個光榮的任務。」在漫長的中國歷史上，語言學家從來沒有受到過如此重視，扮演過如此重要的角色，「光榮的任務」本身也從來沒有像這個時代那樣金光閃閃。

　　報告的第三個部分主要談了規範化工作的一些具體實施細則的建議，比如加強宣傳、採取行政措施、開展研究等，還具體列出了一些具體的研究項目，包括普通話語音的研究、語法研究、修辭學和邏輯、詞典、方言調查、漢語史研究、教材和教學法的研究。總的來說，這份報告從理論方面為「漢語規範化」奠定了寬闊的基礎，立足實踐，報告又做了提綱挈領和具體可行的建議，其政治意義和學術地位都非常重要。

　　胡喬木沒有參加會議，但在會議結束的當晚，他和代表們有一次談話，基於他本人身份的特殊性，談話中提及的一些觀點，相當值得注意。比如他說「規範不等於法則。」要追求語言規範化，並不是要強迫人們僅僅找一某一種方式來使用語言，而是要求語言學家們去發現這些既存的法則，並在這些發現之上去建立相應的標準，並且「推行這個標準，來影響語言的發展。這就是實現規範化。」這裡提到，規範化不是強迫，但同時要求語言學家依據標準來影響語言的發展，耐人尋味。比如「推行普通話以後，方言是不會馬上消失的。如果有人願意說方言，沒有人禁止他。但是方言的活動範圍一

定越來越小，爲了民族的利益，爲了民族文化的發展，我們歡迎這種趨勢。」「方言在逐漸衰亡過程中仍然爲一定地區的人民服務，我們用不著歧視它，但是不要擴大它的影響。」「現在擴大方言影響的不是地方戲，而是一部分作家，他們喜歡用大量的方言寫作，這種做法對於民族文化的發展有阻礙的作用。」〔註48〕與學者報告相對冷靜客觀的表述不同，政治人物的表達有著更爲鮮明的傾向性，作家，尤其是用方言寫作的作家，對民族文化的發展都產生阻礙了。由此可以知道，方言的在作品中的去留再次成爲一個關涉宏大背景的方向性問題，然後，方言寫作的退場幾乎就成爲必然上演的劇目了。

　　全國文字改革會議和現代漢語規範問題學術會議兩大會議在共和國成立之初召開，其在中國歷史上的價值遠非會議所討論的那些語言文字本身的內容可以承載，實際上，這裡已經暗含了另一層意思，即在新生政權建立的初期，在民族統一基本完成的歷史條件下，語言文字的重要性和戰爭時期槍炮的重要性是一樣的，它關涉著宏大的背景和主題，就像槍炮如何並不直接決定戰爭走向一樣，語言文字工作也並不直接參與國家建設，但是，一旦他發揮作用，或者發揮好政治上需要的作用，其力量又是無限強大的。爲了宣傳這兩次會議的精神，1955 年 10 月 26 日，《人民日報》再次發表了又一篇和語言文字相關的社論，題爲《爲促進文字改革、推廣普通話、實現漢語規範化而努力》，從社論題目上就反映出了這一時期語言文字工作的三項重點，也是兩次會議中分別研討的幾個大項。社論認爲「這兩次會議標誌著中國文字改革和漢語規範化工作的開端」，接下來分析了文字改革工作、介紹了簡化漢字的政策，特別對推廣普通話工作發表了評論，社論中說：「無論爲了加強漢民族的政治、經濟、文化的統一，爲了順利地進行社會主義的建設，爲了充分發揮語言在社會生活中的交際作用，以至爲了有效地發展民族間和國際間的聯繫、團結工作，都必須使漢民族共同語的規範明確，並且推廣到全民族的範圍。這是完全符合全民族的當前迫切需要，也完全符合漢語歷史發展的實際情況的。」推廣普通話這個話題，在兩個會議中都進行了討論，但是都沒有把它與文字改革並列起來，而是當做文字改革的一個方面來談的，但這篇社論中卻把它與文字改革、漢語規範化並列，這是值得注意的地方。

〔註48〕　《現代漢語規範問題學術會議紀要》，見現代漢語規範問題學術會議秘書處編《現代漢語規範問題學術會議文件彙編》，科學出版社，1956 年版，第 237頁。

　　「在漢語近幾百年的發展中，已經逐漸形成一種民族共同語，這就是以北方話爲基礎方言的『普通話』。」〔註49〕這是現代漢語規範問題學術會議上用到的關於「普通話」的描述，似乎「普通話」這一概念已經不證自明了。然而，這一影響深遠的概念，是在隨後的另一份權威文件中進一步確定下來的，這就是國務院於 1956 年 2 月 6 日發布的《關於推廣普通話的指示》，指示中提到，「漢語統一的基礎已經存在了，這就是以北京語音爲標準音，以北方話爲基礎方言，以典範的現代白話文著作爲語法規範的普通話。」其中，關於漢民族共同語「普通話」的定義，從語音、詞彙、語法三個方面對普通話進行了規定，一直沿用至今，雖然其中的參照物本身或許不甚嚴謹。比如，北京語音是自然形成的方言語音，它如果就是普通話語音的標準，那麼是否北京語音就是普通話音呢？顯然不是，這從普通話的實際發音和普通話審音委員會的存在就可以知道，那麼，自然語音和普通話標準音的界限在哪裏？比如，北方話是普通話的詞彙基礎，哪些方言算是北方話？哪些詞彙具有進入標準語的資格？事實上並沒有明確具體的標準。還有，作爲普通話語法規範的「典範的現代白話文著作」，到底是個什麼範圍？僅僅是「毛澤東同志和魯迅先生」？還是有更多？是否典範的評判標準何在？

　　儘管如此，政治上的統一大局已經決定了語言統一的服從性和必然性，雖然學理概念仍有待進一步清理，但光芒萬丈的「普通話」的陽光在強大體制的配合下，正灑遍祖國大地。國務院指示發布之後，推廣普通話運動在各地區、各行業大張旗鼓地開展起來。「在 1956 年到 1958 年那段時間裏，我經常出差，無論在飯店、賓館，或者在公共汽車上，聽見大部分工作人員講普通話。大家以講普通話爲樂，以講普通話爲榮。」〔註 50〕「漢語拼音之父」周有光也回憶說，在推廣普通話運動達到高潮的那幾年，全國各地、各種公共場所，都有「請說普通話」的標語，不少地方，掀起了學習使用普通話的熱潮，「在北方話區小方言地點的山西萬榮，人們說：這裡是小北京。」〔註51〕「普通話」，這個具有神奇力量的概念，它對中國社會和中國文學造成的革命性變化，才剛剛開始。

〔註49〕　羅常培、呂叔湘《現代漢語規範問題》，見現代漢語規範問題學術會議秘書處
　　　　　編《現代漢語規範問題學術會議文件彙編》，科學出版社，1956 年，第 5 頁。
〔註50〕　張志公《普通話和語文教育》，見《張志公自選集》（下冊），北京大學出版社，
　　　　　1998 年，第 707 頁。
〔註51〕　周有光：《文改漫談》，見《語文風雲》，文字改革出版社，1980 年，第 22 頁。

二、普通話寫作：中國當代文學的新面貌

傳統的中國現當代文學的研究中，以1949年為界，將中國新文學劃分為中國現代文學和中國當代文學。「當代文學」，似乎與共和國成立前的新文學，有著巨大的不一樣，因此，一直以來沿用的這一稱呼事實上不僅是對歷史時期的照應，其實也具有其文學上的特殊意義。語言質地上差距極大的文本，誘導著我們去探尋，「中國當代文學」之「當代」的特殊意義。這個「當代」的意義，落實在語言層面，就是普通話寫作。那麼，實施普通話寫作的作者是誰？他們的思想經歷了怎樣的改造以適應普通話寫作？普通話寫作在具體實踐中是如何實現與五四白話的「決裂」的？這是本書試圖探索的問題。

「一是組織人事制度的『集約化』管理；二是連續不斷的文藝思想鬥爭的實施。」〔註52〕這是幾乎得到普遍認同的在建國初期通過制度規約作家思想的有效途徑。組織制度的「集約化」管理，其效應是立竿見影的，作家們的基本生活得到了制度保障，他們大多在文聯、作協、高校、出版社、文化館等單位工作，這些單位是捧著的「鐵飯碗」的國家單位，在單位體制中，除了能夠得到基本的工資福利之外，還有稿酬。作家的生存狀況與之前幾乎完全依靠稿酬的時代，確實有了翻天覆地的變化，這樣的情況下，作家們還怎麼可能散步式地寫作？這時的寫作，和工人、農民的勞作，在性質上是沒有區別的，都是社會主義建設的一部分。尤其是一些「出身」不好的作家，他們除了無限地頌揚和感激新社會、新時代，就是不斷地改造思想、改造自己，只有經過了改造的思想，才是符合時代要求、跟得上時代腳步的思想和寫作，他們的工作，除了為社會主義事業添磚加瓦，似乎再無別的選項。以前的很多研究多偏重這一「體制」對作家的規訓和制約作用，事實上，我們也必須看到，即便是面臨同樣的環境，進入同樣的「體制」，其個人選擇還是不盡相同的，有的就此擱筆，有的趕忙「修改」舊作，還有的積極主動投身改造，試圖用新的筆書寫新的時代。這是我們在距離那個時代有了一些距離，站在一個相對客觀的視角，去回顧他們的選擇，但是，我們同時也必須清醒地意識到，不管作家自身的「思想」被改造得如何，或許你已經做出選擇，或許你還在思考中，但那個激進的紅色年代是由不得個人的猶豫，阻礙歷史潮流的奔湧的。周揚在《整頓文藝思想，改進領導工作》中提醒那些在老解

〔註52〕 李怡《現代性：批判的批判》，人民文學出版社，2006年，第260頁。

放區已經經過了改造的同志，不能掉以輕心，不要以爲參加了延安的整風，自己就是沒有問題的了。因爲有些經過了整風的同志，到了新環境中，受到各種資產階級和小資產階級思想的影響，就露出了小尾巴，因爲知識分子本是小資產階級出身，所以就容易因爲這種聯繫而表現出小資產階級的作風，相反，這些小資產階級出身的知識分子和工農兵大眾之間的聯繫，又是鬆懈的、容易扯斷的。說到新解放區的沒有經過改造的同志，周揚認爲，他們的思想感情根本就沒有改變。因此，「今天，全國的文藝工作者絕大部分都是需要改造的。」〔註53〕按照新生政權的階級出身劃分，絕大多數知識分子的「出身」都是帶著「原罪」的，其實原因很簡單，想想除了像在解放區走上文壇的趙樹理這樣的少數農民作家，在中國當時那樣的社會經濟條件下，能夠舞文弄墨的，哪個不是正因爲有那樣的出身才可能因爲具備識文斷字的各種基礎，才可能成爲作家的？這樣的階級話語，對於知識分子從被動到主動地參與思想改造，是非常重要的思想準備。

　　爲什麼我們要這樣來理解人事制度和思想改造呢？尤其是在當代文學這個領域。因爲，一切行爲的核心是人，我們既然關心共和國成立後中國文學發生的巨大變化，就必然要關注創造出這些文字的人，即作家。作家也是一個個眞實的人，尤其是那些在共和國成立前已經進入文壇甚至已經享有文名的作家，他們的智慧和能力幫助他們做出的選擇，都是反映時代特徵同時也反映個人意志的。強大的政治邏輯、時代環境的變遷以及作家個人的思考，都促成了思想改造的進行。丁玲曾對自身有這樣的剖析，她說，像自己這樣的知識分子，不可否認的，一般都是小資產階級出身，所以思想言行都帶著本階級的情緒，爲小資產階級說話。但自從認識了社會的黑暗、接受了進步的理論、認識了眞理，打算脫離小資產階級、投身到無產階級當中來的時候，他們就發生了轉變。但是，她進一步反思到，知識分子的出身決定了自己並沒有和孫悟空一樣陡然一變的本事，再加上自己的知識和文學教養裏也有很多複雜的思想和情趣，使得自己要「眞正地脫去小資產階級知識分子的衣裳」、脫去原有的「欣賞、趣味、情致」，是非常難的。「必須有一個長期而刻苦的學習才能完全清除乾淨的。」〔註54〕這是接受了思想改造的教育、並進

〔註53〕　周揚《整頓文藝思想，改進領導工作》，見《文藝工作者爲什麼要改造思想》，人民文學出版社，1952 年，第 16 頁。

〔註54〕　丁玲《丁玲論創作》，上海文藝出版社，1985 年，第 204 頁。

行了自我思想改造後的作家心聲，這樣的改造和清洗，將會在創作的題材、主題、人物、語言等各個方面對文學面貌產生重要的影響。

　　毛澤東對文藝問題和知識分子的思想改造歷來十分重視，在 1933 年，他為中共中央起草的《大量吸收知識分子》的決定中就曾提出要吸納知識分子進入統一戰線，才能取得革命的勝利，同時他也一貫提倡必須對知識分子加以改造，「使他們革命化和群眾化，使他們同老黨員老幹部融洽起來，使他們同工農黨員融洽起來」。〔註55〕毛澤東對知識分子思想改造的重視，是其一貫的文藝主張，在延安文藝座談會上，他進一步明確地指出：擺大道理，群眾不賞識、不買賬，「你要群眾瞭解你，你要與群眾打成一片，就得下決心。經過長期的甚至是痛苦的磨練。」〔註 56〕他還自己現身說法，說以前的自己也覺得知識分子乾淨，工人農民比較髒，革命後，感情發生了扭轉性的變化，「由一個階級變到另一個階級。」現身說法的目的在於最終的結論，那就是「我們知識分子出身的文藝工作者，要使自己的作品為群眾所歡迎，就得把自己的思想感情來一個變化，來一番改造。」〔註 57〕《講話》是中國共產黨文藝政策的一個綱領性的文件，毛澤東的想法、說法，都深刻地影響了文藝領域的方方面面。具體到這一歷史時期來說，對作家的思想改造仍然是按照這一思路進行的。1949 年的第一次文代會召開，作家們帶著各自不同的歷史走進大會，走進新時代，發自內心的跟上時代的聲音是自發的、主動的，其相應的調整和轉變也是可以理解的，然而，也許因為第一次文代會後短短的兩三年時間，並沒有針對文藝界的大規模清算和批判，作家們可能也還沉浸在對新的社會主義國家的美好想像中，可是，政治人物的觀察和判斷還是準確的，胡喬木認為，那些參加了第一次文代會並且在會上舉過手的作家，看起來好像是對毛澤東的文藝工作指示的充分贊同，但事實上，可能不見得是真正切實地瞭解了毛澤東的思想和其指示的內容，「他們對於文藝工作仍然抱著小資產階級或資產階級的見解。」〔註58〕

〔註55〕毛澤東《大量吸收知識分子》，見《毛澤東選集》第二卷，人民出版社，1991年，第 619 頁。

〔註56〕毛澤東《在延安文藝座談會上的講話》，見《毛澤東選集》第三卷，人民出版社，1991 年，第 851 頁。

〔註57〕毛澤東《在延安文藝座談會上的講話》，見《毛澤東選集》第三卷，人民出版社，1991 年，第 851～852 頁。

〔註58〕胡喬木《文藝工作者為什麼要改造思想》，見《文藝工作者為什麼要改造思想》，人民文學出版社，1952 年，第 1 頁。

　　毛澤東親自發動或支持的對電影《武訓傳》的批判、對俞平伯《紅樓夢研究》的批判、對胡風文藝思想的批判等，使得文藝界不再平靜，身處其中的作家也不得不做出調整，有些學者認爲，「對知識界的多次思想清理運動，徹底改變了知識分子的言說方式，他們甚至不知道用什麼樣的方式來表達自己誠懇接受改造、轉變思想的決心和勇氣。」〔註59〕是的，這種改變由外及裏，作家思想改造的直接後果是，不僅作品數量、題材、主題等迅速收縮，向著工農兵文學的方向集聚，而且在語言層面，發生了巨大變化。學者錢理群點出了二十世紀四十年代具有代表意義的作家的作品：解放區的周立波式和趙樹理式；張愛玲、廢名、路翎、穆旦自己的語言實驗；蕭紅的《呼蘭河傳》、駱賓基的《幼年》；孫犁的《荷花澱》、趙樹理的《孟祥英翻身》；老舍的《四世同堂》；馮至的《伍子胥》；曹禺的《北京人》、《家》。論者認爲，這些作品的語言都從各自作家不同背景和感受出發，形成了各具特色的文學語言。總體上說，到二十世紀四十年代，「國語的文學」成熟起來。〔註60〕那麼，相比於 40 年代的繽紛多元，作爲中國當代文學的開端，運用普通話寫作的 50 年代的工農兵文學語言規矩、硬朗，甚至板結。

　　帶來這種巨大變化的因素首先是作家，比如當時的新作家陳登科、高玉寶等甚至連小學都沒有畢業，很難想像其擁有天生的文字功底，而曲波、杜鵬程等的作品主要依靠編輯在後期的巨大努力，但是，就算是編輯已經耗費大量心血，這些作品本身的文字功底不怎樣，也是不爭的事實。這些作家作品的推出，最主要的原因就是他們出身工農而且作品的思想、主題符合政治需要。在梳理二十世紀五十年代的文學歷史時，這些新的作家作品是被作爲成就而記錄下來的，《文藝報》編輯部的《十年來的文學新人》，就是這樣一份清單。〔註61〕然而，在二十世紀五十年代，時代語境發生了翻天覆地的大變化，那些早已成名的作家，一時不知所措，小說家們「寫不出新的長篇，只好不惜代價去修改舊作。這就形成了 50 年代初的長篇小說修改浪潮。」〔註62〕這是小說領域的一

〔註59〕　孟繁華、程光煒《中國當代文學發展史》（第 2 版），中國人民大學出版社，2008 年，第 8 頁。
〔註60〕　錢理群《關於 20 世紀 40 年代大文學史研究的斷想》，載《中國現代文學研究叢刊》，2005 年第 1 期。
〔註61〕　刊於《文藝報》，1959 年 19 與 20 期合刊，慶祝建國十週年專號（二），1959 年 10 月 26 日，陳聰整理。
〔註62〕　金宏宇《中國現代長篇小說名著版本校評》，人民文學出版社，2004 年，第 18 頁。

個現象，這從一個方面反映出當時一些作家的困境和他們採取的主動適應的策略。在詩歌領域，以馮至 1955 年編的《馮至詩文選集》為例，當時做了一些修改，馮至後來自己認為「如今回想，還是刪改得多了一些。」〔註 63〕這裡我們試舉兩例用以對照，如下正文部分為 1955 年人民文學出版社出版的《馮至詩文選集》中的版本，括號部分為北平沉鐘社 1929 年出版的《北遊及其他》中的版本。

我只能……

我只能歌唱，（我只能為你歌唱，）
歌唱這音樂的黃昏——
它是空際的遊絲，
它是水上的浮萍，
它是風中的黃葉，
它是殘絮的飄零：
輕飄飄，沒有愛情，
輕飄飄，沒有生命！

我也能演出，（我也敢向你敘說，）
演出這夜半的音樂——（敘說這夜半的音樂——）
拉琴的是窗外的寒風，
獨唱的是我心頭的微跳，
沒有一個聽眾，
除了我自己的魂靈：（除了我眼兒睜睜的魂靈：）
死沉沉，沒有愛情；
死沉沉，沒有生命！

我怎樣才能譜出（我最怕為你想起）
正午的一套大曲——（那正午的一套大曲）
有紅花，有綠葉，有太陽，
有希望，有失望，有幻想，
有墳墓，有婚筵，

〔註 63〕馮至《詩文自選瑣記（代序）》，見《馮至選集》（第 1 卷），四川文藝出版社，1985 年，第 4 頁。

有生產，有死亡：（有產生，有死亡：）
歡騰騰，都是愛情，
歡騰騰，都是生命！

咖啡館（Café）

漫漫的長夜，（漫漫的長夜，我再也殺不出這漫漫的重圍，）
再也殺不出這黑夜的重圍，（我想遍了死的方法和死後的滋
味；）
多少古哲先賢不能給我一字的指導，
他們和我可是一樣地愚昧？（他們同我可是一樣地愚昧？）
——已經沒有一點聲音，
啊，窗外的雨聲又在我的耳邊作祟。（啊，窗外的雨聲又在我的
耳邊作祟！）

去，去，披上我的外衣，
不管風是怎樣暴，雨是怎樣狂，（不管風是怎樣暴，雨是怎樣
狂！）
哪怕是墳地上的鬼火呢，（那怕是墳地上的鬼火呢，）
我也要找出一粒光芒。（我也要尋出來一粒光芒！）

街燈似乎都滅了，
滿路上都是濘泥，（滿路上都是濘泥：）
我的心燈就不曾燃起，
滿心裏也是濘泥。（滿心裏也是濘泥——）
路上的濘泥會有人掃除，
心上的濘泥卻無法處理。（心上的濘泥可有誰來整理！）

我走入一座咖啡館，（我走入一座 Café，）
這裡炫耀著雜色的燈罩，（裏邊炫耀著雜色的燈罩，）
沒有風也沒有雨了，
只有小歌曲伴著簡單的音樂。（只有露西亞的小曲伴著簡單的音
樂。）
我望著那白衣的侍女，（我望著那白衣的侍女是怎樣蒼茫，）
我躲避著她在沒有人的一角，

　　　　她終於走到我的身邊，
　　　　我終於不能不對她微笑：（我終於不能不對她微笑！）
　　　　　　　　　　　　　　　（「深深的酒杯，深深地斟，）
　　　　　　　　　　　　　　　（深深的眼睛，深深地想——）
　　　　　　　　　　　　　　　（除去了你的肩頭，）
　　　　　　　　　　　　　　　（我的手已經無處安放。）

　　　「異鄉的女子，我來到這裡，
　　　　並不是爲了酒漿，
　　　　只因我心中有鏟不盡的濘泥，
　　　　我的衣袋裏有多餘的紙幣一張。」（我的衣袋裏有多餘的紙幣一
　　張！」）
　　　　我望著她一副不知愁的面貌，
　　　　她把酒不住緩緩地斟，
　　　　我的心並不感到一點輕鬆，（我的心中並不曾感到一點輕鬆，）
　　　　只是越發加重了，陰沉，陰沉……

　　《我只想……》一詩的刪改中，除了將「產生」改爲「生產」（根據上下文意思推斷，這處修改算是校正），其他的修改則直接將詩歌訴說的對象進行了變化，由一個眞實的小我向「你」訴說，直接變成了作者對著寬泛對象的籠統抒情，從詩歌所追求的眞摯情感的角度來說，毫無疑問地，修改後的作品不如修改前細膩眞誠。《咖啡館》一詩的刪改力度更大，首先，標題和正文中的法語詞Café 在新版本中直接翻譯成了漢語「咖啡館」，其次，標點符號有了比較大的變動，原詩中的大量表達熱烈情緒的驚歎號全部消失，從視覺形式上就把情感的溫度降下了好幾度。另外，這首詩的改動還體現在大量的刪除上，「我想過了死的方法和死後的滋味」「深深的酒杯，深深地斟，深深的眼睛，深深地想——除去了你的肩頭，我的手已經無處安放。」幾行詩句被完全刪掉，用來表達作者的極度苦悶的情緒的句子，用來展現「我」對「侍女」的情感表達的句子，被大刀闊斧地直接全部刪掉了，或許都是因爲這些意象或者場景不夠光明或者偉大吧。這首詩的刪改中還特別有意思的是一些詞彙的修改，明顯是「規範化」的產物，如「他們同我」改爲「他們和我」，「那怕」改爲「哪怕」，「尋出來」改爲「找出」，「裏邊」改爲「這裡」。當今天的我們拿著不同年代的兩本詩集在手中，去細看這些連後來作者自己都認爲「刪改得多了一些」的片段，當我們

面對標點符號的修改、詞彙的修改、整句整段的全部刪除時，時代的氣息正撲面而來。不僅文藝作品如此，就連學術寫作也有類似的遭遇。當時在《人民日報》連載語法學著作的作者，也在後來重版該書時提到「這本書的缺點是『過』與『不及』兩方面。『過』是說這裡邊有些論斷過於拘泥，對讀者施加不必要的限制。」所謂「不及」，一是指原來只說了用詞造句的規範，二是只說了怎樣怎樣的是不好的。也就是說，沒有從用詞造句說到段落篇章，也沒有舉一些正面積極的例子來說明如何如何就是很好的。「這樣，見小不見大，見反不見正，很容易把讀者引上謹小慎微，不求無功但求無過的路上去」〔註64〕

作家們「既然要寫工農兵，就不能不熟悉工農兵」，作家不但要熟悉工農兵生活的表面，還要熟悉工農兵生活的內涵，要全面深入地和工農兵結合，「這就是所謂作家的自我改造。這一改造的過程，有兩面：思想改造和生活改造。兩者須要同時進行，相輔相成。學習毛澤東思想，這是搞通思想的必要條件。擴大自己的生活圈子，到農村、工廠、部隊，去和工農兵一起生活，這是生活改造的必要條件。」〔註65〕為著工農兵文學的創作，作家的思想改造在持續進行，就像音樂作品最終會落實到音符的組合上一樣，文學作品，最終呈現為文字的組合，作家們應該怎麼樣用新的語言來書寫新的時代呢？「語言這東西，不是隨便可以學好的，非下苦功不可。第一，要向人民群眾學習語言。……第二，要從外國語言中吸收我們所需要的成份。……第三、我們還要學習古人語言中有生命的東西。」〔註66〕即便是今天讀來，這一段文字的高妙依然，毛澤東，作為一個一直對文藝投以相當目光的政治家，我們不得不佩服他對於中國文學的瞭解程度之深，或許這也和他本人同時也是一位作家有很大的關係吧，毛澤東在提到的語言學習的對象，正是在現代漢語從無到有的過程中豐富了甚至可以說直接構建了現代漢語的三個主要來源：口語／方言、歐化和古代漢語。事實上，作為一個基本的態度，就像1956年其提出的「百花齊放、百家爭鳴」一樣，僅從字面意思來理解，確實是非常具有高度的完全自由的文藝政策。然而，回到歷史，決不能僅僅只依靠隻言片語

〔註64〕 呂叔湘、朱德熙《語法修辭講話・再版前言》，中國青年出版社，1979年，第1頁。
〔註65〕 茅盾《為工農兵》，見《茅盾全集》（第24卷），人民文學出版社，1996年，第40頁。
〔註66〕 毛澤東《反對黨八股》，見《毛澤東選集》第三卷，人民出版社，1991年，第839頁。

的碎片化解讀。我們看看五十年代的文學，就可以非常清楚地看到「當代文學」的「當代」，和之前的「現代」是完全不一樣的，普通話寫作和五四白話的寫作是完全不一樣的。

　　「五六十年代的『中心作家』，他們的『文化性格』具有新的特徵。」論者認爲，從作家的出生地到他們作品的取材地，都出現了地理上的轉移，這一轉移不是簡單的、表面的，而是「與文學方向的選擇有密切關係」。從當年重視才情、學識和市民、知識分子，到如今關注政治、社會，「這提供了關注現代文學中被忽略領域的契機，也有了創造新的審美情調、語言風格的可能性」。〔註67〕「進入共和國之後，『戰時』的文藝主張被移植到和平時期，局部地區的經驗被放大到全國範圍」。〔註68〕是的，誠如學者們所說，重要的地理、政治的變化首先帶來當代文學有可能創造新的文學情趣的可能性，這是一個新鮮的充滿誘惑的契機，而政治領導者將一個局部地區的經驗複製放大至全國之後，會有什麼樣的影響呢？「解放區文藝作品的重要特色之一是它的語言做到了相當大眾化的程度。語言是文藝作品的第一個因素，也是民族形式的第一個標誌。」〔註69〕正如本書前面章節討論過的那樣，40年代的解放區，不論是借用「民族形式」的討論來宣傳黨的文藝思想還是整個「趙樹理方向」的公共構建，確實是一次成功的語言計劃，將這樣的經驗複製擴大後，會產生什麼樣的影響呢？

　　在語言統一已成大勢的情況下，普通話寫作攜其強大的優勢力量而來，即便是方向作家本人，最熟悉和喜愛群眾語言的趙樹理也宣稱，作爲山西人，他說話說的是山西話，而在寫作中就不一定要用方言了，但是要注意使用的程度和範圍，「作品中適當用方言，使作品有地方色彩，亂用了也會搞糊塗。」〔註70〕爲什麼最好不用方言呢？因爲地方語彙只有掌握這種方言的讀者才能看懂，所以不管它本身多麼風趣生動，也會妨礙讀者的欣賞。「所以也最好不用。」〔註71〕本書前面梳理過的華南的方言文學運動的虎頭蛇尾也是與此緊

〔註67〕 洪子誠《中國當代文學史》（修訂版），北京大學出版社，2007年，第29頁。

〔註68〕 孟繁華、程光煒《中國當代文學發展史》（第2版），中國人民大學出版社，2008年，第3頁。

〔註69〕 周揚《新的人民的文藝》，見《周揚文集》（第1卷），人民文學出版社，1984年，第513、518頁。

〔註70〕 趙樹理《趙樹理論創作》，上海文藝出版社，1985年，第222頁。

〔註71〕 趙樹理《趙樹理論創作》，上海文藝出版社，1985年，第230頁。

密相關的。因為，是否使用方言進行文學創作，已經不是關於創作方法的個人選擇了，語言的使用，成為時代的選擇，而時代的選擇是什麼呢？是唯一的統一的普通話，用語言文字來創作的文學自然應該是語文規範化的典範承載體。夏衍表示，「我們必須把語言的統一、漢語規範化當作一個嚴肅的政治任務，」所以，語言混亂的現象是在政治上損害人民利益的，群眾容易把文藝工作者的語言當做示範，因此，「在大力推廣普通話和實現漢語規範化工作中，文藝工作者的責任是特別重大的」，〔註72〕作家們在這個運動中應當負起責任，盡到我們推進語言統一的力量，這是個重要的政治任務」，〔註73〕這是老舍對於語言和政治的真誠的理解。因為文藝工作者是要在語言規範化的戰鬥中當好排頭兵的，語言規範化是通過一部部具體的文學作品來承載和體現的，作品必須成為語言規範化的樣本，「所以在文藝作品裏應當儘量控制方言土語的使用」。〔註74〕如此等等，通過思想、制度、生活等各個方面的控制，要求作家「換語」的強大政治力量強大到了對作家文本的直接而細緻的干預，具體的向度就主要表現在毛澤東提及的三個方面：歐化、方言、文言。

　　什麼是歐化呢？「就是直用西洋文的款式，方法，詞法，句法，章法，詞枝，（Figure of Speech）……一切修辭學上的方法，造成一種超於現在的國語，歐化的國語，因而成就一種歐化國語的文學。」〔註75〕「歐化的白話文就是充分吸收西洋語言的細密的結構，使我們的文字能夠傳達複雜的思想，曲折的理論。」〔註76〕。歐化，是從中國新文學誕生之初就一直伴隨著文學創作和文學批評的詞彙，客觀地說，沒有歐化，也就沒有現代漢語，現代漢語在詞彙、語法方面與外來語的關係是沒有辦法完全剝離開來的關係，可以說，沒有歐化，就沒有目前這套區別於古代漢語的現代漢語。更進一步說，歐化豐富和擴大了文學語言的材料、質地和視野，為文學語言注入了新鮮的體驗，發展了誕生不久的白話文學語言。然而，二十世紀五十年代的歷史語境中，歐化絕不僅僅是學理上的討論，這是與思想純潔相對應的語言純潔的具體表現，是統一的國家

〔註72〕　夏衍《文藝工作和漢語規範化》，載《人民日報》，1955 年 12 月 14 日。

〔註73〕　老舍《大力推廣普通話》，載《人民日報》，1955 年 10 月 31 日。

〔註74〕　周定一《論文藝作品的方言土語》，載《中國語文》，1959 年第 5 期。

〔註75〕　傅斯年《怎樣做白話文》，見《中國新文學大系‧建設理論集》，上海良友圖書印刷公司，1935 年，第 223 頁。

〔註76〕　胡適《中國新文學大系‧建設理論集‧導言》，載胡適編選《中國新文學大系‧建設理論集》，上海良友圖書印刷公司，1935 年，第 24 頁。

需要統一的語言這一基本邏輯支配下語言政策的要求，因此，糾正自己的歐化傾向，就是糾正自己不正確的思想傾向，當紅作家丁玲在回顧自己的創作歷程時談到，她的創作受到五四翻譯作品的影響，寫了一些扭曲的歐化的句子。〔註 77〕《紅旗譜》的作者梁斌也檢討自己，當初由於讀五四新文學作品和翻譯作品多，「一般的只會使用書面上的語言，沒有自己的語言，寫出的東西不新鮮，不活潑。」〔註 78〕是的，新鮮、活潑之類的詞彙，因為有了加上了政治正確性在其中，成為作家進行語言自我修正的判斷標準，那麼，與之相對的，是否方言口語、群眾語言就是新鮮活潑的呢？所謂工農兵的語言是否就是工農兵正在使用的口中的語言呢？彷彿也不盡然。

從語言規範化和推廣普通話的角度出發，語言學家提出了他們的見解，「有些作家喜歡在作品裏大量地使用方言，不但用在人物對話裏，也用在敘述部分，這對於普通話的確立和推廣是有妨害的。這個問題在當年曾經有過不止一次的爭論。主張用方言的理由是：既然寫的是某地方的事情，這裡的人說的是這樣的話，只有照著寫才有表現力，才能產生真實感。這個理由是站不住腳的。」為什麼呢？因為文學作品並非生活事實的簡單記錄，情節是可以經過作家的加工和想像的，那麼加工語言又為什麼不可以呢？而且，文學作品並不是專門指定寫給哪一個區域的人讀的，所以使用方言是不合適的。「現在廣大讀者對於某些文學作品裏不適當地運用方言很有意見，這種意見是應該傾聽的，——為了文學語言的健康發展，為了集體的利益。當然，有時候有表示地方色彩的地方，必須用幾個方言詞語。屠格涅夫、托爾斯泰、高爾基的作品裏，都有這樣的例子。問題在於怎樣掌握分際，這是有修養的作家一定會考慮到的。」〔註 79〕聯繫到建國初期以《文藝報》為中心展開的關於方言文學的討論，聯繫到茅盾對方言文學從大力支持到文代會時的一筆帶過，或許我們可以窺知方言土語在這一時期幾乎也和需要被純潔的思想一樣，屬於被規訓的對象。正如上面引文中提及的那樣，語言學家對文學語言的建設充滿熱情，而且也提出一些相對公允的看法，必須使用方言詞的時候是可以使用的，「問題在於怎樣掌握分際」，這

〔註 77〕 丁玲《跨到新的時代來——談知識分子的舊興趣與工農兵文藝》，載《文藝報》第 2 卷第 11 期，1950 年 8 月 25 日。
〔註 78〕 梁斌《談創作準備》，見《創作經驗漫談》，人民文學出版社，1979 年，第 286 頁。
〔註 79〕 羅常培、呂叔湘《現代漢語規範問題》，見現代漢語規範問題學術會議秘書處編《現代漢語規範問題學術會議文件彙編》，科學出版社，1956 年，第 17 頁。

樣的表達在理論倡導上或許並無太多偏頗，但是，文學語言的創作和修煉最終還是得落到作家的筆頭，這一時期作家們對此的看法有一個基本的簡單衡量標準，即懂還是不懂。比如老舍認為，「有生動的方言，也可以用。如果怕讀者不懂，可以加一個注解。」〔註80〕周立波說，他如果在作品中使用方言，為了能讓讀者明白，他會注意，要麼就是比較少地使用相對生僻的語彙，要麼即是加上注解，「三是反覆運用，使得讀者一回生，二回熟，見面幾次，就理解了。」〔註81〕這種理念或許就是那個年代出版作品幾乎都有大量「注釋」的原因。而葉聖陶就更加明確地指出，文藝工作者必須嚴格使用普通話的詞彙和語法，不能使用方言的詞彙和語法，在這一點上，文藝工作者和其他行業的工作者是一樣的，因為推廣普通話，「是作為一種嚴肅的政治任務提出來的。」〔註82〕這一看法可以說直接明瞭地說透了在語言規範化和推廣普通話的背景下，作家必須嚴肅對待方言問題的必然性。

那麼，作為一直存在著的中國統一的文學語言的文言呢？應該說，中國歷來都有一套統一的書面語，即文言文，正是這套古代漢語書面系統的穩定，連接了中國社會的治理結構；正是這套系統的穩定，造就了中國古代文學千年以來鍊字鍊句的文章工夫，才有了含蓄、雅致而又意蘊深厚的中國古代文學。五四新風吹來，外來思想的強力引進造成了一個文化劇變的風雲時代，而語言革命是其中火力最為集中之地。然而，必須承認的是，古代漢語絕對是現代漢語最主要的來源，從某種角度上也可以說，現代漢語是古代漢語發展到現代經由其他其他因素刺激融合而成的結果。五四時期反文言的思潮在價值觀上可能主要來自破舊立新的啟蒙衝動，而建國後對文言的規避就主要來自語言規範化的力量驅使了。這一語言來源的斷絕，很大程度上造成了普通話寫作的粗淺、單一，更值得我們進一步去挖掘和思考的，是某些普通話寫作的極力鼓吹者，比如葉聖陶，他一方面修改舊作，一方面熱情地加入普通話寫作，而另一方面，自己的書信、日記還是堅持使用文言。這和清末知識分子打算用拼音文字來開啟民智、自己卻依然堅守文言陣地，頗有幾分相似的文人心態：「古文是為『老爺』用的，白話是為『聽差』用的。」〔註83〕

〔註80〕 老舍《關於文學語言》，見《出口成章》，作家出版社，1964年，第75頁。
〔註81〕 周立波《關於〈山鄉巨變〉答讀者問》，載《人民文學》，1958年7月號。
〔註82〕 葉聖陶《關於使用語言》，載《人民文學》，1956年第3期。
〔註83〕 周作人《兒童文學小論：中國新文學的源流》（周作人自編文集，止菴校訂），河北教育出版社，2001年，第51～52頁。

對歐化、方言、文言的全面疏離，是要求語言「純潔」的結果，也是漢語規範化的要求，這一時期，語言學家成爲炙手可熱的專家，因爲普通話推廣工作的全面展開，文藝界對此也表達了相當的熱情，「文藝工作者重視語言規範化。就我接觸到的來說，有一個培養青年作者的機構叫文學講習所，就找我去講普通話與語法修辭；我還接到過一些電影製片廠的來信，就演員的某些臺詞、對話是否符合普通話的規範徵求意見。出版物重視語言規範化。」〔註 84〕語言規範化在社會各個方面的全面鋪開，確實方便了生產建設、加強了交流溝通，其積極意義和價值是不容匡正的。只是，文學語言是否應該完全納入嚴整的規範化篩子進行過濾？「規範化」應該執行什麼樣的尺度？或許，直到今天，這些問題依然只有理論上的設想而沒有成熟可行的實施規則。我們現在回顧建國後直至整個十七年間的文學，有哪些進入視野呢？散文方面的代表有：楊朔、秦牧、碧野、劉白羽等，詩歌方面的代表主要是創作政治抒情詩的郭小川、賀敬之、聞捷、李瑛等，小說方面主要有：杜鵬程的《保衛延安》、曲波的《林海雪原》、梁斌的《紅旗譜》、周立波的《山鄉巨變》、趙樹理的《三里灣》、柳青的《創業史》、楊沫的《青春之歌》等，老舍的《龍鬚溝》《茶館》、田漢的《關漢卿》《文成公主》等。這些作品的題材相對集中，語言也相對統一，總體上呈現出整齊、單一的語言狀態，這和四十年代的文學的豐富性有了巨大差異。在「五四」後十餘年間，胡適非常興奮的是，白話文學的歐化和方言化都在不停歇地發展，「就使白話文更豐富了。」〔註 85〕胡適所提的豐富白話文的來源，都在統一的語言規劃之下幾乎完全與規範化的漢語脫離了關係，這使得漢語的文學語言斷絕了來源，成了無源之水，再希望它能蜿蜒或者奔流，就成爲空中樓閣般的幻想了。

三、我們的母語：不能遺忘的方言

文學是語言的藝術，文學也是語言存在的家園，新文學語言的變遷隨著中國二十世紀的社會變遷而風浪迭起，長期以來，我們只把語言變遷作爲社會文化變遷的一個表現和支流，而隨著「語言學轉向」帶來的學術視角的變化，我們逐漸發現語言本質論的相當合理性。回顧那場風雲際會，毋寧說是

〔註 84〕 張志公《普通話和語文教育》，見《張志公自選集》（下冊），北京大學出版社，1998 年，第 707～708 頁。
〔註 85〕 胡適《中國新文學大系·建設理論集·導言》，載胡適編選《中國新文學大系·建設理論集》，上海良友圖書印刷公司，1935 年，第 24 頁。

語言的突破帶來了文化的革新，思想革命是語言革命的具體呈現，語言工具的突破性變化帶來了文化、生活、思想、社會等全方位的「現代化」，是語言革新了中國。在滾滾東流的文學長河裏，無數現代語言的精品競相湧現，它豐富和記錄了這個絕不平凡的時代。從二十世紀初蹣跚而來的中國新文學，發展到二十一世紀時，竟然有人驚呼：這是「母語的陷落」〔註86〕！我們的母語是什麼？難道深愛祖國的人居然不愛自己祖國的語言？爲什麼中國新文學的發展史始終糾纏於要還是不要自己的「母舌」？方言的價值和地位究竟該如何認定？

　　共和國成立前的語言統一運動因爲各種原因時快時慢，但基本趨勢依然明朗，這個我們從後來在臺灣光復後繼續開展的國語運動即可見一斑。在更廣大的中國大地上，統一集權的新的人民共和國的成立則迎來了中國語言運動歷史上風頭最爲強勁的語言規劃，普通話作爲民族共同語的確立和大力推廣，漢語規範化意識的建立和實施，讓百年來一直走走停停的語言統一的慢步徐走迅速提升爲跑步前進。從國語到普通話，只是幾個字的變化，但其中折射的卻是不同社會制度、不同歷史時期的不同的語言統一的追求。作爲文字最重要載體的文學，與語言運動的腳步相生相伴，文學面貌也一再呈現出不同的顏色。共和國成立以來的「十七年文學」，因爲受語言政策、意識形態等多重制約因素的影響，總體上呈現出一種整齊劃一、單調硬朗的風格，再有接下來的十年浩劫，文學語言甚至已經走到了乾涸的邊緣。伴隨著思想蘇醒而來的「反思文學」、「尋根文學」在題材和語言上都呈現出文學全面蘇醒的迹象，而朦朧詩、先鋒小說等更是直面語言問題，作家們自己做語言實驗來喚醒文學。「80年代中期，社會上語文應用的混亂現象異常嚴重，語言學界關於語言規範化問題的爭論也非常激烈。但是對於什麼是規範化、什麼是規範的對象這兩個基本問題，即便是主張規範化的人也並非十分明確」〔註87〕。1986年1月，全國語言文字工作會議召開，會議對共和國成立以來的語言文字工作進行了回顧和總結，「是開創語言文字工作新局面的動員大會」〔註88〕。基於「國家推廣全國通用的普通話」已經寫入憲法，普通話的重要地位已經

〔註86〕　郜元寶《母語的陷落》，載《書屋》，2002年第4期。
〔註87〕　呂冀平《規範語言學探索·序》，見戴昭銘《規範語言學探索》，上海三聯書店，1998年，第2頁。
〔註88〕　《全國語言文字工作會議紀要》，見蘇培成主編《當代中國的語文改革和語文規範》，商務印書館，2010年，第500頁。

不容置疑，會議布置了各個相關領域的語言文字工作，旨在推進社會主義現代化建設。借著全國語言文字工作會議的東風，1986 年 4 月，《中國語文天地》雜誌社在北京召集了以「文藝作品方言運用問題」為主題的座談會，參會者基本都認同文藝作品中可以使用方言，只是要避免濫用，但主要還是應當提倡普通話寫作，因為這與推廣普通話密切相關，而且也有利於作品的傳播。可以說，這次會議是新時期以來理論界對於方言問題的一次大的集中討論，因為總體社會氛圍的解凍，各界人士所提之看法也都相對客觀了，對於方言的「警惕性」似乎有所減弱。作家們也繼續著他們的語言實驗，以馬原為代表的「先鋒小說」家們，帶著要突破語言窠臼的豪邁氣勢，在作品中大膽地進行語言實驗，這種動力一方面是來源於拉美魔幻現實主義的感召，另一方面則是對當時文學現狀的不滿，莫言、殘雪、韓少功、張承志、汪曾祺等作家都加入了這場實驗，面對層出不窮的豐富的文學語言現象，語言學界也給予了關注，二十世紀九十年代，《語文建設》雜誌專門推出了「文學語言規範問題」專欄，邀請相關專家進行討論，此外，《修辭學習》、《文藝研究》、《文藝理論研究》等其他刊物也刊發了不少此類的討論文章，總體來看，語言學家是「語言規範化」的堅定擁護者，作家中也有如葉永烈、秦兆陽等認為文學語言也應該規範化，而蕭乾等作家則反對文學語言的規範化。

事實上，不論各方立論何在，大家有目共睹的是國家語言規劃的強大力量，迅速推進了社會交流層面的語言統一，帶來社會交流溝通的便宜，但是，由此而來的普通話寫作，可能走得太快、太急，沒有留給文學自身慢慢消化的時間和空間，這使得新時期的作家們紛紛表現出一種語言的饑渴。有論者從普通話寫作的角度回顧了 60 年以來的中國當代文學：「60 年以來，文學界已漸漸地習慣了這樣一種看法：把普通話看成是高端語言，是理性的、分析的、反省的、觀察的、客觀的、自我建構的語言類型。文學只能是普通話的寫作，而方言只能是點綴。」由此，當代文學的語言因為在聲音上失去了和方言充分接壤的可能性，從而讓小說語言也只能在普通話的領地裏考慮，「狹隘的普通話共同體認同，是 60 年來漢語文學缺乏大家的重要原因之一。」〔註 89〕論者將文學界缺乏大家的原因歸因於來得太快的普通話寫作，並非學者的書齋囈語，而是因為從上世紀八十年代以來，許多的作家都紛紛將目光投向語言，這種緊張的關注正是來自手中之筆的生澀感覺。1987 年，

〔註89〕葛紅兵《當代文學 60 年的語言問題》，載《探索與爭鳴》，2009 年第 9 期。

作家汪曾祺在哈佛大學和耶魯的演講，都以「中國文學的語言問題」爲主題，他認爲「語言是小說的本體，……寫小說就是寫語言」，「語言的粗糙就是內容的粗糙」〔註 90〕他的觀點，引起了作家們對語言更多的關注，而來自身邊的、自己口中的母語理應成爲最容易進入文學、最具有文學體溫的語言資源，然而事實卻不是如此，甚至運用方言寫作，都會矮人一等，因爲普通話是高等的，歐化的語言是新潮的，而方言是低級的，「一個中國作家如果用任何一個方言來寫小說，所有的人都會說你土得掉渣。」〔註 91〕

　　其實，到這裡，我們已經可以比較清晰地看到，整體社會文化環境的寬鬆，給了作家們重新創作的契機，如何將胸中絲絲情愫化爲筆尖的塊塊漢字，語言問題成爲作家們關注、關切的焦點，是自然而然的，因爲對於作家來說，「語言是第一的」〔註 92〕。推廣普通話和漢語規範化，給中國帶來了社會語言生活的統一和方便，同時，與建國初期政治上的統一相呼應的這套語言規劃方案，過分地束縛了文學的自由生長也是不爭的事實。受前蘇聯語言觀的影響，共同語和方言的等級關係論也嚴重地影響了方言進入寫作的種種可能。我們爲什麼在關注語言統一這條主線索時分外注意方言，恰恰是因爲，方言才是中國作家眞正的母語，是母親口中的話，是鄉土的聲音，甚至說，她才是普通話的母親，是母語的母語。就像我們回望上世紀三四十年代文學時，你耳朵裏出現的是老舍的北京話、是沙汀的四川話，生動有趣、質地細膩。可喜的是，九十年代以來，「方言寫作」再次成爲世紀之交的一股時尚，帶來了韓少功的《馬橋詞典》、李銳的《萬里無雲》、張煒的《醜行或浪漫》、莫言的《檀香刑》、閻連科的《受活》、賈平凹的《秦腔》等等讓讀者看得見文字、聽得見聲音的作品。特別值得一提的是，這些作品，早已不再是韓邦慶的《海上花列傳》那樣的「方言方音實錄」，讓吳語區以外的讀者摸不著頭腦，甚至還需要其他作家做翻譯，而是經過了作家提煉的從聲音過渡到了文字的文學語言了。比起建國初期文學語言的板結生硬和先鋒小說的遙遠陌生，這些作品實在是帶著泥土的芬芳和家園的溫度的，是和「尋根文學」回到鄉土的思想衝動一脈相承的，因爲方言不僅是方音，也是文化，作家王

〔註 90〕　汪曾祺《汪曾祺文集・文論卷》，江蘇文藝出版社，1993 年，第 1～2 頁。

〔註 91〕　李銳、王堯《本土中國與當代漢語寫作》，載《當代作家評論》，2002 年第 2 期。

〔註 92〕　賈平凹、謝有順《賈平凹謝有順對話錄》，蘇州大學出版社，2003 年，第 241 頁。

安憶就認為，中國農民的語言包含了這個農業國家「豐富長久的歷史積澱」，農民的語言一直在實踐中被運用著，所以「極富有生命力。」，相比之下，書齋文字顯得「蒼白、貧弱、乏味」。農民的語言可以吸收、創造新的詞彙，為語言藝術家提供源源不斷的養料。〔註 93〕變動不居的方言是作家手邊的活原料，方言不僅提供了語言作為工具層面的實用價值，也提供了附著其上的文化內涵，「世紀之交『方言寫作』的大量文本不僅注重方言的文學語言工具性，而且更為看重其厚重的歷史文化承載。」〔註 94〕方言和文化不可分割，尤其是不同的方言負載了不同的地域文化——這一語言觀念的革新影響了作家們的創作。還有，作家們不再接受語言等級論的約束，在意識上也更新了自己的方言觀。韓少功就表示：「對待方言和共同語，我沒有特別的偏見。……我唯一的取捨標準，是看它們對探索和表達我們的人生有沒有幫助。」〔註 95〕正是基於這樣的方言觀，我們才在《馬橋詞典》的一個個詞條裏，在通過普通話述說的方言裏，找到自己心中的那個獨一無二的馬橋。

正是由於作家們在語言觀念上的革新，才有了這樣一股潮流，同樣值得關注的是，這些方言寫作中，有些是直接借助自己的母語方言，有些是與方言的「偶遇」，還有一些是主動的採擷。以自己的方言為創作語言的，具有能夠運用這一方言的最為便利的條件，比如作家莫言在談到自己創作的情景時說，他從 1980 年代開始創作，當提起筆來，「繚繞在我耳邊的是故鄉的方言土語，活動在我眼前的是故鄉形形色色的人物。」〔註 96〕是的，流淌在作家血液裏的鄉土鄉音是他獨有的不可複製的寶貴資源，也是他能創作出個性化作品的重要來源，正是基於對自己家鄉話的熟悉和熟練地運用，造成了一種莫言區別於其他作家的獨特語言風格。與此類似的還有作家張煒，他的《醜行或浪漫》中的主人公劉密蠟口中的山東登州話正是作家自己家鄉的方言，他認為有著深刻「方言烙印」的人來從事寫作，「這是一個很大的優勢。」〔註 97〕

〔註 93〕王安憶《故事與講故事》，復旦大學出版社，2011 年，第 71 頁。

〔註 94〕董正宇、孫葉林《民間話語資源的採擷與運用——論文學方言、方言文學以及當下的「方言寫作」》，載《湖南社會科學》，2005 年第 4 期。

〔註 95〕韓少功、崔衛平《關於〈馬橋詞典〉的對話》，載《當代作家評論》，2000 年第 3 期。

〔註 96〕莫言《我的故鄉和我的小說》，載《當代作家評論》，1993 年第 2 期。

〔註 97〕張煒《小說八講》，載《青年文學》，2011 年第 2 期。

　　還有一些作家是因為知青下鄉帶來的自身地理位置的轉移，而與新鮮的方言不期而遇了。作家回憶，初到一地，除了見到陌生的山川風物，就是遇到方言，作家描述他遇到那傳承千年的方言，「那一刻，我真是如雷轟頂，目瞪口呆。」〔註98〕如此充滿了驚喜的「偶遇」，給作家在創作上提供了豐富的語料來源。韓少功講述他與方言的「偶遇」更是美妙：「我幾乎走進了一個巨大的方言博物館。我不得不豎起耳朵來注意這些新的語言，」〔註99〕這樣美麗的偶遇，讓作家開始了記錄、探究的歷程，「我反覆端詳和揣度、審訊和調查，力圖象一個偵探，發現隱藏在這些詞後面的故事，於是就有了這一本書。」〔註100〕

　　與「偶遇」不盡相同的是，有些作家是為了創作而主動去學習其他方言，在解放區文學中，以周立波學習東北方言後創作的《暴風驟雨》為代表，新時期，這樣的創作路徑還是存在，比如鄧友梅、方方。鄧友梅原籍山東、出生在天津，卻是新時期京味小說的代表作家，為了能夠達到北京方言「為我所用」的地步，作家「規定自己生活中只說北京土話。不僅如此，而且要見什麼人說什麼話……跟誰一塊兒聊天就學誰的口氣說話。」〔註101〕這是這種學習、積累、運用到了一定的程度才能使用這種方言進行創作。方方的《開聊宦子塈》也是作家自己主動迎向鄉土方言的一次嘗試，雖然作家自己也感慨那種預壓畢竟不是自己本身的方言，創作時感覺「很吃力」、「費了我老鼻子的勁兒」。〔註102〕作家們的這種主動學習方言、學習民間的姿態自然是值得大力肯定的，只是，類似這類主動「學習」而來的作品，總是讓人感覺在作家和文字之間還有一層隔膜，總是不如閻連科的《受活》、陳忠實的《白鹿原》等那種作家和文字緊緊貼在一起的精彩。其實，周立波的《暴風驟雨》和《山鄉巨變》就是做好的例證，《暴風驟雨》中的用力裝飾的東北話和《山鄉巨變》中的自然生長的湖南話，不同的方言，和作家不同的關係，呈現得相當明顯。我們選取《暴風驟雨》和《山鄉巨變》中的兩段對話，可以明顯看出作者在運用方言詞彙時的不同的熟悉程度，一個是非常努力地貼標籤，一個則是不

〔註98〕李銳《太平風物·前言》，生活·讀書·新知三聯書店，2012年，第4頁。
〔註99〕韓少功《語言的表情和命運》，載《南方文壇》，2004年第2期。
〔註100〕韓少功《馬橋詞典·後記》，上海文藝出版社，1997年，第352頁。
〔註101〕鄧友梅《我在民俗小說中的方言運用》，載《文藝報》，1989年11月25日。
〔註102〕姜廣平《我在寫作時是一個悲觀主義者——與方方對話》，載《文學教育》，2009年第2期。

露痕跡地自然說話，稍作比較，高下自分。

> 李大個子親熱地和大家一一握手，然後問道：「肖隊長在這嗎？」「你真是有眼不識泰山！」老孫頭笑指肖行隊長道，「這不就站在你跟前嗎？」李大個子連忙上前與肖隊長握手，趙玉林向行隊長介紹道：「這就是我們屯的鐵匠，上前方出擔架的李常有同志。」「他這名字取反了個，」老孫頭笑道，「李常有是啥也沒有！快鬍子八楂啦，還是光身一個——連老娘們也沒有！」（周立波《暴風驟雨》）

> 「黑豬子，手腳不曉得輕一點呀？」「輕了扯不紅。沒得病，硬要扯痧，還罵人家。」堂客輕微地埋怨了兩句。「你翻！你敢回嘴，我不捶死你！這裡，鼻梁上再扯，哎喲，黑豬子，你忘命地揪做什麼？」「不揪，紅痕子哪裏得出來？沒成痧，霸蠻要扯，不曉得又是打的什麼好主意。」堂客其實猜到幾分了。「要你管，快，背上再扯幾下子。」菊咬筋說。（周立波《山鄉巨變》）

新時期以來，對方言的重新重視甚至已經溢出傳統文學的邊界，電影中也多有方言出現，比如吳天明的《老井》、顧長衛的《立春》、王全安的《白鹿原》等等，還有賈樟柯，他的電影裏基本上離不開方言，他自己也說：「我是方言的重要實踐者」。之所以那麼看重方言，他認為是：「當一個人恢復到用方言的狀態時，是最自然的狀態，因為方言就是他個人的母語」，〔註103〕是的，正是在普通話寫作一統天下的環境下，面對不同作家逐漸趨同的表達方式，面對越來越乾枯的規範的辭藻，我們才又一次把目光投向方言，因為方言一直不在標準化的機械體系之內，正是方言的這種游離，「為我們留下了思考的缺口，為生命留下了存身的島礁。」〔註104〕作為「生命在一塊地方紮根出土時發出的一些聲響」〔註105〕，方言是作家豐富自身創作的重要的題材和語料來源，正因為它與作家的親近性和不同作家的不同方言帶來的獨特性，才成為文學這種極具個性化特色的行為所最需要的品質。

值得注意的是，對方言的倚重，絕不等於文學作品直接成為方言的記錄本，畢竟「老百姓並不都是語言天才」這樣的看法應該是符合實際情況的客

〔註103〕穆肅《賈樟柯：我的電影反抗遺忘》，載《東莞時報》，2009年3月9日。
〔註104〕李銳《現代漢語的「現代化」困境——從〈馬橋詞典〉說起》，載《上海文學》，2000年第5期。
〔註105〕張煒《小說八講》，載《青年文學》，2011年第2期。

觀說法,因為在老百姓的口語這個巨大的範圍內,一定是精華糟粕並存的,作家向生活語言學習、向老百姓討教、在方言口語中去汲取養分,這肯定是正確的,只是如果只是把方言口語的價值不斷放大,而「完全無視和破壞文字規範的積累性成果,就可能造成語言的粗放、簡陋、混亂以至貧乏。」〔註106〕所以,作為書面語的文學語言,事實上一定是經過作家之筆流瀉而下的,因此,方言文學的提倡和對於方言資源的重視,最終通過作家進行融會貫通,呈現於文字之上,完全不用太多擔心方言口語的雜蕪會影響文學語言的精緻。有學者認為,「提倡方言寫作,不僅有助於漢語方言生態的改善,而且也有助於緩解現代漢語寫作的危局」〔註107〕。至於倚靠方言寫作,是否真能如願達成目標,也許還需要實踐的檢驗,但是,作為我們身邊的和自己口中的語言,成為作家「鍊句」的資源,是絕對應該大力提倡的。今天的情況是,由於推廣普通話運動的制度性開展和大量的人員流動遷徙,年輕人甚至已經不能完全聽懂父輩口中的鄉音,各種地方曲藝形式也都在衰竭之中,附著於鄉音之上的鄉土正逐漸離我們遠去。如果文學,作為人類的精神家園,都不能幫助我們在愉快的閱讀中回到鄉土、回到母體,那麼,我們的精神在哪裏還鄉?相比起其他資源,方言對於作家來說,應該是更為親密的朋友,因為作家成長的經歷和環境就決定了方言就是他的母語,用自己的母語寫作,有什麼問題呢?「母語是與生命直接相關聯的東西,用其他語種肯定不能直接進入。」〔註108〕語言作為抽象的存在,同時又那麼緊密地和我們的生活貼在一起,關注語言、回到語言,毋寧說就是回到生活本身,「因為語言的主體性,……背後有一個整體文化的改革和重建。」〔註109〕是的,如果語言僅僅是口頭或者書面的技巧,如果它只是工具,那麼不論是作家還是研究者都不會說起這個問題來就有那麼多的焦慮、情緒奔湧而出,從另一個角度看,如果語言它真的只是一個冷冰冰的工具,那麼政治、社會又怎麼都不能放棄她呢?又怎麼必須讓強勢的「語言規劃」插手語言、規範語言、塑造語言呢?

〔註106〕 韓少功《現代漢語再認識》,載林建法、喬陽主編《中國當代作家面面觀——漢語寫作與世界文學》,春風文藝出版社,2006年,第26~27頁。

〔註107〕 董正宇《方言生態危機與方言寫作》,載《寫作》,2007年第3期。

〔註108〕 賈平凹、王堯《在傳統與現代之間的新漢語寫作》,載《當代作家評論》,2002年第6期。

〔註109〕 李銳、王堯《本土中國與當代漢語寫作》,載《當代作家評論》,2002年第2期。

正因爲，語言背後的文化、情感、意識形態，是那麼深刻地連接著使用這種語言的每一個人。

本章小結

　　從國語到普通話，這可不是簡單的名稱改變，背後的命名機制直接對應兩個不同的「國」。按照字面意思理解，國語應該是一國之共同語的恰當稱呼，但是，因爲「國」的性質的改變，新中國肯定不能再沿用同一名稱，而必然將給民族共同語一個新的親切的名字：普通話。雖然普通話一詞是 1906 年朱文熊最早提出的，但它的概念中，普通話是與「國文」（文言）、「俗語」（方言）並列提出的，認爲是一種可以各省通行的話。這樣空疏的設想與我們現在所謂的普通話，完全不一樣，應該說，那時只有一個「普通話」的空殼罷了，也可以勉強算作是關於民族共同語的烏托邦似的設想。中華民國推行的國語運動，在內憂外患的局勢下，艱難地進行，逐漸形成了二十世紀二三十年代不文不白的一種語言，距離規範化的民族共同語還有相當差距，瞿秋白在他的《鬼門關以外的戰爭》、《大眾文藝的問題》、《新中國的文字革命》、《普洛大眾文藝的現實問題》、《羅馬字的中國文還是肉麻字中國文》等數篇理論文章中，抨擊當時的「國語」，同時認爲已經存在著一種「中國普通話」，是無產階級使用的、能夠發揮交流功能的活的語言。作爲持階級論調的文藝理論家，瞿秋白的主張和看法都帶著鮮明的階級話語特色，相對於普通話的概念辨析來說，他更感興趣的是普通話的形成途徑、階級屬性等，反而普通話的概念本身沒能得到清晰準確的說明和界定。隨著大眾語論戰的展開，普通話這一詞彙再次捲入，普通話這一概念被論者頻頻提及，成爲一個熱詞，原因就在於這兩個概念之下階級屬性的觸類旁通，由此，積極參與大眾語論戰的諸位也同時積極爲普通話這一概念和如何形成等發表了頗有見地的看法，比如陳望道認爲「它的底子本來是土話方言，不過是一種帶著普通性的土話方言罷了」。〔註110〕黃藥眠還基於當時因爲戰爭而出現的五方雜處的情況，對於方言和普通話的關係提出了想法，即以當時流行的通用語作爲骨幹，用各地方言來使之逐漸豐滿完善起來，在這個豐滿完善的過程中自然會有語言顯得生澀難懂的時候。「但習慣久了，它也就自然的構成爲語言的構成

〔註110〕陳望道《大眾語論》，載《文學》第 3 卷第 2 期，1934 年 8 月 1 日。

部分。」〔註111〕隨後的「民族形式」論爭中，群眾語言、大眾化等概念再次泛起，「普通話」這一說法雖然被提及的次數不是那麼頻繁了，但是，構建新語言、構建統一的民族共同語的線索仍在延續。

在二十世紀四十年代的現代文學中，解放區文學是一枝獨具特色的花朵，它與其他各種繽紛的文學作品一道，構成了那一片現代中國文學發展史上的綺麗錦繡。從語言運動的角度來看，解放區文學工農兵方向的確立和「趙樹理方向」的構建，更像是一次從文學領域出發的新語言建設計劃。通過對作家進行思想改造進而實現了解放區文學語言的規訓，通過「趙樹理方向」的成功建構，確立了工農兵文學的方向，政治和階級話語全面侵入文學，文學的工具化特性前所未有地發揮出來。同時，這一進程和新的民族共同語的建構一起進入快車道，進入了民族共同語的快速構建程序中的文學語言開始逐漸由規範化而單一化也是不爭的事實。作爲現代中國文學語言的源頭，口語／方言、歐化、詩化，在新的書寫之需之下，逐漸經歷了一一被袪除的過程，因爲大刀闊斧的語言規範化理想要寄託在文學這一實體之上，也正因爲如此，文學領域成爲國家語言建設最爲重要的實踐領域，「規範化」的大旗一出，普通話寫作成爲中國當代文學的主流，以一種壓倒一切、一統天下的格局迅速成爲二十世紀下半葉的中國文學主流，共和國文學呈現出與民國文學不同的色彩和質地，尤其是共和國文學開初的時間裏，齊整劃一的、單調統一的文學語言成爲文學主流。一方面是政治上的約束，另一方面是語言學的所謂「漢語規範化」，使得這一時期的文學幾乎成了語言學家理論的注腳，對於公共領域的語言規範化建設確實貢獻了不少的語料，同時，在文學性上有所缺失，也是不爭的事實。

新時期以來，社會政治環境的寬鬆，給了作家更爲廣闊的思考空間和創作空間，長期以來缺乏滋養的普通話寫作陷入了危機，作家深感筆尖無力，於是，伴隨著題材的拓寬而來的，是各種語言實驗的紛至沓來。這些語言實驗總體上反映了作家遭遇的語言困境，在建國初期幾乎已經完全喪失了合法性的歐化、文言、方言再次進入到作家的視野。九葉詩人鄭敏在世紀末發出了這樣的叩問：「爲什麼有幾千年詩史的漢語文學在今天沒有出現得到國際文

〔註111〕黃藥眠《中國化和大眾化》，載香港《大公報‧文藝副刊》，1939 年 12 月 10 日。

學界公認的大作品，大詩人？」〔註112〕通過對現代中國文學語言發展歷史的反觀，詩人認為文學語言需要進行「第三次的語言變革」。幾十年來，對外來資源的摒棄、對傳統文言的疏離、對方言口語的拒絕，造成了文學語言的乾涸，作為文學性最強的文體，詩歌創作者的感受也許是最為深切的。所以我們也就不難理解，這一問題一拋出，在學術界、文學界，都引起了不小的反響，關於漢語文學的建設、關於文學語言的更新和反思，直到現在，餘音不絕。或許，重拾文化自信，以開放接納的心態迎接各種資源的湧入，讓現代漢語在永不停歇的實踐和試驗中不斷成熟和成長起來，應該是漢語寫作重新出發的起點。

〔註112〕鄭敏《世紀末的回顧：漢語語言變革與中國新詩創作》，載《文學評論》，1993年第 3 期。

結　語

　　現代中國文學應該多彩多元，這是我們的基本立場。「語言統一」是中國現代語言運動的基本思路，這是既成的歷史事實。這「多」和「一」之間有著怎樣的矛盾、糾纏和交融？這是吸引著我們進一步探尋現代漢語和現代文學之關係的強大力量。「多」在現代中國文學的歷史上不是沒有，而是還不夠，因為現代中國文學的產生本來就有著多元的來源，而文學的獨特氣質也決定了文學不可能是整齊劃一的。「一」在現代中國語言運動的過程裏是條明晰的主要思想線索，我們今天方便的交流溝通，主要得益於強大的語言規劃帶來的規範的現代漢語。簡單地說，我們用現代漢語寫現代文學，然而，沒有現代文學之時，現代漢語也不知為何物，因此，這兩者間的關係，成為一塊兒巨大的磁石，引誘著我們的探險。

　　當我們站在今天感受當下、回望歷史，當我們面對熟悉又陌生的現代漢語時，現代中國文學是我們最好的資源庫和落腳點。近一百年來的中國歷史，是翻天覆地的歷史，這歷史，一方面是政治、社會、經濟的巨大變遷，另一方面也是我們所使用的語言的巨大變遷。連綿千年的文言系統，幾乎是在一夜之間土崩瓦解，傳統的雅俗觀念也在極短的時間幾乎完全倒置，因為所操方言不同而交流不暢的人們，也因為有了共同語的出現而實現了順利溝通。在這個波瀾壯闊的大時代，我們經歷了前所未有的巨大裂變。

　　海德格爾說：「唯語言才使人能夠成為那樣一個作為人而存在的生命體。」〔註1〕是的，這一命題不僅是哲學意義上的，也是現實意義上的，尤其

〔註 1〕　（德）海德格爾《在通向語言的途中》，孫周興譯，商務印書館，1997 年，第1 頁。

在中國，在中國現代語言運動的歷史軌跡中。我們關注語言，其實是關注我們自身的生活、關注我們自己的生存方式；我們關注文學，其實是關注我們自身的追求，關注我們自己棲息的家園。這樣的關注既有生命的熱忱又有理性的冷靜，正是這樣的力量，才把我們的目光引向了語言與文學對話的地帶。站在這一地帶，我們清醒地意識到，語言問題，不僅僅是它本身，而同時成爲思想問題、成爲政治問題、成爲文化問題，語言問題的論爭成了時代先鋒必然參與的公共事件，語言運動也成爲現代民族國家在其建構過程中完成其民族想像和現代性旨歸的承載體。所以，有學人認爲，「現代白話的形成和倡導是中國知識分子尋求現代性的歷史產物。……首先現代語言運動是一個反傳統的、科學化的和世界化的語言運動，其次是現代語言運動是形成現代民族國家的普遍語言的運動。」〔註 2〕在「想像的共同體」的作用下，「國家」成爲主導「語言」的最強大動力，歷次語言運動，無一不和當時的社會政治語境密切相關。

因此，當我們找到「語言統一」這條線索，彷彿找到了一把打開秘密寶庫的鑰匙，用這把鑰匙，我們打開了一扇厚重的大門。在門裏，我們看到無數先賢在中國現代語言運動的歷史路徑上奔走呼號，爲了他們最初居然要用外語才能進行學術討論的現實障礙，也爲他們心中新的國家、新的國民、新的語言的煥然登場。來自經濟發展的實際需求、來自政治上尋求統一的強大力量、來自文化轉型的巨大扭轉型要求，語言，好像都是一塊討厭的絆腳石，也是先鋒們實現理想路上的第一道門檻。特殊的中國，有著特殊的情況，從一開始，其語言運動的軌跡就有其特殊性。從口語的不統一出發而發出的「語言統一」的要求，最終卻首先落腳在書面語的升級和更新，一套全新書寫系統的呼之欲出，和新文學一起上路，開始構築全新的現代漢語和全新的現代中國文學。作爲語言最爲純粹和精妙的載體，中國文學也伴隨著時代變遷的節奏沉沉浮浮，最終，當共同語——普通話定於一尊之時，好像我們才緩過勁兒來冷靜回顧和反思，這個過程裏，新生的現代中國文學獲得了什麼又失去了什麼？作爲現代中國文學的愛好者，我們該如何認識現代漢語和現代文學之間的關聯？現代中國文學的發展過程中，現代漢語在語言的維度上給予了現代文學哪些滋養又在哪些方面限制了其自由發展？我們打算以現代漢語

〔註 2〕　汪暉《地方形式、方言土語與抗日戰爭時期「民族形式」的論爭》，見《現代中國思想的興起》（下卷第二部），三聯書店，2008 年，第 1508～1509 頁。

為陣地，從口語、歐化、詩化三種話語類型的角度來觸摸我們的現代中國文學，以期感知我們的文學語言在其質地上的獨特氣質。

（一）

毫無疑問，現代漢語的開端和西方文化及其語言對中國的衝擊是緊密相關的，同樣顯而易見的事實是，現代中國文學的成立是和古代中國文學相對而言的，可以說，現代中國文學之成立和古代中國文學的危機緊密相關。古典漢語的穩定是和與之相適應的社會結構的穩定同一的，牢不可破的社會文化結構決定了社會對古典漢語的牢不可破的信仰和依賴，因此，對古典漢語信仰的動搖實際上是因為一個分崩離析的時代的到來，因此，深層次說，現代漢語是變化中的近代中國在思想上追求變化、追求現代的必然產物。現代漢語的背後，是誰在說、說什麼、怎麼說等一系列問題的總體呈現，是一種明顯的新的價值取向的選擇。因此，首先作為其現代性呈現的，是打破中國傳統的言文分離的局面，讓現代人寫現代人自己說的話，因此，白話迅速崛起的強大動力即是來自於言文合一的強烈欲望表達，在這種強大的動力之下，口語首先突破原有的「文」的藩籬，進入書寫系統。「引車賣漿之徒」口中的活的語言出現在原有的牢固的「文」的領域，是語言變遷中重要的現代性表達，事實上，這些口語的內容本身根本不現代，而這種語言表達的形式才是現代漢語所必須的——大眾是現代性的重要承載群體。在二十世紀的中國，大眾，前所未有地得到相當的重視，在語言運動的軌跡裏，大眾的聲音就是現代的聲音，大眾的話語就是現代的話語，幾乎是貫穿整個語言變遷的核心思想理路。傅斯年明確提出，「第一流的文章，定然是純粹的語言，沒有絲毫才雜：任憑我們眼裏看進，或者耳朵聽進，總起同樣的感想，若是用眼看或用耳聽，效果不同，便落在第二流以下去了。」〔註3〕對於聲音的重視，來自西方拼音文字的衝擊，也直接來自於先鋒們企圖「開啟民智」的衝動，由此，現代漢語的口語意識和它自身相生相伴。在中國，和口語意識直接對應的是方言的出場，「言文一致」是語言運動的目標，在實現的過程中必然遭遇方言，相對於一直統一、規範、堅不可摧的中國「文」的系統，「言」則通過各地方言表現出其豐富、駁雜、靈動的一面，這些特質，對於還作為烏托邦式的想像存在的民族共同語而言，自然成為其重要的資源庫，直到 1952 年，

〔註 3〕　傅斯年《怎樣做白話文》，見胡適編選《中國新文學大系·建設理論集》，上海良友圖書印刷公司，1935 年，第 221 頁。

胡適仍然堅定地認為，當初提倡「國語的文學」，就沒有說要用完全統一的語言來創作文學，國語就是全國的語言，當然包括各地方言，用筆記錄下來的精彩的方言才能讓作品成為名著，所以方言文學之成立是自然而然的，「我不主張注重統一，而要想法子在各地的方言裏找活的材料，以增加國語的蓬勃性文學性。」〔註4〕

「蓬勃性文學性」固然與變動不居的方言在精神氣質上相當吻合，然而，「言文一致」訴求中對口語的倚重並未直接導致各地方言版本的「文」的出現，「文」始終還是在一個相對統一完整的系統內發展。而且，雖然現代漢語的現代性決定了其對方言口語的必然吸納，但一直從未間斷的讀音統一建設也從另一個側面反映出，民族共同語的建構和促成，才是語言運動真正的目標所指。「言文一致」中的「文」，即便是有大量口語的吸收和轉化，但書面語和口頭語在語體特徵上的決然不同，是二者在語言本質上的不同規定性的必然呈現，也就是說，「文」，肯定不可能僅僅是口語的記錄，其作為書面語的本質特性必然要求其展現和創造出全面的嶄新圖景，這圖景是和傳統「文言文」區別的「文」。因此，我們必須清醒地認識到，對口語的重視，主要是在價值層面而言的，其吸納和接受是必須和必然的，同時，基於書面語的本質規定性，「言文一致」終究不可能完全達成。

作為現代漢語之現代性最重要的實踐對象──大眾，始終是作為方言和口語的承載者被語言運動一次次召喚的。從晚清開啓民智的衝動開始，各種切音字方案的湧現即是精英們期望啓蒙和引領大眾的願望的真實體現，到了二十世紀三十年代，基於剛剛初生的新文學在語言上的一些稚嫩之處和文言復興的苗頭，精英們再次呼喚「大眾語」。這一次，大眾口中的話，再次成為被熱烈歡迎的對象，在精英們迫切的呼喊中，語言危機甚至幾乎就是國家民族的危機，大眾言說的價值被再一次放大，然而正如前文所述，作為書面語的本質規定性決定了所謂「大眾語」只能是一種價值和意義的倡導，很難在語言實踐層面上有所突破，因此，整個「大眾語」運動只有呼籲而沒有能夠承載其呼籲的作品，也成為必須冷靜面對的結果。因此，作為「大眾語」運動的主將，陳望道回憶說實際上「大眾語」運動主要是為了保護新生的白話文，因為「如果從正面來保是保不住的，必須也來反對白話文，就是嫌白

〔註4〕 胡適《什麼是「國語的文學」、「文學的國語」》，見姜義華主編《胡適學術文集·新文學運動》，中華書局，1993年，第267～268頁。

話文還不夠白。他們從右的方面反，我們從左的方面反，只是一種策略。」
〔註5〕因此，如果說這個被精英一再呼喚的「大眾」成爲了現代漢語之「現代」
的承載體，不如說，是在精英所引領的新語言革命中需要借助這個橋梁而已。
事實上，對於書面語寫作而言，再基於當時整個社會的受教育程度來說，能
夠眞正參與現代漢語書面語創作的仍然是那些早已經掌握文言文系統的知識
精英，口語也好，方言也罷，不過是新舊話語衝突中必然運用的武器而已，
民族共同語的建設步伐不會停止，政治、經濟、文化的一體化所要求的統一
語言的目標不會改變，不論是作爲被啓蒙者存在還是作爲形式上的主導身份
存在，與「大眾」緊密相關的口語、方言，都將在現代漢語規範、合法的進
程中被逐漸排斥。

　　從口語、方言出發的現代漢語，卻在其逐漸成立的過程中與之逐漸離散，
這是基於有著統一規範的內在要求的民族共同語的價值訴求的必然結果，然
而，我們必須面對的現實是，作爲「文學之文」的多樣性、多元化的要求，
在文學創作中遭遇因爲這一維度的缺失而導致的「文」的枯竭和乾澀，也是
不容辯駁的歷史境遇。二十世紀八十年代以來，這種對於語言的深切渴望首
先出現在作家們的感受中，這些以語言爲畫筆和顏料的人意識到，看起來是
我們在「使用」語言，而在最深的層面上，是語言規定了我們，「限制了我們
的書寫和言說。」〔註6〕也許，正是基於自身運用普通話創作的種種切身感
受，對於方言、口語進入文學寫作，成爲作家們討論的熱門話題，詩人于堅
感慨，「普通話把漢語的某一部分變硬了」。他認爲普通話不過是一個沒有感
情的中性的交流溝通工具，這種工具當然是「使漢語成爲更利於集中、鼓舞、
號召大眾，塑造新人和時代英雄、昇華事物的『社會方言』」，而漢語中的柔
軟的體驗、豐富的感情，都藏在方言中。〔註7〕顯然，他的看法是在共同語的
寫作中生長出的對於個性化、日常化語言的渴求，是在同一性環境下對多元
性的渴求。可是，方言和普通話的關係與日常語言和文學語言的關係，並非
簡單地一一對應，不是完全一樣的。首先，普通話在語言學層面上展示的是
國家意識形態的內在力量，而方言卻呈現個體鮮活的存在體驗。同爲詩人的

〔註5〕陳望道《談大眾語運動》，見《陳望道文集》第3卷，上海人民出版社，1981
　　　年，第199頁。
〔註6〕李銳《我對現代漢語的理解》，載《當代作家評論》，1998年第3期。
〔註7〕于堅《詩歌之舌的硬與軟：關於當代詩歌的兩類語言向度》，載《詩探索》，
　　　1998年第1期。

西川就對此清楚地表示，日常語言也僅僅是解放文學語言的一種虛幻的想像，因爲日常語言背後的思維主要來自經驗，而文學所需要的「夢幻」、「邏輯」，日常語言都沒有，「日常語言表面上，以其活潑和新穎瓦解著意識形態，但其有限的詞彙量所能做到的事情其實有限，它缺乏自由的基礎。」〔註8〕其實，兩位詩人所提之語言問題並非針對同一本質，一位是試圖在標準化共同語之外找尋鮮活的新材料、新刺激，另一位則力爭保持和堅守文學語言在其審美性上的獨立價值。無論怎樣，這個本來就是從口語出發的現代漢語，將始終和口語親密地共舞。

因此，關於我們今後在這一維度上的思考，至少有兩個方面的問題是可以進一步探尋的：第一，口語與書面語的罅隙是借著語言學上的「語體不同」這一結論就被自然而然甚至簡單粗暴地直接忽視嗎？我們現有書寫系統中的詞彙和語法就有大量是來自口語的，爲什麼它們進入了而其他的就不能再進入？我們判斷的標尺在哪裏？語言學上的規則確立是一回事，它和文學上的豐富實踐不是對立的，因爲所有的規則都一定是基於實踐的產物。第二，口語、方言在地方色彩、語言色彩上的獨特性，僅僅是因爲有共同語的存在，就讓它們像博物館中的展品一樣遠遠地存在嗎？也許，對於其他方言區的讀者來說讀來略有難度的作品，就是本地讀者讀來最爲過癮的文字，爲什麼不可以讓它個性盡顯，讓讀者自由選擇？或者說，我們在給讀者以充分選擇權的同時，也是給了創作者更大的自由空間，普通話寫作、方言寫作，亦或是帶有方言色彩的普通話寫作、帶有普通話色彩的方言寫作，都可以成爲作家進行語言實驗的方案，讓語詞在紙面上打架、爭執，在衝突與矛盾中收穫升級之後的和諧統一。

（二）

現代漢語的出發是以古典漢語排斥者的身份上路的，而且它還是「老大帝國」的「現代」情緒最主要的表達出口之一。從鴉片戰爭開始，近代中國的現代之路就是在一種被迫的情境下逐漸鋪陳的，無數的事實說明，在不同民族的文化交流過程中，當本土文化體格強健、生機勃勃時，外來文化只有順從，而當本土文化遭遇困厄、陷入危機之時，往往會讓外來文化顯出摧枯拉朽的力量，進而在一段時期裏反客爲主地引領本土文化。近代中國顯然就

〔註8〕 西川《深淺——西川詩文錄》，中國和平出版社，2006年，第290頁。

是遇上了這樣的遭際，西學東漸的文化交流，一方面來自西方諸國爭霸世界的主動輸出，也來自鄰國日本因學西而產生的巨大變化，這兩方面的外來因素都裹挾著強大的力量讓中國的先鋒知識分子熱情萬丈地譯介西學，江南製造局、京師同文館、商務印書館、嚴復、林紓、周氏兄弟等都是這場譯介活動中的干將。基於當時歷史的特殊境遇所決定的雙方在文化交流地位上的不平等，在這一場強度空前的文化交流活動中，中國文化基本被定格在被輸入的一方。

在翻譯工程中，相繼出現了宗教類、科學類、政治類、歷史類、哲學類、文學類的書。其中嚴復的《天演論》影響巨大，值得說明的是，與其說嚴復是翻譯者，不如說他是譯述者，他將赫胥黎的《進化論與倫理學》翻譯為《天演論》，將原著中主要用來解釋自然界的適者生存法則轉換為社會歷史的進化觀，在其中加入了自己對於當時中國的體悟和思考，變革成為當時思想界最為宏大的聲音。在大量的翻譯中，出現得最晚的是對外國文學的翻譯，其中林紓是個很有特別價值的翻譯者，他用古文翻譯了一百多部長篇小說，而且還把古文用出了新意，因為古文裏原來是沒有長篇小說的，古文本來也是不擅長表達豐富細膩的感情的，胡適感慨，「古文的應用，自司馬遷以來，從沒有這種大的成績。」〔註9〕是的，林紓及其譯作的出現，是近代中國文化界的一個特例，他的譯作，可以說實際上是他的創作，其最終呈現為古文的作品，其閱讀人群仍然是傳統社會中的精英群體，然而我們在這裡關注的是，由此掀開的敞開懷抱迎接西方文學的熱潮，首先在觀念上給了中國知識分子巨大的衝擊，知道了他國也是有和我們一樣的文學的，他國人也是和我們一樣的「人」，這種認識上的突破，進一步拓展了中國文化的轉型。在翻譯文學風行一時之時，卻有大批城市讀者因為閱讀古文困難而轉而尋找白話文本來閱讀，比如風靡一陣的《黑奴籲天錄》，就成為城市小市民爭相閱讀的對象，這一轉向實際上也暗示了在社會經濟一體化發展的前提下，隨著新的社會階層或曰閱讀群體的出現，白話必然登上歷史舞臺的合理性。

所以，從這個意義上來講，我們可以說，新的中文書寫系統的「歐化」是必然的，也是自然的。在翻譯、譯述西方文字的過程中，漢語的歐化是一種主動拓寬原有的語言疆域、追尋其現代表達的主動的建構行為，是漢語

〔註9〕　胡適《五十年來中國之文學》，見姜義華主編《胡適學術文集・新文學運動》，中華書局，1993年，第110頁。

自我更新的一部分。傅斯年的文章《怎樣做白話文》〔註10〕可以說是思考白話文口語化和歐化的一篇具有標誌性意義的文獻，因爲此後大量的關於這類問題的思考，主要還是沿著這篇文章的邏輯呈現的。傅文在文章標題的下方就明確地點出了其主旨：「白話散文的憑藉——一、留心說話，二、直用西洋詞法」，因爲「在乞靈說話以外，再找出一宗高等憑藉物」，至於什麼是「高等憑藉物」以及乞靈於斯的目的，就是要「造成一種超於現在的國語，歐化的國語，因而成就一種歐化國語的文學。」對於那些不敢大量深入地借鑒西方的做法，他認爲他們「總有點不勇敢的心理，總不敢把『使國語歐化』當作不破的主義」。傅斯年是極力主張歐化的，事實上，新生的現代漢語，除了與古代漢語保持疏離之外，借助西語以建構新語，是其發展中必然要修建的資源庫，不論是詞彙量的擴大、句法上的模仿還是新的表達方式的更新和建立，都要依賴這個豐富的資源庫。鄭振鐸認爲，「所以爲求文學藝術的精進起見，我極贊成語體文的歐化。」〔註11〕周作人也旗幟鮮明地表示，「我們歡迎歐化是喜得有一種新空氣，可以供我們的享用，造成新的活力，並不是注射到血管裏去，就替代血液之用。」〔註12〕文學家們對於歐化的歡迎和支持主要來自文藝創作和思想創新的需求，語言學家對於現代漢語歐化的肯定則是出於現代漢語在豐富和完善漢語文法方面的必要性，比如王力就對歐化句法中的長定語有文法上的肯定，他認爲，「長定語的作用是把一些在一般口語裏可能分爲幾句（或幾個句子形式）的話，改變組織方式，作爲一句話說了出來，這樣在句子結構上就顯得緊湊。」基於語言表達的明確性要求，他也指出，「古人說話，往往不能精密地估計到一個判斷所能適用的範圍和程度。」所以要在這一維度上加以補充和提升，就要在語句中加上表示程度和範圍的語法形式，這「是加強語言的明確性的必要手段。」〔註13〕

　　基於文學家們在創作實踐中的大量嘗試，到了二十世紀四十年代，朱自清甚至直接把歐化總結爲現代化，他認爲五四以來的中國語言的變化，「一般

〔註10〕 傅斯年《怎樣做白話文》，見胡適編選《中國新文學大系·建設理論集》，上海良友圖書印刷公司，1935年，第217～227頁。

〔註11〕 鄭振鐸《語體文歐化之我見》，載《文學旬刊》第7期，1921年7月10日。

〔註12〕 周作人《歐化與國粹》，見《自己的園地》，河北教育出版社，2002年，第13頁。

〔註13〕 王力《漢語史稿》，中華書局，1980年，第478頁。

稱爲歐化，但稱爲現代化也許更確切些。」〔註14〕客觀地回顧，實際上，初創期的現代漢語是在翻譯的過程中遭遇了新詞彙的必然輸入問題，進而在「言文一致」的要求下必然又要汲取西語語法，正是這兩個主要的方面規定了現代漢語的形成和成長，離不開歐化，也必須主動歐化。雖然現代顯然是一個比西方更高更大的概念範圍，但在新興的白話文甫一登上歷史舞臺時，當時的歷史語境中，這兩個概念有著思想背景上的共同規約性，某種角度上來說，歐化就是現代化，這不僅是語言本身要求更新的追求，也是現代漢語之現代情緒必須的表達路徑。不管在當時的論爭中論者們是主張還是反對歐化，在二十世紀上半葉，中國文學書寫語言面貌的巨大改變本身，就是歐化成爲影響現代漢語質地重要因素的生動而有力的說明。所以說，朱自清關於歐化就是現代化的總結，也並非只是語言工具層面的歸納，而是對於現代漢語在價值訴求理路上的精準提煉。

　　綜上所述，翻譯文學在現代中國文學之成立發展歷史上的重要地位是不言而喻的，但是，我們是僅僅把它看做語言溝通的橋梁，還是眞正客觀地認識地到其參與現代漢語和現代文學的深入性，從而進一步看清外來語言對現代中國語言的塑造，它扮演了什麼角色？起到了什麼作用？這是可以進一步探討的。其次，就中國語法而言，直到今天，現代漢語的本體研究仍在活躍地進行著，現代漢語的科學體系還在進一步的完善和補充之中，然而，外來語言對中國傳統語法的影響是不容置疑的事實。究竟在哪些語言要素和語法結構上有著怎樣的影響，這是語言學要處理的問題，對於文學研究者而言，我們必須進一步瞭解的是，這些看似是在語言符號上存在的問題，是怎樣限制了、塑造了、制約了運用這一符號系統的現代文學？換句話說，文學是獨立的藝術形式，它不是語法規則的簡單注腳，「歐化」也好，「化歐」也罷，張開雙臂迎接來自其他語言的熱烈衝擊，衝破藩籬讓文學書寫自由地探索，會遭遇怎樣的生澀、怎樣的激情、怎樣的尷尬呢？我們不必擔憂，作者和讀者，自會選擇。

（三）

　　從鴉片戰爭開始，近代中國可以說是如夢初醒般地發現了自己竟然在一瞬間與世界疼痛地相撞，和堅船利炮一同闖入的，還有遙遠的西方文化，作

〔註14〕　朱自清《中國語的特徵在哪裏——序王力〈中國現代語法〉》，見《朱自清全集》第 3 卷，江蘇教育出版社，1996 年，第 64 頁。

爲文化重要載體的西方語言也一併襲來，正是在這樣的境遇下，整個原本就已經搖搖欲墜的古典文化體系，更是在這時顯得尤其弱不禁風，換言之，長久以來的古典漢語信仰正一步步瓦解。這種對舊的語言體系的排斥和對新的語言體系的強烈需要，事實上正是對這個分崩離析的時代的最好隱喻。因此，我們可以說，現代漢語的成立，是在古典漢語的信仰危機之下，對其排斥的產物，這種排斥不僅僅是在西語輸入中因爲詞彙不夠用而產生的語言運用層面的枯竭感，更是渴望建立一個「現代」新世界的急切而渴盼的追求。所以，從一開始，現代漢語是站在古代漢語的對岸遙遠喊話的，這種雖然初生卻毫不示弱的底氣，其實並不是來自其本身的實力，更多地，是在思想和價值層面的高度自信。在「想像的共同體」的作用下，這種自信的力量同時和轉型中的社會、政治、文化等各種因素相互借力，豪邁地走向其「現代」的未來。這樣一幅豪情萬丈的圖景，是現代漢語作爲民族共同語這一身份的主要體現，另一方面，當它同時作爲文學語言的建構材料被使用的時候，我們就必須面對真實的現實，坦誠地承認，現代中國文學怎麼可能和古代中國文學毫無關聯、一刀兩斷呢？

　　古典漢語的含蓄、柔美、「言有盡而意無窮」，好像一旦落實到以「言文一致」爲弧的現代漢語中，就美感盡失，甚至有學者斷言，現代中國文學的發端，就源於「傳統語言文字的衰亡」，這是掌握文筆的知識分子對自己母語缺乏自信的表現，這使得「新語言形成的過於倉促」，這種倉促直接促成了新文學的「粗糙」，所以，「中國文學的『古今之分』，在語言文字上，乃是『精粗之別』。」〔註15〕「古今之分」竟然直接對應「精粗之別」，雖然這樣的論斷在程度上顯得稍許過火，但我們細察誕生歷史不到百年的現代中國文學時，卻不得不面對中國文學「溫柔敦厚」意味的慢慢遠去。在峻急的現實的要求下，現代文學在誕生之初的祈望急切發展和迅速成立的願望，讓其從頭開始就比較匆忙和急迫。在文學革命的口號提出後一年多的時間裏，響應者寥寥，反對者也寥寥。魯迅回憶說，「我想，他們許是感到寂寞了。」〔註16〕於是，1918年3月，《新青年》第4卷第3號策劃了「文學革命之反響」的選題，發表了錢玄同、劉半農著名的「雙簧戲」文章，進而引起新舊兩派文人

〔註15〕郜元寶《漢語別史——現代中國的語言體驗》，山東教育出版社，2010年，第147頁。
〔註16〕魯迅《吶喊·自序》，見《魯迅全集》第1卷，人民文學出版社，2005年，第441頁。

的交鋒。《新青年》也從 1918 年 5 月即第 4 卷第 5 號起，全部改用白話文刊行。這一系列的行爲都在努力讓代表著「現代」情緒的現代漢語在風雨中逐漸自成，然而，當統一的語言工具應用於文學之時，方才是考量其質地的最佳標尺。

　　1918 年 6 月，在朱經農寫給胡適的信中，對於白話文學的建議可謂字字中肯，他說，「我的意思，並不是反對以白話作文，不過『文學的國語』，對於『文言』，『白話』，應該採取兼收而不偏廢。其重要之點，即『文學的國語』並非『國語』，亦非『文言』，須吸收文字之精華，棄卻白話的糟粕，另成一種『雅俗共賞』的『活文學』。」〔註17〕這樣的建議，是我們面對已經發展近百年的現代中國文學，仍然認爲其字字中肯的建議。因爲，從民族性的角度來說，如果沒有這種語言文字的連綿、沒有一以貫之的文學性的流淌，我們怎麼可以堅定而自豪地爲我們自己的文學叫好？更重要的，延續千年的古典文學，必然是新生的現代文學汲取營養、豐富自身的重要來源，這是民族性的內在要求。在當時的語境中，峻急、激越甚至專斷，都是可以理解的，因爲這主要是思想價值上的訴求，展現在語言領域而已。而當這新生的工具逐漸開始爲作家們所運用之時，人們才驚覺其或許「非驢非馬」，不如倡導者想像中那樣美好，「渾身赤條條的，沒有美術的培養」。〔註18〕作爲新的白話文學的實踐者，周作人就感慨，「向來還有一種誤解，以爲寫古文難，寫白話容易。據我的經驗說卻不如是：寫古文較之寫白話容易得多，而寫白話實有時是自討苦吃。我常說，如有人想跟我學作白話文，一兩年內實難保其必有成績；如學古文，則一百天的工夫可使他學好。」〔註19〕這裡，反映出在全新的現代漢語在登場之時，當它與審美性要求較高的文學相遇時，實際上的情況並不如先鋒們鼓吹觀念時那麼自然而然甚而一馬平川，或許只有周作人這樣有著眞實而豐富的創作體驗的作家才能發出如此這般的感慨。

　　既然作爲漢語文學的自性是一以貫之的，那麼，古典漢語與現代漢語在切換之時，爲何有著如此強烈的不對接的轉換體驗呢？也許我們可以從兩重關係的角度去思考。第一重關係是新的白話文學和傳統的正統文言文學之間

〔註17〕　朱經農《與胡適書》，見姜義華主編《胡適學術文集・新文學運動》，中華書局，1993 年，第 65 頁。
〔註18〕　傅斯年《怎樣做白話文》，見胡適編選《中國新文學大系・建設理論集》，上海良友圖書印刷公司，1935 年，第 223 頁。
〔註19〕　周作人《中國新文學的源流》，河北教育出版社，2002 年，第 57 頁。

的關係，第二重關係是新的白話文學與傳統的非正統舊白話文學之間的關係。先來看第一重關係。傳統的正統文言文學是以詩文為正宗的，小說從來是排位靠後，在晚清的三界革命，即「詩界革命」、「文界革命」和「小說界革命」中，影響最大的應該就是「小說界革命」了，可以說，小說這種文體是在此之後才逐漸迎來其地位的歷史性擢升的。對小說文體的看重，一是來自於翻譯的影響，隨著西風東漸而來的大量西方小說成為國內精英們認為最好的啓蒙承載物，正是在這一背景的作用下，西方小說的社會教化功能被誇張性地渲染開，梁啓超在《譯印政治小說序》中提到，「在昔歐洲各國變革之始，其魁儒碩學，一寄之於小說。於是彼中輟學之子，黌塾之暇，手之口之，下而兵丁，而市儈，而農氓，而工匠，而車夫馬卒，而婦女，而童儒，靡不手之口之。往往每一書出，而全國之議論為之一變。」〔註20〕康有為也認為，「啓童蒙之知識，引之以正道，俾其歡欣樂讀，莫小說若也。」〔註21〕在這裡，小說成了最好的啓蒙的渠道，在先鋒們開啓民智的熱烈要求下，小說成了最好的憑藉物。第二重關係，即是新的白話文學與傳統的非正統舊白話文學之間的關係。傳奇、話本等傳統敘事文學文體，其歷來的地位都是居於詩文之下的，但不可否認的是，新的白話文學，並非天上突然掉下的外來物，它毫無疑問地仍然是我們民族語言的新生兒，它是脫胎於傳統語言母體的。胡適的《白話文學史》就是基於這樣的意識來認識新舊白話的關係的，當新文學主將努力提升傳統舊白話文學地位時，正是體現了其為新生的新白話文學在民族語言的譜系內找到理據的努力。不論詞彙還是語法，新的白話文學與我們熟知的傳統作品《紅樓夢》、《水滸傳》等還是基本一致的，因此，提倡者們才信心十足地把新白話和傳統舊白話相提並論，說「與其用三千年前之死字，（如『於鑠國會，遵晦時休』之類）不如用二十世紀之活字；與其作不能行遠不能普及之秦漢六朝文字，不如作家喻戶曉之《水滸》《西遊》文字也」。〔註22〕然而，新文學所用「二十世紀之活字」必然不同於傳統白話，在新的歷史語境中，它是脫胎於傳統、融入了歐化、也加入了口語的新的白話，

〔註20〕 梁啓超《譯印政治小說序》，見陳平原、夏曉虹編《二十世紀中國小說理論資料》第 1 卷，北京大學出版社，1997 年，第 37～38 頁。

〔註21〕 康有為《〈日本書目志〉識語》（節錄），見陳平原、夏曉虹編《二十世紀中國小說理論資料》第 1 卷，北京大學出版社，1997 年，第 29 頁。

〔註22〕 胡適《文學改良芻議》，見胡適編選《中國新文學大系·建設理論集》，上海良友圖書印刷公司，1935 年，第 43 頁。

因爲時代「不斷的創造它的白話」〔註23〕。

　　所以，從現代漢語詩化這個角度來看，現代漢語與古代漢語在價值追求上不甚相同，然而卻並不妨礙它們在技術層面的必然相生關係。現代漢語出生時的強烈的力圖超越自身的歷史訴求，即便有著再強大的力量也不可能眞的摧毀自身，尤其是在文學語言的運用領域，「能以文詞之長，補白話之缺」〔註24〕，從漢語母體自身不斷汲取養分，恐怕才是新文學可以持續發展延續的重要途徑。

　　「沒有晚清，何來五四」〔註25〕的叩問一時成爲現代中國文學研究領域的亮點和熱點，除了迎來對「現代性」的追捧和對晚清文學的再認識之外，我們還必須看到，這一命題其受到持續關注的核心原因也在於，學者們充分意識到了現代中國文學作爲中國文學的一部分，它不是也不可能是石頭裏迸出的新生兒，它一定來自歷史悠久的語言母體。因此，不論是文學創作的哪一個方面，題材、結構、形式、審美、語言，中國古代文學都是一個儲備豐富的資源庫，延續、借鑒、創新，都可以從我們的民族文學歷史中獲取靈感，因此，加強古代文學和現代文學的溝通對話，從現代文學的角度出發，從進一步完善自身的角度出發，從古代文學那裡，我們都該有更多的學習和思考。

（四）

　　通過對現代漢語三個向度的再次梳理，再來看看我們通過語言運動的視角窺見的現代中國文學，我們有了更加堅定的理由大聲喊出對當下文學發展多元性的期待。毫無疑問地，在語言統一強大歷史動力的制約下，我們終於迎來了統一的民族共同語，其在具體的語言交際和語言溝通等方面所具有的積極意義絕對不容忽視。尤其是對於我們統一的「國」而言，只有這統一的共同語才能眞正承載上傳下達、溝通交流的必須功能。而且，在應用文領域，在政府語文範本上，「規範化」是必須的要求，甚至包括標點符號的用法，都必須符合國家語用標準，只有這樣，才能實現最有效的實際溝通。這一目標

〔註23〕郭沫若《文學革命之回顧》，載《文藝講座》第1冊，1930年4月10日。
〔註24〕傅斯年《文言合一草議》，見胡適編選《中國新文學大系‧建設理論集》，上海良友圖書印刷公司，1935年，第123頁。
〔註25〕這是王德威《被壓抑的現代性──晚清小說新論》一書中的論點，該書英文版於1999年由斯坦福大學出版。2005年，北京大學出版社出版了由宋偉傑翻譯的中文譯本。

的達成，是百年來人民共同追求的最終實現，對於國家建設的積極意義、對於培養現代國民的積極意義，不容否認。同時，我們也看到，新的共同語的成立，讓文學作品的傳播和閱讀獲得了前所未有的拓展；對於文學寫作而言，隨著教育的普及，成為作家不再是少數知識分子才有的特權；隨著新的傳播介質的發展，我們所能接觸到的作品數量也是當年現代中國文學的先鋒們做夢也不曾想到的。然而，語言和言語的區別必然存在，文學作為一種獨立的文藝形式，其獨特的藝術性屬性不容置疑。作為現代中國文學的熱情愛好者，正是因為我們懷著對未來中國文學發展的無限期待，才在文學史的版圖上發現了語言運動作用於文學的「語言統一」這條線索，發現它對於現代中國文學發展的消極力量也同時存在。

在口語領域，因為「語言統一」帶來的對於方言的被動遮蔽和主動迴避，對於鮮活的口語色彩的「規範」地摒棄，我們是多麼自以為是地把就在我們身邊的帶著體溫的語言資源謝絕。這種間離，是我們自己把文字變得冰冷，讓它失掉個性、失掉光澤、失掉我們自己與真實的生活之間的血肉聯繫。在語言統一大業未成之前，那些歷史悠久的地方戲、地方曲藝、方言文學作品，那些至今仍然留在我們母親口裏的鄉情濃鬱的歌謠，哪一樣不可以成為我們豐富現代中國文學的養料呢？我們為什麼要以刻薄的「規範」之名，告別自身呢？

在歐化這一問題上，學術界已經有了太多的討論，從「歐化」到「化歐」的過渡，實際上我們已經逐漸接受這一事實——沒有歐化就沒有現代漢語，現代漢語就是在西方語言的衝擊下產生的。那麼，我們為什麼要自設界限，非要狹隘地排斥外來影響呢？德國漢學家顧彬對我們的當代文學多次開炮，雖然其某些觀點不免顯得偏執，然而其對於當代作家在語言修養上的看法卻是值得我們自己反思的，他認為中國當代作家的語言技巧是匱乏的，很重要的原因是他們不能進行外國文學的原文閱讀，在他看來，民國時期作家的語言技巧和語言水平就很高，好多作家都通曉多種語言，比如林語堂、張愛玲、戴望舒、郭沫若，都可以使用外語進行文學創作，他說，「我到現在還是覺得魯迅的語言水平非常高，20世紀沒有哪個作家可以和他比肩。」他認為「魯迅的成就也跟他的德語和日語水平有密切的關係。」〔註26〕當然，全面

〔註26〕顧彬《從語言角度看中國當代文學》，載《南京大學學報》（哲學・人文科學・社會科學），2009年第2期。

客觀地看，我們肯定是不能完全認同這一單一化的判斷的，因爲一時代造就一時代之文學，之所以成爲她目前表現出來的樣子，其因素當然是複雜而多樣的，不是這一個原因可以簡單概括得了的。只是，來自外部的關注現代中國文學的聲音，聽起來或許有些逆耳，然而我們客觀地自我反思時，也不得不承認，越來越統一和規範的漢語，尤其是當它落腳於本該鮮活多姿的文學創作之中時，似乎作家們自身的語言修養和這個語言體系的開放性、接納性設定確實是自己給自己劃定了不少的限制。所謂外語修養這個問題，或許只是其中一個維度上的具體表現而已，但它給我們的啓示也是值得進行深入反思的。

從詩化的向度來看，漢語文學自成一格的連續性應該是漢語自性的必然呈現，那麼，今天仍然在進行著的古典詩文的創作，和古典詩文的輝煌時期相比，是自然地因爲創作時間的後置而自然地水平更高嗎？顯然，我們幾乎不能給出這樣的判斷，一是因爲文學的演進本來就不是簡單的線性進化，二是作品和作品之間的高下也是有著相對客觀的判斷標尺的，我們不能睜著眼睛說瞎話。而運用現代漢語進行寫作的部分呢？如果不能從傳統文藝中不斷學習、借鑒、提升，那是自己斬斷了自己走過的路，自己斬斷了本來依然延續著的文化脈絡，是喜是憂？結論應該是不證自明的。

跳出文學來看文學，找尋現代中國文學在語言上的收穫和遺失，爲當下文學的發展提供充盈著歷史智慧的語言思想，是我們可以進一步努力的方向。當我們期望迎來更爲圓熟美妙的現代漢語，當我們期望閱讀能更好地言說我們的內心和我們的世界的中國文學，我們就應該更清醒地意識到，「我們的任務是什麼？德勒茲引用俄國作家曼德爾施拉姆的話說：應該是透過一個時代的喧囂，聆聽無邊的沉默，習得一種結結巴巴的語言。」〔註 27〕這樣的任務並不見得是有多麼讓人不知所措，哪怕我們只是回到我們自己語言的開始呢？讓口語、歐化、詩化盡情來襲，讓所謂的「規範」規範地呆在死板的教科書裏，讓我們在文學的領地歡快地撒野，讓我們和我們自己的語言愉快地打鬧，爲什麼不是語言發展的應有之義呢？「語言總是不斷在發展變化的，硬定規矩攔阻不住它；而語言的發展變化又有它自己的規律，不顧語言規律

〔註 27〕黃子平《他結巴了──魯迅與現代漢語寫作》，見首都師範大學文學院編《被譯介的語境──跨文化交往中的語言、歷史與審美》，社會科學文獻出版社，2011 年，第 277 頁。

地亂用語言，並不能促進它的發展。實際上，語言本身正是由於具有互相矛盾而又統一的兩種因素才不斷向前發展的——一是老要保持一定的規矩，不亂；二是老要突破原有的規矩，產生出新的東西，不停。」〔註28〕

不亂，即是保持我們的基因不變，讓中國文學成為它自己；不停，即是永遠勇敢地走在探險的路上，讓中國文學成為更好的自己。

〔註28〕張志公：《語法學習講話》，上海教育出版社，1962年，第8頁。

參考文獻

一、書籍類

1. （德）顧彬《二十世紀中國文學史》，范勁等譯，上海：華東師範大學出版社，2008 年。
2. （德）海德格爾《在通向語言的途中》，孫周興譯，北京：商務印書館，1997 年。
3. （美）本尼迪克特·安德森《想像的共同體》，吳睿人譯，上海：上海人民出版社，2003 年。
4. （美）愛德華·薩丕爾《語言論》，陸卓元譯，北京：商務印書館，2003 年。
5. （美）雷·韋勒克、奧·沃倫《文學理論》，劉象愚等譯，北京：生活·讀書·新知三聯書店，1984 年。
6. （日）木山英雄《文學復古與文學革命》，北京：北京大學出版社，2004 年。
7. （瑞士）雅各布·布克哈特《意大利文藝復興時期的文化》，何新譯，馬香雪校，商務印書館，1979 年。
8. （瑞士）費爾迪南·德·索緒爾《普通語言學教程》，高名凱譯，北京：商務印書館，2001 年。
9. （意）馬西尼《現代漢語詞彙的形成——十九世紀漢語外來詞研究》，黃河清譯，北京：漢語大詞典出版社，1997 年。
10. （英）艾瑞克·霍布斯鮑姆《民族與民族主義》，李金梅譯，上海：上海人民出版社，2000 年。
11. （英）蘇·賴特著《語言政策與語言規劃——從民族主義到全球化》，陳新仁譯，商務印書館，2012 年。

12. （英）特里・伊格爾頓《文學原理引論》，劉峰等譯，文化藝術出版社，1987年。

13. 鮑晶編《劉半農研究資料》，天津：天津人民出版社，1985年。

14. 北京大學中國語言文學系語言學、漢語教研室編《「文學語言」問題討論集》，北京：文字改革出版社，1957年。

15. 北京師範學院中文系教研組《五四以來漢語書面語言的變遷和發展》，北京：商務印書館，1959年。

16. 蔡翔《革命／敘述：中國社會主義文學——文化想像（1949～1966）》，北京：北京大學出版社，2010年。

17. 蔡元培《蔡元培全集》，高平叔編，北京：中華書局，1984年。

18. 曹而雲《白話文體與現代性》，上海：上海三聯書店，2006年。

19. 陳獨秀《陳獨秀著作選》，任建樹等編，上海：上海人民出版社，1993年。

20. 陳嘉映《語言哲學》，北京：北京大學出版社，2003年。

21. 陳思和主編《中國當代文學史教程》，北京：復旦大學出版社，1999年。

22. 陳思和《中國新文學整體觀》，上海：上海文藝出版社，2001年。

23. 陳望道《陳望道文集》，上海：上海人民出版社，1980年。

24. 陳望道《陳望道語文論集》，上海：上海教育出版社，1980年。

25. 陳章太《語言規劃研究》，北京：商務印書館，2005年。

26. 陳子展《中國近代文學之變遷・最近三十年中國文學史》，上海：上海古籍出版社，2000年。

27. 程光煒等主編《中國現代文學史》，北京：中國人民大學出版社，2000年。

28. 丁聲樹等《現代漢語語法講話》，北京：商務印書館，1961年。

29. 董正宇《方言視域中的文學湘軍》，北京：中國社會科學出版社，2008年。

30. 董大中《趙樹理評傳》，天津：百花文藝出版社，1986年。

31. 戴昭銘《規範語言學探索》，上海：上海三聯書店，1998年。

32. 戴燕《文學史的權利》，北京：北京大學出版社，2002年。

33. 方漢文《繆斯與霓裳羽衣——文學和語言的比較》，西安：陝西人民教育出版社，1992年。

34. 方珊《形式主義文論》，濟南：山東教育出版社，1999年。

35. 馮廣藝、馮學鋒《文學語言學》，北京：中國三峽出版社，1994年。

36. 費錦昌主編《中國語文現代化百年紀事》，北京：語文出版社，1997年。

37. 樊星《當代文學與地域文化》，武漢：華中師範大學出版社，1997 年。

38. 高長江《文化語言學》，瀋陽：遼寧教育出版社，1992 年。

39. 高名凱《語言論》，北京：商務印書館，1995 年。

40. 高天如《中國現代語言計劃的理論和實踐》，上海：復旦大學出版社，1993 年。

41. 高玉《現代漢語與中國現代文學》，北京：中國社會科學出版社，2003 年。

42. 郜元寶《在語言的地圖上》，上海：文匯出版社，1999 年。

43. 郜元寶《爲熱帶人語冰——我們時代的文學教養》，上海：上海教育出版社，2004 年。

44. 郜元寶《漢語別史——現代中國的語言體驗》，濟南：山東教育出版社，2010 年。

45. 龔見明《文學本體論——從文學審美語言論文學》，桂林：廣西師範大學出版社，1998 年。

46. 國家語言文字工作委員會政策法規室編《國家語言文字政策法規彙編》，北京：語文出版社，1996 年。

47. 國家語委標準化工作委員會辦公室編《國家語言文字規劃和標準選編》，北京：中國標準出版社，1997 年。

48. 國家語言文字工作委員會等合編《普通話水平測試的理論與實踐》，北京：商務印書館，1998 年。

49. 洪子誠主編《中國當代文學史》，北京：北京大學出版社，1999 年。

50. 韓立群《中國語文革命：現代語文觀及其實踐》，北京：中央編譯出版社，2003 年。

51. 韓少功《馬橋詞典》，上海文藝出版社，1997 年。

52. 賀陽《現代漢語歐化語法現象研究》，北京：商務印書館，2008 年。

53. 胡適編選《中國新文學大系·建設理論集》，上海：上海良友圖書印刷公司，1935 年。

54. 黃修己編《趙樹理研究資料》，太原：北嶽文藝出版社，1985 年。

55. 黃伯榮、廖序東主編《現代漢語》，北京：高等教育出版社，2002 年。

56. 金星華主編《中國民族語文工作》，北京：民族出版社，2005 年。

57. 蔣原倫《傳統的界限——符號、話語與民族文化》，北京：北京師範大學出版社，1998 年。

58. 敬文東《被委以重任的方言》，北京：中國人民大學出版社，2003 年。

59. 老舍《老舍全集》，北京：人民文學出版社，1999 年。

60. 凌德祥：《走向世界的漢語》，北京：文化藝術出版社，2006 年。

61. 黎澤渝等編《黎錦熙語文教育論著選》，北京：人民教育出版社，1996年。

62. 黎錦熙《漢語發展過程和漢語規範化》，南京：江蘇人民出版社，1957年。

63. 黎錦熙《國語運動史綱》，北京：商務印書館，2011年。

64. 李鋼、王宇紅主編《漢語通用語史研究》，北京：中國廣播電視出版社，2007年。

65. 李榮啟《文學語言學》，北京：人民出版社，2005年。

66. 李潤新《文學語言概論》，北京：北京語言學院出版社，1994年。

67. 李怡《現代性：批判的批判》，北京：人民文學出版社，2006年。

68. 李怡《現代四川文學的巴蜀文化闡釋》，長沙：湖南教育出版社，1995年。

69. 李如龍《漢語方言學》，北京：高等教育出版社，2001年。

70. 李華盛、胡光凡編《周立波研究資料》，長沙：湖南人民出版社，1983年。

71. 李建國《漢語規範史略》，北京：語文出版社，2000年。

72. 李新宇主編《現代中國文學（1949～2008）》，天津：南開大學出版社，2009年。

73. 李行健《普通話與方言》，上海：上海教育出版社，1985年。

74. 李宇明《中國語言規劃論》，北京：商務印書館，2010年。

75. 李宇明《中國語言規劃續論》，北京：商務印書館，2010年。

76. 李澤厚《中國現代思想史論》，天津：天津社會科學院出版社，2003年。

77. 梁啓超《飲冰室合集·文集》，北京：中華書局，1989年。

78. 劉進才《語言運動與中國現代文學》，北京：中華書局，2007年。

79. 劉琴《現代漢語與現代文學的關聯性研究》，北京：中國社會科學出版社，2010年。

80. 魯樞元《超越語言——文學言語學芻議》，北京：中國社會科學出版社，1990年。

81. 魯迅《魯迅全集》，人民文學出版社，1981年。

82. 羅常培《語言與文化》，北京：北京出版社，2004年。

83. 羅振亞、李錫龍主編《現代中國文學（1898～1949）》，天津：南開大學出版社，2009年。

84. 呂冀平主編《當前我國語言文字的規範化問題》，上海：上海教育出版社，2000年。

85. 馬大康《詩性語言研究》，北京：中國社會科學出版社，2005 年。

86. 毛澤東《毛澤東選集》，北京：人民出版社，1991 年。

87. 茅盾《茅盾全集》，北京：人民文學出版社，1996 年。

88. 孟繁華、程光煒《中國當代文學發展史》（第 2 版），北京：中國人民大學出版社，2008 年。

89. 冥樂《母語與寫作》，太原：山西教育出版社，1999 年。

90. 南帆《文學的維度》，北京：中國人民大學出版社，2009 年。

91. 倪海曙《倪海曙語文論集》，上海：上海教育出版社，1991 年。

92. 錢理群、溫儒敏、吳福輝《中國現代文學三十年》，北京：北京大學出版社，1998 年。

93. 錢理群《周作人研究二十一講》，北京：中華書局，2004 年。

94. 錢玄同《錢玄同文集》（第三卷）漢字改革與國語運動，北京：中國人民大學出版社，1999 年。

95. 全國語言文字工作會議秘書處編：《新時期的語言文字工作》，北京：語文出版社，1987 年。

96. 瞿秋白《瞿秋白文集》（文學編 1～6 卷），北京：人民文學出版社，1985～1989 年。

97. 申小龍《漢語與中國文化》，上海：復旦大學出版社，2003 年。

98. 沈學《盛世元音》，北京：文字改革出版社，1956 年。

99. 蘇光文編《文學理論史料選》，成都：四川教育出版社，1988 年。

100. 蘇培成等編《語文現代化論文集》，北京：商務印書館，2002 年。

101. 鐵馬《論文學語言》，上海：文化工作社，1949 年。

102. 王一川《中國形象詩學》，上海：上海三聯書店，1998 年。

103. 王一川《漢語形象美學引論》，廣州：廣東人民出版社，1999 年。

104. 王一川《漢語形象與現代性情結》，北京：首都師範大學出版社，2001 年。

105. 王力等《漢族的共同語和標準音》，北京：中華書局，1957 年。

106. 王力《漢語史稿》，北京：中華書局，1980 年。

107. 王本朝《中國當代文學制度研究》，北京：新星出版社，2007 年。

108. 王汶成《文學語言中介論》，濟南：山東大學出版社，2002 年。

109. 王運熙主編《中國文論選·現代卷》，南京：江蘇文藝出版社，1996 年。

110. 王臻中、王長俊《文學語言》，南京：江蘇人民出版社，1983 年。

111. 汪暉《現代中國思想的興起》，北京：生活·讀書·新知三聯書店，2007 年。

112. 文貴良《話語與生存──解讀戰爭年代文學（1937～1948）》（上海書店出版社，2007年）

113. 文振庭《文藝大眾化問題討論資料》，上海：上海文藝出版，1987年版。

114. 《文藝報》編輯部編《文學十年》，北京：作家出版社，1960年。

115. 《文藝工作者為什麼要改造思想》，北京：人民文學出版社，1952年。

116. 文字改革出版社編《普通話論集》，北京：文字改革出版社，1956年。

117. 文字改革出版社編《清末文字改革文集》，北京：文字改革出版社，1958年

118. 吳曉鋒《國語運動與文學革命》，北京：中央編譯出版社，2008年。

119. 現代漢語規範問題學術會議秘書處編《現代漢語規範問題學術會議文件彙編》，北京：科學出版社，1956年。

120. 夏曉虹、王風等《文學語言與文章體式》，合肥：安徽教育出版社，2006年。

121. 徐時儀《漢語白話發展史》，北京：北京大學出版社，2007年。

122. 邢福義《文化語言學》，武漢：湖北教育出版社，1990年。

123. 姚亞平《中國語言規劃研究》，北京：商務印書館，2006年。

124. 顏同林《方言與中國現代新詩》，北京：中國社會科學出版社，2008年。

125. 楊聯芬《晚清至五四：中國文學現代性的發生》，北京：北京大學出版社，2003年。

126. 葉蜚聲譯《趙元任語言學論文選》，中國社會科學出版社，1985年。

127. 以群《文學的基本原理》，上海文藝出版社，1964年。

128. 易中天《西北風東南雨──方言與文化》，上海：上海文化出版社，2002年。

129. 于根元主編《新時期推廣普通話方略研究》，北京：中國經濟出版社，2005年。

130. 張衛中《母語的魔杖》，合肥：安徽大學出版社，1998年。

131. 張衛中《漢語與漢語文學》，北京：文化藝術出版社，2006年。

132. 張向東《語言變革與現代文學的發生》，北京：人民文學出版社，2010年。

133. 張豔華《新文學發生期的語言選擇與文體流變》，濟南：山東大學出版社，2009年。

134. 張西平等編《世界主要國家語言推廣政策概覽》，北京：外語教學與研究出版社，2008年。

135. 張小元《文學語言引論》，成都：電子科技大學出版社，1995年。

136. 張昭兵《轅與輪：語言論爭與作家的現代漢語體驗》，北京：學苑出版社，2010 年。

137. 張中行《文言與白話》，哈爾濱：黑龍江人民出版社，1988 年。

138. 張志公《語法學習講話》，上海：上海教育出版社，1962 年。

139. 張志公《張志公自選集》，北京：北京大學出版社，1998 年。

140. 趙黎明《「漢字革命」──中國現代文化與文學的起源語境》，北京：中國社會科學出版社，2010 年。

141. 趙樹理《趙樹理論創作》，上海：上海文藝出版社，1985 年。

142. 趙樹理《趙樹理文集》，北京：人民文學出版社，2005 年。

143. 趙園：《北京：城與人》，北京：北京大學出版社，2002 年。

144. 趙元任《語言問題》，北京：商務印書館，1980 年。

145. 鄭振鐸編選《中國新文學大系·文學論爭集》，上海：上海良友圖書印刷公司，1935 年。

146. 周曉明、王又平主編《現代中國文學史》武漢：湖北教育出版社，2004 年。

147. 周揚《周揚文集》，北京：人民文學出版社，1984～1986 年。

148. 周玉忠等主編《語言規範與語言政策：理論與國別研究》，北京：中國社會科學出版社，2004 年。

149. 周有光《周有光語文論集》，上海：上海文化出版社，2002 年。

150. 周振鶴、游汝傑《方言與中國文化》（第 2 版），上海：上海人民出版社，2006 年。

151. 周志強《漢語形象中的現代文人自我──汪曾祺後期小說語言研究》，北京：北京大學出版社，2009 年。

152. 朱德發、賈振勇《評判與建構──現代中國文學史學》，濟南：山東大學出版社，2002 年。

153. 朱德發《世界化視野中的現代中國文學》，濟南：山東教育出報社，2003 年。

154. 朱玲《文學符號的審美文化闡釋》，合肥：安徽大學出版社，2002 年。

155. 朱競編《漢語的危機》，北京：文化藝術出版社，2005 年。

156. 朱星《中國文學語言發展史略》，北京：新華出版社，1988 年。

二、論文類

1. 陳曉明《理論的贖罪》，載《文學研究參考》，1988 年第 7 期。

2. 曹萬生《體系·觀念·語言──中國現代漢語文學史討論》。

3. 崔明海《「國語」如何統一——近代國語運動中的國語和方言觀》，載《江淮論壇》，2009 年第 1 期。

4. 鄧偉《語言地方主義的悖論——論 20 世紀中國文學方言建構的內在邏輯》，載《雲南師範大學學報》（哲學社會科學版），2008 年 3 月刊。

5. 鄧偉《國語運動・白話文運動・方言文學語言——論清末民初文學語言建構中的若干邏輯》，載《雲南社會科學》，2009 年第 4 期。

6. 高旭東《對五四語言革命的再認識》，載《齊魯學刊》，2004 年第 4 期。

7. 高玉《語言變革與中國現代文學轉型》，載《文藝研究》，2000 年第 2 期。

8. 高玉《現代漢語與中國現代文學》，載《河北學刊》，2001 年 5 月第 21 卷第 3 期。

9. 葛紅兵《什麼樣的漢語才是純潔的？》，載《長江文藝》，2003 年第 5 期。

10. 葛紅兵《當代文學 60 年的語言問題》，載《探索與爭鳴》，2009 年第 9 期。

11. 葛紅兵、陳佳冀《「方言寫作」與「底層寫作」的可能向度》，載《上海文學》，2009 年第 6 期。

12. 何明《20 世紀白話文學語言發展概觀》，載《東北師大學報》，1999 年第 5 期。

13. 何平、朱曉進《論民族共同語和新中國文學的雙重建構》，載《當代作家評論》，2008 年第 4 期。

14. 何錫章《「五四」文學語言革命思想的現代性闡釋》，載《江漢論壇》，2004 年第 1 期。

15. 何言宏《語言生命觀和語言本體觀——20 世紀 90 年代以來中國作家的語言自覺》，載《甘肅社會科學》，2003 年第 4 期。

16. 何言宏《20 世紀 90 年代以來中國文學的語言資源問題》，載《人文雜誌》，2004 年第 4 期。

17. 李劼《試論文學形式的本體意味——文學語言學初探》，載《上海文學》，1987 年第 3 期。

18. 李榮啓《二十世紀中國文學語言觀念的嬗變》，載《理論與創作》，2003 年第 3 期。

19. 李銳《我對現代漢語的理解——再談語言自覺的意義》，載《當代作家評論》，1998 年第 3 期。

20. 李銳、王堯《本土中國與當代漢語寫作》，載《當代作家評》，2002 年第 2 期。

21. 李勝梅《方言的語用特徵與文學作品語言的地域特徵——以當代江西作家作品語言和江西地方普通話爲考察對象》載《福建師範大學學報》，2004 年第 5 期。

22. 李陀《汪曾祺與現代漢語寫作——兼談毛文體》，載《今天》，1997 年第 4 期。

23. 李怡《從文化的角度看現代四川文學中的方言》，載《西南民族學院學報‧哲學社會科學版》，1998 年 4 月總 19 卷第 2 期。

24. 李怡、毛迅《五四：文化的斷裂還是生長？——五四新文化運動價值二人談》，載《理論與創造》，2009 年第 3 期。

25. 劉進才《從「文學的國語」到方言創作——四十年代方言文學運動的合理性及其限度》，載《文學評論》，2006 年第 4 期。

26. 劉進才《語言認同的困境——延安作家的語言觀念與創作實踐》，載《河南大學學報》（社會科學版），2009 年 11 月第 49 卷第 6 期。

27. 劉進才《國語運動與現代民族國家的想像》，載《人文雜誌》，2010 年第 4 期。

28. 申小龍《中國近代語言革命及語法學走向》，載《學術交流》，1988 年第 4 期。

29. 王本朝《白話文運動中的文章觀念》，載《中國社會科學》，2013 年第 7 期。

30. 王春林《二十世紀九十年代以來的方言小説》，載《文藝研究》，2005 年第 8 期。

31. 王一川《近五十年文學語言研究札記》，載《文學評論》，1999 年第 4 期。

32. 吳曉峰《新文學對於國語的使命》，載《中國文學研究》，2003 年第 4 期。

33. 吳秀明《論當代中國文學的語言意識與語言革命》，載《浙江學刊》，2005 年第 2 期。

34. 顏同林《方言入詩與中國新詩的發生》，載《文學評論》，2009 年第 1 期。

35. 顏同林《新詩版本與漢語方言》，載《江漢大學學報》，2008 年第 2 期。

36. 顏同林《方言文學與方言入詩》，載《中國詩歌研究》，2009 年 11 月刊。

37. 袁紅濤《「白話」與「國語」：從國語運動認識文學革命》，載《四川大學學報》（哲學社會科學版），2005 年第 1 期。

38. 袁進《試論中國近代文學語言的變革》，載《上海社會科學院學術季刊》，1997 年第 4 期。

39. 殷國明《「體用之爭」與白話文運動——20 世紀中國語言變革與文學發展關係的探討》，載《河北學刊》，2001 年 11 月第 21 卷第 6 期。

40. 趙黎明《五四歌謠方言研究與「國語文學」的民族性訴求——以北大「歌謠研究會」及其《歌謠》週刊的活動爲例》，載《學術論壇》，2005 年第 12 期。

41. 趙黎明《文化使命與方言的浮沉——現代民族共同語建構之普遍性與地方性關係變奏》，載《江淮論壇》，2007 年第 2 期。

42. 趙黎明《「大眾語」：五四白話文精英色彩的祛除——對 1934 年大眾語問題討論的一個觀察側面》，載《北方論叢》，2007 年第 5 期。

43. 張法《百年文學三次轉型淺議》，載《天津社會科學》，1998 年第 1 期。

44. 張新穎《現代困境中的語言經驗》，載《上海文學》，2002 年第 8 期。

45. 張新穎《行將失傳的方言和它的世界》，載《上海文學》，2003 年第 12 期。

46. 張頤武《二十世紀漢語文學的語言問題》，載《文藝爭鳴》，1990 年第 4～6 期。

47. 鄭敏《漢字與解構閱讀》，載《文藝爭鳴》，1992 年第 4 期。

48. 鄭敏《世紀末的回顧：漢語語言變革與中國新詩創作》，載《文學評論》，1993 年第 3 期。

49. 鄭敏《語言觀念必須更新——重新認識漢語的審美與詩意價值》，載《文學評論》，1996 年第 4 期。

50. 朱恒、何錫章《「五四」白話文運動的語言學考辨》，載《文學評論》，2008 年第 2 期。

51. 朱曉進、何平《論文學語言的變遷與中國現代文學形式的發展》，載《南京師大學報》（社會科學版），2008 年第 5 期。